Su último saludo en el escenario

NOVELAS DE SUSPENSE Y TERROR

Sir Arthur Conan Doyle

Su último saludo en el escenario

EDICIONES RUEDA

«Novelas de suspense y terror»

Coordinación editorial:
G.D.A. Ediciones, S. L.

Cubierta:
Arnaiz Consultores

Los Mesejo, 11
28007 Madrid

Tercera edición: 2003
ISBN: 84-8447-112-8
Depósito Legal: M-32.405-2002
Printed in Spain - Impreso en España por: M.G.P.

Prefacio

Los amigos de Sherlock Holmes se alegrarán de saber que vive todavía y que, a excepción de algún que otro achaque de reumatismo que de vez en cuando viene padeciendo, por lo demás, goza de buena salud. Vive desde hace tiempo en una discreta granja dentro de las Tierras Bajas del Sur, exactamente a diez kilómetros de Eastbourne, y allí pasa sus horas divagando entre la filosofía e incluso trabajando en la apicultura. Durante todo este período de descanso, ha rechazado las más interesantes ofertas que se le han hecho para la investigación de varios casos, convencido de su jubilación y de que su retiro fuese definitivo. Sin embargo, los últimos acontecimientos mundiales a propósito de la guerra con Alemania, han sido definitivos, poniendo a disposición del Gobierno todo su extraordinario potencial intelectual y su excelente experiencia. Los resultados de esta contribución, ya histórica, se relatan en *Su último saludo en el escenario.* A esta obra, por otro lado, y para completar el volumen, se han agregado varios casos que han estado esperando mucho tiempo en mi carpeta.

John H. Watson, M. D.

1

La aventura del pabellón Wisteria

El extraño suceso ocurrido a míster John Scott Eccles

El hecho tuvo lugar, según consta en mi diario, en un día frío y ventoso, a finales de marzo del año 1892. Estábamos tomando el almuerzo y sentados en una mesita, cuando Holmes recibió un telegrama, que acto seguido, contestó anotando unas palabras con total decisión. No hubo ningún comentario, pero el asunto sería inquietante, pues no se apartó ni un instante de su pensamiento. De hecho, nada más terminar el almuerzo, se situó de pie delante del fuego, y mientras fumaba su pipa, cabizbajo y meditativo, leía de vez en cuando el mensaje, y así una y otra vez. De pronto, como si de repente se hubiera esclarecido ese sinfín de ideas que a menudo albergaban su brillante inteligencia, fijó su mirada en mi rostro y con un tono desafiante me dijo:

—Escuche, Watson: creo que podemos considerar su persona dentro de la categoría de hombre de letras. ¿Qué definición daría usted de la palabra «*grotesco*»?

—La de cosa rara, fuera de lo normal —apunté yo.

Al oír esta definición la denegó instantáneamente moviendo negativamente la cabeza.

—Seguramente que abarca algo más que lo que acaba de afirmar; algo que lleva de forma implícita una sugerencia de cosa trágica y terrible. Si usted recuerda en su mente alguno de esos relatos con los que ha martirizado a un público además de paciente, respetuoso, se dará cuenta de que lo grotesco se tornó en muchas ocasiones en algo criminal en cuanto se profundizó en la cuestión. Intente hacer memoria con el insignificante episodio de los pelirrojos. Inicialmente fue cosa bastante grotesca, pero al final se convirtió en una descarada tentativa de robo. Y todo, sin comentar aquel otro episodio también inicialmente grotesco de las cinco semillas de naranja, cuyo desenlace fue a parar en una contundente conspiración asesina. La simple mención de esa palabra me hace temblar, y no es de extrañar que al oírla me ponga en guardia.

—¿La tiene usted en el telegrama? —le pregunté.

A esta pregunta hizo un ademán afirmativo y seguidamente me leyó su contenido en voz alta:

> «Me ha ocurrido un incidente increíble y grotesco. ¿Puedo consultar con usted? Scott Eccles, oficina de Correos de Charing Cross.»

—¿Género masculino o femenino? —le pregunté.

—Naturalmente que es un hombre. No hay mujer capaz de enviar un telegrama con la contestación pagada. Se hubiera presentado aquí sin más.

—¿Recibirá a ese señor en persona?

—Ya sabe usted, querido Watson, que desde que hicimos encerrar al coronel Carruthers estoy aburridísimo. Mi mente puede compararse a un motor en marcha, que se desmorona cuando no se conecta a la máquina adecuada. Sería extraño pues, que intentara rechazar un desafío semejante. La vida cuando no se vive según los principios de cada cual, puede convertirse en mediocridad. La prensa resulta a veces ridícula y estéril, y por añadidura, la sagacidad y lo novelesco ha desaparecido por lo visto del mundo criminal. Con este panorama, ¿cómo es posible que me pregunto si estoy dispuesto a ocuparme de un asunto nuevo, por muy simplista que resulte *a priori*? Pero, si no me equivoco, aquí tenemos a nuestro cliente.

Se oyeron unos pasos que se deslizaban lentamente a lo largo de la escalera y, un momento después, se hizo pasar a la habitación a un hombre corpulento, alto, con patillas plateadas, con un semblante de solemnidad y de aspecto respetable. En sus facciones graves y maneras pomposas se plasmaba la historia de su vida. Desde sus botines de paño hasta sus gafas de armazón de oro, era aquel hombre un miembro del partido conservador eclesiástico, ciudadano intachable, dogmático y disciplinado en el más alto grado. Pero algo asombroso había venido a desvirtuar su acostumbrado estilo de vida. Algo desde luego harto importante, pues sus ademanes marcaban cierta contrariedad y su compostura natural se veía ahora amenazada por sus cabellos revueltos, su rostro desencajado, y todas sus buenas maneras normalmente pausadas y contenidas, parecían ahora sobreexcitadas por el inquietante asunto. Sin mediar más palabras dijo:

—Míster Holmes, me ha ocurrido algo de lo más extravagante y desagradable. Jamás, a lo largo de mi vida, me he visto imbuido en una situación semejante. Una situación por añadidura indecorosa, además de ofensiva. No tengo más remedio que buscar una explicación algo razonable a esta situación.

Estaba tan excitado que a continuación tuvo que tragar saliva y hacer una pausa en su disertación.

—Tenga la amabilidad de sentarse, míster Scott Eccles —le dijo Holmes en tono tranquilizador—. Antes que nada, ¿puedo preguntarle cómo es que se ha dirigido a mí?

—Sin duda alguna, señor: El asunto no era tan extremo como para canalizarlo a través de la policía, así como en mi opinión, tampoco era adecuado para que este cuerpo oficial llevara a cabo la investigación. Pero al mismo tiempo, cuando usted se entere de los hechos, usted también reconocerá que yo no podía dejar las cosas así sin más. Sinceramente no son precisamente de mi agrado los detectives particulares, sin embargo, usted es diferente, y he oído hablar tanto de usted...

—Muy bien. Y ahora, en segundo lugar, le pregunto: ¿Por qué no vino inmediatamente?

—¿Qué quiere usted decir exactamente?

Holmes miró su propio reloj.

—Son las dos y cuarto —dijo—. Su telegrama fue enviado aproximadamente hacia la una. Pero basta mirar sus ropas y su cabeza para darse cuenta de que sus dificultades arrancan del instante en que se despertó esta mañana.

Nuestro cliente pasó su mano por sus cabellos enredados; y con sus dedos palpó durante unos segundos la barbilla sin afeitar.

—Tiene razón, míster Holmes. Ni por un momento pensé en arreglarme. Lo que yo quería era salir cuanto antes de aquella casa. Sin embargo, antes de acudir a esta cita, he ido de un sitio para otro, intentando averiguar ciertas cuestiones. Fui a la agencia de alquileres y me contestaron que el señor García tenía pagados los de la casa hasta el día, y que todo estaba en orden en el pabellón Wisteria.

—¡Señor! —exclamó Holmes, echándose a reír—. Se parece usted a mi amigo Watson, que suele contar sus historias mal y empezando por el final. Por favor, ponga orden en sus pensamientos y haga el favor de exponerme de forma coherente y por secuencias adecuadas, todos los acontecimientos. Supongo que no será costumbre en usted, salir de casa sin peinarse ni arreglarse, con botas de paño y los botones del chaleco abrochados en ojales equivocados, para buscar consejo y ayuda.

Nuestro cliente bajó los ojos para contemplar con cierta vergüenza, su increíble apariencia exterior.

—Míster Holmes, me imagino que estoy causando una impresión absolutamente detestable, y respecto a ello, tengo que expresar que en mi vida me ha ocurrido algo igual. Por tanto, voy a relatarle el extraño suceso, y tras ello, espero que comprenda que tengo motivos suficientes como para disculparme.

Pero su relato quedó interrumpido. Fuera de la habitación, se oyó un gran alboroto, y mistress Hudson abrió la puerta para dar entrada en la habitación a dos individuos robustos y con aspecto de funcionarios públicos. Uno de ellos era bien conocido por nosotros, se trataba del inspector Gregson, de Scotland Yard; funcionario enérgico, valeroso y, dentro de sus limitaciones hábil en su profesión. Intercambió con Holmes un fuerte apretón de manos y presentó a su camarada, el inspector Baynes, de la Policía de Surrey.

—Hemos salido juntos a cazar, míster Holmes, y la pista nos ha llevado hasta aquí.

Volvió sus ojos de *bulldog* hacia nuestro visitante.

—¿Es usted míster John Scott Eccles, de Popham House, Lee?

—Sí, señor.

—Le venimos siguiendo toda la mañana.

—Sin duda que han localizado su presencia aquí a partir del telegrama —dijo Holmes.

—Exactamente, míster Holmes. Tomamos nota en la oficina de Correos de Charing Cross y desde allí nos hemos trasladado, hasta aquí.

—¿Y por qué me siguen? ¿Qué desean?

—Deseamos, míster Scott Eccles, que nos haga el favor de dar su testimonio acerca de los hechos que concluyeron anoche en la muerte de míster Aloysius García, del pabellón Wisteria, cerca de Esher.

Nuestro cliente se había erguido en su asiento con el rostro desencajado y sin dar crédito a lo que escuchaba. Sus mejillas habían perdido color y estaba completamente pálido.

—¿Muerto? ¿Dice usted que murió?

—Sí, señor; ha muerto.

—Pero ¿cómo fue? ¿Quizá por accidente?

—Se trata de un asesinato, si en el mundo se ha cometido alguno.

—¡Santo Dios! ¡Es espantoso! ¿Me va usted a decir..., me va usted a decir que se sospecha de mí?

—El cadáver tenía una carta suya en uno de sus bolsillos, y por su contenido, se pudo deducir que usted había programado pasar la noche en su casa.

—Y en ella la pasé.

El policía sacó su cuaderno de notas, pero Sherlock Holmes le dijo:

—Espere un momento, Gregson. Lo que usted busca es un relato esclarecedor de lo ocurrido, ¿no es así?

—Y es deber mío prevenir a míster Scott Eccles que lo que él diga puede ser empleado en su contra.

—Cuando ustedes entraron, míster Eccles estaba a punto de relatar lo sucedido. Watson, creo que un vaso de coñac con soda no le hará ningún mal. Y ahora, señor, le ruego que, sin advertir que el número de oyentes haya aumentado, prosiga igualmente con su relato sin reparar en que haya sido interrumpido.

Nuestro visitante se bebió de un sorbo el coñac del vaso, y sus mejillas algo más sonrosadas, le otorgaba un aspecto menos inquietante. Después de dirigir una mirada recelosa al cuaderno del inspector, se lanzó resueltamente a su extraordinario relato:

«—Soy soltero —dijo—, y como mi estilo de vida es cómplice de alternar, cuento con un gran número de amistades de determinados entornos. Entre mis amistades, cabe destacar la familia de un cervecero retirado que se apellida Melville y que vive en Albemarle Mansion, Kensington. A través de él conocí hace algunas semanas a un señor joven, cuyo apellido es García. Me informaron que era hijo de padres españoles y que tenía no sé qué cargo en la Embajada. Hablaba un inglés perfecto, sin acento alguno, y de una educación exquisita; realmente, en mi vida he visto hombre mejor parecido.

»No sé cómo ocurrió, pero el hecho es que aquel joven y yo establecimos una excelente amistad. Habíamos conectado perfectamente desde el primer momento y teníamos muchas cosas en común. De hecho, nos habíamos conocido hace dos días, y sin embargo, sin tener una amistad prolongada en el tiempo, vino a visitarme a Lee. Así, compartimos muchos momentos, y él acabó por invitarme a pasar algunos días en su casa pabellón Wisteria, entre Esher y Oxshott. Por ese motivo, ya que me comprometí a visitarle, me dirigí ayer por la tarde a Esher.

»Me había descrito su casa antes que yo la conociera en verdad. Residía con un criado fiel, un compatriota suyo, que atendía a todas sus necesidades. Este individuo hablaba inglés y se encargaba de todas las tareas domésticas de la casa. Además, contaba, con un excelente cocinero, según me dijo; era un mestizo con el que contactó en uno de sus múltiples viajes propios de su labor diplomática, y preparaba exquisitas comidas. Recuerdo que él mismo comentó que para vivir en el corazón de Surrey formaban una extraña familia, opinión con la que yo me manifesté conforme, aunque ajeno, por supuesto, a lo que realmente significaba.

»Me trasladé en coche hasta su casa, situada más o menos a cuatro kilómetros de Esher por el lado Sur. La casa es de proporciones regulares y se encuentra bastante aislada de la carretera, desde la que se llega a ella por una avenida bordeada de arbustos perennes. El edificio es antiguo, un tanto destartalado y en ruinas. Cuando el coche se detuvo delante de la puerta, atestada de parches y ronchas por el paso del tiempo, tuve mis dudas sobre si hacía bien en visitar a un hombre al que únicamente conocía desde hacía poco tiempo. Sin embargo, él mismo abrió la puerta, recibiéndome con la más reconfortante cordialidad. Luego dispuso que fuera atendido por su criado, individuo moreno y melancólico, que me llevó a mi dormitorio, encargándose de mi equipaje. El ambiente de toda la casa resultaba deprimente. Cenamos *tête à tête,* y aunque mi anfitrión hizo cuanto estuvo de su parte por mantener una conversación amena, parecía en todo caso algo distraído, como si sus pensamientos divagaran cada cierto tiempo hacia otros derroteros, y a veces hablaba de una forma tan incoherente, que apenas podía comprender lo que me contaba. Parecía inquieto, percutiendo sus dedos sobre la mesa, comiéndose las uñas en pequeños intervalos, y en definitiva, daba la sensación que estuviera impaciente y nervioso. La comida, por otro lado, ni fue bien servida ni estaba bien condimentada, y la enfurecida presencia del taciturno criado no contribuyó a mejorar la velada. Puedo asegurar ante su presencia, y con toda rotundidad, que en aquel momento intenté buscar una excusa lo suficientemente razonable como para regresar a Lee, sin herir susceptibilidades y mucho menos a mi anfitrión.

»Puedo recordar en este momento un aspecto que tal vez tenga importancia en relación con el asunto que ustedes dos, caballeros, están investigando. Por supuesto, en aquel momento, no fui consciente de ello. Ya casi terminando la cena, el criado entregó una carta, y me fijé en que, después de leerla, mi anfitrión se mostró todavía más distraído y con un comportamiento más extraño que hasta entonces. Ni siquiera hizo amago por disimular su estado ni simular un trivial diálogo y permaneció en su silla, fumando incontables cigarrillos, ensimismado en sus propios pensamientos y sin hacer mención alguna acerca del texto de la carta. Me alegré, cuando dieron las once, de poder retirarme a descansar. Algo más tarde se asomó García a mirar al interior de mi habitación, que estaba ya a oscuras, y me preguntó si había llamado yo con la campanilla. Le dije que no. Entonces él se disculpó por haberme molestado a una hora tan poco apropiada, aludiendo a que era cerca de la una. Yo concilié el sueño acto seguido y dormí toda la noche profundamente.

»Y ahora viene la parte asombrosa de mi historia. Cuando me desperté era pleno día. Miré el reloj y eran cerca de las nueve. Yo había insistido en que me despertasen a las ocho, y la verdad es que me sorprendió mucho aquel descuido y el mal servicio. Salté de la cama y tiré de la campanilla para llamar al criado. Nadie vino a mi encuentro. Volví a llamar una y otra vez, siempre con idéntico resultado. Llegué entonces a la conclusión de que la campanilla no funcionaba bien. Me vestí tan rápido como pude y me apresuré a bajar, muy malhumorado, para pedir agua caliente. Imagínese mi sorpresa al no encontrar a nadie en la casa. Llamé a gritos desde el vestíbulo. Nadie respondió. La noche anterior me había indicado el dueño de la casa cuál era su dormitorio. Llamé, pues, a la puerta. La habitación estaba vacía y la cama estaba intacta, era obvio que el señor García no había dormido en ella. Y era precisamente lo más inquietante, pues parecía que se había marchado como los demás. Además eran todos extranjeros, y todos habían desaparecido a lo largo de la noche. Insisto en que puedan ponerse en mi lugar. Así finalizó mi visita al pabellón Wisteria.»

Sherlock Holmes se frotaba las manos y murmuraba entre dientes aquel nuevo caso como una nueva ocasión de agregar tan extraño suceso a su colección de episodios extraordinarios. Y dijo al visitante:

—Con toda mi experiencia, lo que a usted le ha ocurrido constituye un caso único. ¿Quiere decirme, señor, qué hizo usted entonces?

—Estaba furioso. La primera idea que se me ocurrió fue la de que había sido víctima de una burla indigna. Empaqueté mis cosas, cerré con fuerza la puerta del vestíbulo al salir y marché en dirección a Esher, cargado con mi equipaje, fue entonces cuando me dirigí a la oficina de Allan Brothers, los agentes inmobiliarios de alquileres más relevantes de la localidad, y descubrí que ellos mismos fueron los que habían dado la casa en arriendo. Se me ocurrió que aquella intriga no podía tener como único objetivo burlarse de mí, y que seguramente la intención prioritaria del señor García era largarse sin pagar la renta. Así lo imaginé, puesto que el mes de marzo tocaba a su fin, y se avecinaba otro trimestres que pagar.

Pero esta suposición resultó completamente errónea. Los agentes me agradecieron mi advertencia, sin embargo me informaron que el alquiler había sido pagado por adelantado. Visto el panorama, me dirigí a Londres, encaminándome a la Embajada española. Aquel hombre era desconocido allí. Acto seguido, me trasladé a ver a Melville, en cuya casa me habían presentado a García, y lo único que pude averiguar es que él todavía sabía mucho menos que yo mismo. Finalmente, al recibir su contestación a través del telegrama, he venido hasta aquí, teniendo en cuenta que usted es experto en la materia, y que puede aconsejarme debidamente cuando se presenta un caso de esta envergadura. Y ahora, inspector, puedo deducir, según las palabras que usted mencionó al entrar en esta habitación, que es su turno en cuanto al desarrollo de los sucesivos acontecimientos del relato, pues es obvio, según usted, que ha ocurrido alguna tragedia que hay que desvelar. Yo, por mi parte, puedo prometer que lo que acabo de contar es absolutamente verdadero, y que, al margen de lo que yo he descrito, desconozco por completo el resto de los hechos y lo que haya podido ocurrir a ese hombre. Mi único deseo es el de ayudar a la Justica en todo cuanto me sea posible.

—Estoy seguro de ello, míster Scott Eccles, estoy seguro de ello —dijo el inspector Gregson con gran amabilidad—. Y no tengo más remedio que admitir, que todos los hechos, tal y como nos los ha relatado, coinciden perfectamente con los datos que han llegado a nuestro conocimiento. Por lo pronto, ahora habría que incidir, por ejemplo, a lo relativo a esa carta que llegó mientras ustedes cenaban. ¿Se fijó usted qué se hizo posteriormente con ella?

—Sí que me fijé. García la aplastó violentamente, echándola luego al fuego.

—¿Qué me dice usted a este respecto, Baynes?

El detective, con aspecto provinciano, era un hombre voluminoso, mofletudo, con un rostro muy colorado, y que lo que le salvaba de parecer vulgar era el brillo extraordinario de sus ojos, casi ocultos detrás de unas cejas muy pobladas y de unos pómulos prominentes. Pausado, y sin perder la sonrisa de su semblante, extrajo del bolsillo una hoja de papel, arrugada y casi descolorida.

—La rejilla de la chimenea era graduable, y el papel fue lanzado por encima de los bordes de aquélla. Recogí lo que quedaba del papel, y afortunadamente hay una parte que no se ha quemado.

Holmes sonrió, dando a entender el aprecio que aquel descubrimiento merecía.

—Ha tenido usted que registrar con absoluta pulcritud toda la casa para encontrar entre las pistas este trozo de papel.

—Así es, míster Holmes. Es mi costumbre. ¿Quiere usted señor Gregson, que la leamos en voz alta?

El detective londinense asintió con la cabeza.

—La carta está escrita en papel corriente color crema y no tiene filigranas. Es una cuartilla que ha sido cortada con unas tijeritas. Ha sido doblada por tres partes y sellada con un lacre rojo, extendido apresuradamente y aplastado con algún objeto plano y ovalado. Está dirigida al señor García, pabellón Wisteria, y dice así: «Nuestros colores son verde y blanco. Verde, abierto; blanco, cerrado. Escalera principal, primer pasillo, séptima a la derecha, bayeta verde. Buen viaje, *D.*» Se trata de la escritura de una mujer, sin duda, y está escrita con una pluma muy fina. Por otro lado, la parte exterior del sobre ha sido escrita con otra pluma, y seguramente por otra persona. Como pueden observar ustedes mismos, la letra es más grande y con rasgos más enérgicos.

—Es una carta muy curiosa —dijo Holmes, mirándola con todo detalle—. Le felicito, míster Baynes, por el análisis tan meticuloso y pormenorizado que ha demostrado en la búsqueda de datos significativos. Podrían tal vez añadirse algunos otros detalles aparentemente sin importancia. El señor ovalado es, sin disputa, de un gemelo de puño. ¿Qué otra cosa tiene esa forma? Las tijeritas son de las de uñas. A pesar de los ínfimos que son los cortes, se observa claramente en ambos, la misma ligereza en la curva.

El detective con aspecto de campesino murmuró algo y luego dijo:

—Creí que había exprimido totalmente el jugo, pero veo que aún quedaba un poco más. No tengo más remedio que decir que la única conclusión que yo saco de la carta es que se traían algún asunto entre manos y que, como es habitual, en el transfondo de todo, anda una mujer.

Durante la conversación, míster Scott Eccles se había inclinado con nerviosismo en varias ocasiones de su asiento. Luego dijo:

—Me alegro de que hayan encontrado esa carta, que viene a legitimar lo que yo había dicho. Pero me permito añadir en su presencia que no sé todavía qué es lo que le ha ocurrido al señor García ni lo que ha sido de sus criados.

—Por lo que a García respecta, la contestación es fácil —dijo Gregson—. Su cadáver ha sido encontrado esta mañana en el parque comunal de Oxshott, a casi dos kilómetros de distancia de su casa. Tenía la cabeza machacada por efecto de fuertes golpes que le habían sido propinados con una pala de arena o con algún utensilio semejante, y que más bien, con la intención de herir, había indicios de matar, puesto que la cabeza estaba aplastada. El crimen se ha llevado a cabo en un sitio aislado, porque en los alrededores del parque no hay ninguna casa a menos de quinientos metros. Se puede deducir, que en principio fue golpeado por la espalda, y que luego, ya tendido en el suelo, su agresor continuó golpeándole, incluso estando ya muerto. La agresión puede calificarse de furibunda y violenta, y lo peor es que no se han encontrado ni huellas de pisadas ni pista alguna que nos puedan esclarecer la autoría del crimen.

—¿Le han robado?

—No; no se advierte ninguna tentativa de robo.

—Este tema es muy trágico, muy doloroso y terrible —exclamó míster Scott Eccles con voz quejumbrosa—; pero la situación en que a mí me pone es muy difícil. Yo no tengo ninguna relación con el caso ni la culpa de que mi huésped emprendiese una excursión nocturna y encontrase un final tan triste. ¿Cómo es que yo me veo involucrado en semejante asunto?

—Muy sencillo, señor —le contestó el inspector Baynes—. La única relación con el entorno que se le ha encontrado al muerto, ha sido una carta en su bolsillo, la misma carta en la que usted le anunciaba que pasaría con él la noche en que murió. Gracias al sobre de la carta, pude determinar el nombre y la dirección del muerto. Esta mañana llegamos a su casa después de las nueve, y no hallamos en ella ni a usted ni a nadie. Telegrafié a Gregson para que diese con el paradero de usted en Londres, mientras yo registraba el pabellón Wisteria. Vine después a Londres, me reuní con míster Gregson y aquí nos tiene.

—Creo —dijo Gregson, levantándose— que lo mejor que podríamos hacer en este momento, es dar de alta oficialmente al caso para su consiguiente investigación. En cuanto a usted, míster Scott Eccles, puede acompañarnos a la Comisaría y poner por escrito su declaración.

—Iré rápidamente, por supuesto. Pero requiero de los servicios de míster Holmes. No repare en gastos ni esfuerzos al respecto, señor Holmes, quiero llegar al fondo de este asunto.

Mi amigo se volvió hacia el inspector provinciano.

—Supongo, míster Baynes, que no tendrá inconveniente alguno en que colabore con usted.

—Me consideraré muy honrado, señor.

—Veo que ha actuado usted con gran rapidez y eficacia en todo. ¿Se tiene algún dato que permita fijar la hora exacta en que ese hombre halló la muerte?

—Llevaba allí desde la una de la madrugada. Alrededor de esa hora llovió, y con toda seguridad que su muerte se produjo antes de la lluvia.

—Eso es completamente imposible, míster Baynes —exclamó nuestro cliente—. Tenía una voz inconfundible. Yo estaría dispuesto a jurar que fue él quien me habló a esa hora en mi dormitario.

—Es extraordinario, pero no imposible —dijo Holmes sonriendo.

—¿Tiene usted acaso una pista? —preguntó Gregson.

—Así, a primera vista, el caso no parece muy complejo, aunque ofrece notas de novedad y de interés. Necesitaría conocer más los hechos antes de aventurarme a exponer una opinión última y definitiva. A propósito, míster Baynes: ¿no encontró usted algún dato trascendente, fuera de esa carta, durante su registro en la casa?

El detective miró a mi amigo de una manera extraña, y dijo:

—Sí, encontré algunas cosas ciertamente interesantes. Tal vez, cuando yo haya terminado los trámites en la Comisaría, le interese venir para que me conceda su sabia opinión respecto a las mismas.

—Estoy absolutamente a su disposición —dijo Sherlock Holmes, llamando a la campanilla—. Mistress Hudson, acompañe hasta la puerta a estos caballeros, y tenga la bondad de mandar al botones para que envíe este telegrama, está ya pagado.

Permanecimos un rato sentados y en silencio después que se marcharon nuestros visitantes. Holmes reflexionaba mientras fumaba la pipa, con las cejas fuertemente apretadas sobre sus ojos penetrantes y la cabeza caída hacia adelante con la expresión tan personal que le caracterizaba.

—¿Qué me dice usted, Watson, de este asunto? —me preguntó, volviéndose de manera súbita hacia mí.

—Toda la incógnita de lo que ha sido víctima Scott Eccles no me dice nada.

—¿Y el crimen?

—Pues verá usted, teniendo en cuenta la fuga de los mismos criados del muerto, yo diría que ellos están implicados de un modo u otro en el asesinato y han huido de la Justicia.

—Desde luego, es un punto de vista posible. Pero así, a simple vista, tendrá usted que reconocer que resulta muy extraño que sus propios criados estuviesen involucrados en una conspiración contra su amo y que la agresión se llevara a cabo precisamente la noche en que había un invitado, teniéndole a su merced todos los restantes días de la semana en los que estaba solo.

—¿Por qué razón han escapado entonces?

—Efectivamente. ¿Por qué han huido? Ese es el hecho trascendental. El otro es el caso tan inverosímil ocurrido a nuestro cliente, míster Scott Eccles. Ahora bien, Watson: ¿está acaso fuera de los límites del entendimiento humano proporcionar una explicación razonable en la que encajen estos dos hechos trascendentales? Si en esa explicación entrara también la misteriosa carta con su cariñosa terminología, tal vez merecería la pena aceptarla como una hipótesis transitoria. Y si los posteriores hechos que vayamos conociendo encajan en el cuadro, tal vez entonces nuestra hipótesis se convierta gradualmente en la solución.

—¿Y cuál es esa hipótesis?

Holmes se incorporó de su sillón con los ojos entornados.

—Tiene usted que empezar por aceptar, Watson, que la idea de que se trata de una burla es inaceptable. Se preparaban graves acontecimientos, según lo demostraron los hechos, y esa intención de atraer con halagos a Scott Eccles al pabellón de Wisteria tiene una relación con ellos.

—¿Y cuál puede ser esa relación?

—Vayamos paso a paso. A simple vista resulta algo que se sale de lo corriente esa rara y repentina amistad entre el joven hispano y Scott Eccles. Fue aquel quien forzó la marcha de las cosas. Al día siguiente de conocerse, marchó a visitar a Eccles al otro extremo de Londres, y se mantuvo en estrecho contacto con él hasta que consiguió que fuese a Esher. Y yo pregunto: ¿para qué podía querer a Eccles? ¿Qué era lo que este caballero podía proporcionarle? En mi opinión, no me parece que sea un hombre especialmente inteligente ni que tenga ciertos atributos como para despertar las simpatías de un hombre latino y de ingenio rápido. ¿Por qué, pues, eligió García precisamente a Eccles, entre todas las personas con quienes estaba relacionado, como la más apta para sus propósitos? ¿Tiene alguna cualidad destacable? Yo digo que sí. Es el prototipo exacto de lo que se denomina la respetabilidad inglesa, es el hombre que, como testigo, más impresión puede causar en el ánimo de otro inglés. Usted mismo ha podido ver cómo ninguno de los dos inspectores ha soñado ni por un instante en poner en tela de juicio sus declaraciones, por extraordinarias que hayan sido.

—¿Y qué es lo que él tenía que declarar como testigo?

—Tal como sucedieron las cosas, nada; pero todo, si hubiesen resultado de otro modo bien distinto. Así es como yo veo las cosas.

—Es decir, que él podría resultar la persona adecuada para demostrar una coartada.

—Exactamente, mi querido Watson; él podría haber hecho decisiva una coartada. Supongamos, nada más que como base de argumentación, que los habitantes del pabellón Wisteria son cómplices de un determinado plan. Y que el mencionado plan tiene que ser ejecutado, sea el que sea, antes de la una de la madrugada. Es posible que, mediante la manipulación de los relojes, hayan conseguido que Scott Eccles se acostase más temprano de lo que él pensaba; en todo caso, es muy posible que cuando García llegó hasta el cuarto de dicho señor para decirle que era la una, no fuesen sino las doce. Suponiendo que García realizase lo que tenía que realizar y estuviese de vuelta para la hora mencionada, es evidente que disponía de un testimonio muy respetado como prueba contra cualquier acusación. ¡Allí estaba aquel británico con su palabra irreprochable, dispuesto a jurar ante cualquier tribunal que el acusado no salió de su casa! Era él un seguro contra lo peor que pudiera ocurrir.

—Sí, sí, ya me doy cuenta. Pero ¿y qué me dice de la desaparición de los otros dos?

—Todavía no tengo todas las respuestas claras, pero no creo que haya dificultades insuperables. Y además, es un gran error adelantarse a los hechos y pronunciar un juicio antes de tiempo. Es muy común especular los acontecimientos y sentenciar juicios retorcidos para acomodarlos a las teorías que uno se ha forjado.

—¿Y la carta que recibió?

—¿Recuerda su texto? «Nuestros colores son verde y blanco.» Esto suena a cosa de carrera de caballos. «Verde, abierto; blanco, cerrado.» Esto es, evidentemente, una señal. «Escalera principal, primer pasillo, séptima a la derecha, bayeta verde.» Esto es una cita. Tal vez hasta encontremos en el fondo de todo a un marido celoso. Se trataba en todo caso de una búsqueda peligrosa. De no haberlo sido, no habría escrito: «Buen viaje.» Y la firma *D.* Esto debería servirnos de guía.

—El hombre era español. Me permito insinuar que *D.* significa Dolores, que es un nombre de mujer bastante corriente en España.

—Muy bien dicho, Watson, muy bien dicho; pero completamente inadmisible. Una española que escribe a un español lo habría hecho en su propio idioma. La persona que ha escrito esta carta es, con absoluta seguridad, una inglesa. Bueno, lo mejor será que seamos pacientes hasta que el magnífico inspector vuelva por aquí. Mientras tanto, podemos dar gracias a nuestra buena suerte, que nos ha salvado durante algunas horas de la insoportable tarea de no hacer nada.

* * *

Antes que el inspector de Surrey regresara, llegó la contestación al telegrama de Holmes. Lo leyó, y cuando se disponía a colocarlo en su cuaderno de notas, se fijó en la expresión de expectativa que tenía mi cara. Me lo acercó y riéndose, me dijo:

—Nos moveremos entre gente de alta alcurnia.

El telegrama no era otra cosa que una lista de nombres y direcciones:

> «Lord Harringby. The Dingle; sir George Folliot, Exshott Towers; míster Hynes Hynes, J. P. Purdey Place; míster James Baker Williams, Forton Old Hall; míster Henderson, High Gable; reverendo Joshua Stone, Nether Walsling.»

—Es una manera muy sencilla de localizar nuestro campo de acción —dijo Holmes—. Y no tengo la menor duda de que Baynes, con su forma tan lógica de discurrir, ha adoptado ya un plan parecido.

—Con sinceridad, no acabo de comprender nada.

—Querido Watson, hemos llegado ya a la conclusión de que el mensaje recibido por García venía a ser una dirección o una cita amorosa. Pues bien: si la interpretación es correcta, y para llegar hasta el lugar de la cita tiene uno que subir por una escalera principal y localizar la séptima puerta de un pasillo, es evidente que se trata de una casa muy grande. Es también obvio que esa casa no puede encontrarse a distancia mayor de dos o tres kilómetros de Oxshott, puesto que García caminaba en esa dirección y calculaba, según mi opinión, hallarse de vuelta en el pabellón Wisteria con tiempo para beneficiarse de una coartada, y que únicamente podría ser válida hasta la una de la madrugada. Como el número de casas grandes en los alrededores de Oxshott tiene que ser limitado, adopté el método que tenía a mano, es decir, envié un telegrama a los agentes de fincas mencionados por Scott Eccles, y conseguí de ellos una lista. Este telegrama contiene las direcciones de esas casas y el nombre de sus propietarios, y en este contexto tiene que encontrarse ese cabo suelto que se nos escapa en este intríngulis en el que nos movemos.

* * *

Eran aproximadamente las seis cuando llegamos a la hermosa aldea de Esher, del condado de Surrey, acompañados por el inspector Baynes.

Holmes y yo llevábamos nuestros respectivos neceseres para pasar allí una noche, y encontramos muy confortable el hospedaje en el mesón de

El Toro. Por último, nos dirigimos con el detective a realizar nuestra visita al pabellón Wisteria. Era un atardecer frío y oscuro del mes de marzo; un viento cortante y una fina lluvia golpeaban nuestras caras, ambientando todo el contexto en el que nos encontrábamos, ante la inhóspita dehesa comunal, por la que cruzaba nuestro camino, y al final trágico hacia el que nos conducía.

El *Tigre de San Pedro*

Caminamos durante largo rato, en un sendero triste y nostálgico que nos condujo hasta una inmensa puerta exterior de madera, por la que se desembocaba en una lóbrega avenida de castaños. La avenida, oscura y ondulada, desembocaba en una casa discreta, y ubicada en una zona oscura, proyectándose en las inmediaciones como una difusa silueta sobre el fondo del firmamento pizarroso. El brillo de una luz tenue, como casi inconsistente en las tinieblas, se filtraba por la ventana de la fachada, justo al lado izquierdo de la enorme puerta. Baynes comentó:

—Hay un guardián al cuidado de la casa. Llamaré a la ventana.

Cruzó la explanada del jardín, y cuando llegó a la casa golpeó insistentemente en el cristal de la ventana. Hacía tanto frío que los cristales estaban empañados, pero se podía observar cómo un individuo, que estaba sentado calentándose al fuego, se ponía en pie de repente. A continuación oí el grito agudo que lanzaba dentro de la habitación. Un instante después nos abría la puerta un agente de Policía; estaba desencajado del frío y no paraba de jadear. La luz de la vela se balanceaba en su trémula mano; Baynes le preguntó con serenidad:

—¿Qué le ocurre, Walters?

El hombre se enjugó con el pañuelo el sudor de la frente y dejó escapar un largo suspiro de alivio.

—Me alegro de que haya usted venido, señor. Ha sido una vigilia muy prolongada, y creo que mis nervios están un tanto desatados.

—¿Sus nervios, Walters? Jamás habría pensado que tuviese usted algún nervio en su cuerpo.

—Ha sido, señor, culpa de esta casa solitaria y silenciosa y de esas cosas tan extrañas con las que nos hemos topado en la cocina. Y cuando usted golpeó en la ventana, pensé que volvía de nuevo.

—¿Qué es lo que volvía de nuevo?

—Lo que fuese, que igual podía ser el demonio. Estaba en la ventana.

—¿Qué es lo que estaba en la ventana, y cuándo ha sido eso?

—Hará cosa de dos horas. Cuando se iniciaba el anochecer. Yo estaba sentado en la silla, leyendo. No sé qué impulso me hizo que levantara la vista, pero el caso es que encontré un rostro mirándome a través de la ventana. ¡Válgame Dios, y qué cara! La veré en mis sueños mientras viva.

—¡Vaya, vaya, Walters! No es ese el mejor lenguaje para un agente de Policía.

—Lo sé, señor, lo sé; pero me estremeció, ¡no puedo negarlo! No era negra ni blanca ni de ninguno de los colores que yo conozco, sino de una tonalidad como arcillosa, llena de salpicaduras lechosas. Y luego, su tamaño, era el doble que la de usted, señor; y su aspecto, señor, ni que decir tiene, con unos enormes ojos saltones, y los dientes blancos como los de una fiera. Le aseguro, señor, que se me inmovilizaron los miembros del cuerpo, y no pude mover ni un dedo ni recobrar el aliento, hasta que se desplazó de aquel lugar y desapareció. Salí de la casa y me lancé por la hilera de arbustos; sin embargo, gracias a Dios, no había allí nadie.

—Si yo no supiera, Walters, que es usted un hombre valiente, pondría una tachadura negra junto a su nombre por lo que me está contando. Ni aunque se tratase del diablo en persona, debe un agente de Policía que está de servicio dar nunca gracias a Dios por no haber podido echarle el guante a la persona que persigue. ¿No será todo ello una alucinación y un efecto de los nervios?

—Eso, al menos, es cosa fácil de comprobar —dijo Holmes, encendiendo su pequeña linterna de bolsillo.

Después de un rápido examen del campo de césped, nos informó:

—En efecto, hay huellas de un pie que yo creo que debe de ser del número cuarenta y cuatro. Si el resto del cuerpo era proporcionado a su pie, con seguridad que se trata de un gigante.

—¿Qué fue de él?

—Creo que se abrió paso por los arbustos dando a parar a la carretera.

—Bien —dijo el inspector con expresión grave y pensativa—; sea el que sea, y quisiera lo que quisiera, ya ha desaparecido, y tenemos otras cosas a las que atender en estos momentos. Y ahora, míster Holmes, le mostraré si me permite, el interior de la casa.

Los diferentes dormitorios y salas no aportaron nada a la investigación que se estaba realizando. Por lo que te podía observar, los inquilinos no habían llevado consigo casi ninguna pertenencia, y habían alquilado la casa completamente amueblada, inclusive los utensilios propios del hogar y otros detalles. Habían dejado una buena cantidad de ropa con la etiqueta de Marx y Cía., Hingh Holborn. Se habían hecho ya investigaciones por telégrafo, y por ellas se supo que Marx no poseía dato alguno respecto a su cliente, excepto que era un cliente que pagaba religiosamente sus compras. Por otro lado, entre los objetos de pertenencia personal había algunas curiosidades, como varias pipas, novelas —dos de ellas en español—, un anticuado revólver de percusión por aguja y una guitarra.

—De todo lo que aquí hay, no puede sacarse nada en claro —comentó Baynes mientras recorría todas las habitaciones portando la vela en la mano—. Pero ahora, míster Holmes, le invito a fijar su atención en la cocina.

Era una habitación tenebrosa, con unos techos muy altos y ubicada en la parte posterior de la casa, con una yacija de paja en un rincón, que servía aparentemente de cama al cocinero. La mesa estaba cubierta de platos y de fuentes con los restos de la cena de la noche anterior.

—Fíjese en todos los detalles —dijo Baynes—. ¿Qué se puede sacar como consecuencia después de su observación? Y mire este objeto en concreto, es curioso...

Sostuvo la vela, alumbrando un objeto rarísimo que se apoyaba en la parte posterior del trinchante. Se hallaba tan arrugado, encogido y marchito, que resultaba imposible decir qué pudo haber sido aquello. Por un lado era negro y correoso, teniendo cierto parecido con una pequeñísima figura humana. Al examinarla creí en un principio que se trataba de algún bebé negro, momificado, y luego lo tomé por un mono muy antiguo y retorcido. Finalmente, me quedé con la incertidumbre de si aquello era un animal o un ser humano. Tenía ceñida la cintura por una franja doble de conchas blancas.

—¡Cosa interesante, interesantísima! —exclamó Holmes, contemplando aquellos restos siniestros—. ¿Hay algo más?

Baynes nos llevó sin mediar palabra hasta el fregadero y adelantó la vela para alumbrarlo con su luz. Estaba cubierto con los miembros y cuerpo de un ave de gran corpulencia y de color blanco. Había sido despedazado de forma salvaje y sin desplumar. Holmes señaló con el dedo las barbillas de la cabeza cortada del tronco, y dijo:

—Es un gallo blanco. ¡Muy interesante! Estamos ante un caso curiosísimo.

Pero míster Baynes había reservado para el final lo más siniestro de sus descubrimientos. Sacó del suelo del fregadero un cubo de cinc que contenía cierta cantidad de sangre, y acto continuo retiró de la mesa una fuente, en la que había un montón de trocitos de huesos chamuscados.

—Aquí se ha matado a un ser y lo incineraron. Todos estos huesos los entresacamos ayer de la casa. Hicimos venir por la mañana a un médico, y afirmó con rotundidad que no se trataba de huesos humanos.

Holmes sonrió y se frotó las manos.

—Inspector, no tengo más remedio que felicitarle por la manera tan eficaz con la que está llevando a cabo esta investigación ciertamente tan interesante. Si me permite, debo además añadir que en mi más humilde opinión, creo que tiene usted un talento, como poco superior, a los que hasta ahora se han presentado en su carrera con la oportunidad de ejercitarlo.

Los ojillos del inspector Baynes brillaban de satisfacción.

—Tiene usted razón, míster Holmes. Aquí, en provincias, nos encorsetamos. Un caso como el que ahora se presenta, supone para un profesional una gran oportunidad, y yo confío en aprovecharla. ¿Qué saca usted en consecuencia a propósito de estos huesos?

—Yo diría que son de un cordero o de un cabritillo.

—¿Y el gallo blanco?

—Es un detalle curioso, míster Baynes, muy curioso. Casi estoy por decir que único.

—En efecto, señor, en esta casa ha debido de vivir gente muy extraña con unas costumbres también muy estravagantes. Una de esas personas a las que me refiero ha fallecido. ¿Serían acaso sus compañeros los que le siguieron y le mataron? Si es obra suya, estoy seguro de que les echaremos el guante, porque están vigilados todos los puertos de embarque. Pero yo tengo un criterio diferente al respecto. Sí, mi criterio es muy distinto.

—Por tanto, usted tiene ya su teoría al respecto, ¿no es así?

—Y quiero llevarla acabo yo mismo, míster Holmes. Debo hacerlo en aras de mi carrera y mis facultades. Usted tiene ya hecho su prestigio, pero yo tengo todavía por hacer el mío. Me alegraría mucho poder afirmar, al final del asunto, que yo he solucionado el caso sin la ayuda de usted.

Holmes se echó a reír de muy buen grado, y dijo:

—Muy bien, muy bien, inspector. Usted siga su camino y yo seguiré el mío. Lo que yo consiga está siempre de muy buena gana a su disposición, si usted no encuentra inconveniente en dirigirse a mí. Creo que he visto ya en esta casa todo lo que quería ver y que el tiempo de que dispongo podría emplearse con mayor provecho en cualquier otro lugar. *Au revoir,* y ¡buena suerte!

Yo habría podido afirmar, por muchos indicios sutiles que se le habrían escapado a cualquier otra persona menos a mí, que Holmes seguía una pista todavía fresca. A pesar de que un simple observador habría encontrado la expresión de Holmes, tan indolente como siempre, brotaban de sus ojos encendidos y de sus gestos más enérgicos, un anhelo disipado y una sugerente tensión que a mí me aseguraba que lo que buscábamos estaba ya cerca. Nada dijo Holmes, según tenía por costumbre, y nada le pregunté yo, también como de costumbre. Me bastaba con participar en la pista y en aportar mi humilde ayuda para la captura, sin distraer con interrupciones innecesarias la atención de aquel cerebro reconcentrado. Todo se manifestaría a su debido tiempo.

Esperé, pues; pero, para mi desilusión, cada vez mayor, esperé en vano. Siguió un día a otro día, y mi amigo no soltó prenda. Se dirigió una mañana a Londres, y yo me enteré, por un comentario casual, que había visitado el Museo Británico. Independientemente de aquella excursión, se pasó los días caminando en paseos muy largos, con frecuencia en soledad, y charlando con un gran número de personas que habitaban la aldea, cuya amistad se había dedicado a cultivar.

—Watson, estoy seguro que una semana en el campo le vendrá magníficamente —me dijo un día—. Resulta además agradable ver cómo surgen en los setos los primeros tallos verdes y las primeras candelillas en los avellanos. Con una escarda, una caja de hojalata y un libro elemental sobre botánica, pueden invertirse días muy instructivos.

El mismo vagaba de un lado para otro cargado con ese equipo, pero el surtido de plantas que traía cada noche era muy escaso.

De cuando en cuando tropezábamos en nuestras andanzas con el inspector Baynes. La cara gordiflona y coloradota de aquel individuo albergaba una sonrisa un tanto hipócrita, y sus ojillos se encendían cada vez que saludaba a mi compañero. Poco era lo que mencionaba acerca del caso, pero de lo poco que pude sonsacar, me percaté que él mismo no estaba del todo insatisfecho con el curso que llevaban los acontecimientos. Sin embargo, no tengo más remedio que confesar que me quedé bastante sorprendido cuando, unos cinco días después del crimen, abrí mi periódico de la mañana y me encontré con estos grandes titulares:

EL MISTERIO DE OXSHOTT

HACIA LA SOLUCIÓN

DETENCIÓN DEL SUPUESTO ASESINO

Holmes saltó de su asiento al leer tales titulares, como si le hubiesen pinchado, y exclamó:

—¡Por Júpiter! ¿Quiere decir que Baynes le ha echado el guante?

—Por lo visto, sí —le contesté, y leí el siguiente artículo:

«Se ha producido en Esher y en toda su comarca una gran emoción al saberse, a última hora de la pasada noche, que se había llevado a cabo una detención relacionada con el asesinato de Oxshott. Se recordará que en la dehesa comunal de Oxshott fue encontrado muerto el señor García, del pabellón Wisteria. Su cadáver mostraba señales de una violenta y brutal agresión, y también se recordará que su criado y su cocinero huyeron aquella misma noche, lo que parecía demostrar su participación en el crimen. Se apuntó la idea, que no llegó a corroborarse, de que el ya fallecido, guardaba tal vez en el interior de su casa, objetos de valor y que el móvil del crimen había sido el robo de los mismos. El inspector Baynes, a cuyo cargo está la investigación, realizó una incomparable labor para descubrir el lugar en que se ocultaban los fugitivos, teniendo buenas razones para creer que no habían ido muy lejos y que se hallaban ocultos en alguna guarida que habían preparado previamente. Se tuvo, a pesar de todo, desde el primer momento, la certidumbre de que se llegaría a dar con su paradero, porque el cocinero, según declaraciones de algunos proveedores que tuvieron ocasión de verle por la ventana, era hombre de aspecto bastante llamativo. Se trata de un mulato gigantesco y de cierta fealdad, con rasgos amarillentos y de marcado tipo negroide. A este individuo se le ha visto con posterioridad al crimen, porque la noche misma después del incidente, el individuo fue descubierto y perseguido por el agente de Policía Walters, pues tuvo la audacia de regresar al pabellón Wisteria. El inspector Baynes, pensando que una visita de esa clase no se hacía sin ninguna finalidad determinada, y que era probable, por consiguiente, que se repetiría, dejó sin guardia la casa, pero colocó vigías de camuflaje en los bosques de arbustos. El individuo en cuestión cayó en la trampa y fue capturado la noche pasada después de grandes forcejeos, en el transcurso de los cuales dio una feroz mordedura al agente de Policía Downing. Tenemos entendido que, cuando el preso sea llevado ante los jueces, la Policía solicitará que se mantenga su detención, esperando así que su captura traiga consigo consecuencias de grandes novedades.»

—No tenemos más remedio que ir a visitar inmediatamente a Baynes —exclamó Holmes, echando mano a su sombrero—. Le alcanzaremos con el tiempo suficiente antes que salga de su casa.

—Cruzamos a toda prisa la calle de la aldea, y como esperábamos, encontramos al inspector cuando salía de sus habitaciones.

—¿Ha leído usted el periódico, míster Holmes? —preguntó, acercándonos un ejemplar del mismo.

—Sí, lo he leído, míster Baynes. Le ruego que no tome a mal el que intente contrariar su decisión de forma amistosa.

—¿De qué me habla, míster Holmes?

—He estudiado este caso con especial detenimiento, y no estoy convencido de que la dirección que usted sigue sea la verdadera. No me agradaría que usted tomara un rumbo equivocado tal y como lo ha emprendido, a no ser que tenga una completa seguridad.

—Es usted muy amable, míster Holmes.

—Le aseguro que hablo velando por usted.

Creí advertir en uno de los ojillos de míster Baynes un temblor que se parecía a un guiño.

—Míster Holmes, habíamos convenido en que cada cual llevase el asunto siguiendo sus propias directrices, y eso es lo que yo estoy haciendo.

—Pues entonces, no digo nada —contestó Holmes—. No lo tome a mal.

—De ninguna manera, señor; yo creo que usted mira por mi bien. Pero todos nosotros tenemos nuestros modos de trabajar muy personales, míster Holmes. Usted tiene los suyos y tal vez yo tenga también los míos.

—Ni una palabra más.

—De todos modos, voy a darle a usted con mucho gusto los datos que poseo. El individuo en cuestión es un completo salvaje, tan fuerte como un caballo percherón y tan agresivo como un demonio. Casi le arrancó el pulgar a Downing de un mordisco antes que pudiera ser dominado. Apenas habla algunas palabras en inglés, y sólo hemos conseguido que nos conteste con gruñidos.

—¿Y usted cree tener pruebas de que él asesinó a su amo?

—Yo no he dicho eso, míster Holmes; yo no he dicho eso. Todos tenemos nuestros pequeños trucos. Pruebe usted con los suyos y yo probaré con los míos. Ése es nuestro acuerdo.

Mientras nos alejábamos, Holmes se encogió de hombros y dijo:

—No logro persuadir a ese hombre para que trabajemos en equipo. Tengo la impresión que ha tomado un rumbo equivocado y que con su obcecada decisión se va a desplomar de un momento a otro. Pero en fin, como él dice, cada uno de nosotros debemos proceder a nuestra manera, así que con los resultados, ya veremos quien de los dos está en lo cierto.

El caso es que observo algo en el inspector Baynes que no llego a comprender por completo.

Una vez que regresamos a nuestra habitación de *El Toro*, me dijo Sherlock Holmes:

—Watson, haga el favor de tomar asiento, porque quiero ponerle al tanto de la situación, pues no sería extraño que esta noche tuviera que recurrir a usted para que me prestara ayuda. Voy a explicarle la evolución que ha experimentado este caso hasta el punto en que he sido capaz de seguirlo. En las características más generales y en los puntos fundamentales, ha sido sencillo, sin embargo, a pesar de ello, el caso sigue teniendo enormes dificultades para proceder y realizar una detención. Respecto a ello, existen todavía ciertas incógnitas que debo superar... Volvamos a la carta que le fue entregada a García la noche misma en la que fue asesinado. Podemos descartar esa absurda idea que tiene Baynes de que los criados de García participaron en el crimen. La prueba de ello se puede plasmar en que fue precisamente el señor García el que insistió y se las ingenió para que Scott Eccles estuviera presente aquella noche en la casa, y por tanto, la finalidad de García en este asunto es que sirviera para operar una perfecta coartada. En ese sentido, el señor García organizó de forma premeditada una intriga, la cual estaba orientada hacia un acto criminal, entre otras cosas porque únicamente la persona que elabora un plan así, trata al mismo tiempo de establecer una coartada de ese tipo. Por otro lado, uno se pregunta: ¿Quién es, pues, la persona que con mayor probabilidad le quitó la vida? Pues seguramente, esa persona es la misma contra la cual iba dirigido el acto criminal. Hasta aquí creo yo que avanzamos por terreno firme... Y precisamente aquí, nos encontramos con el punto que podría enlazar con la desaparición de los criados de García. Todos ellos estaban compinchados para cometer algún crimen que nosotros desconocemos. Si ese crimen se realizaba, García regresaría a casa, quedaría cubierto contra toda sospecha por la declaración del caballero inglés y no habría pasado nada. Pero lo que premeditaban debía de ser un plan muy peligroso, y si García no regresaba a casa a una hora determinada, era probable que hubiese perdido la vida él mismo. Por consiguiente, habían convenido que, en el caso de ocurrir un incidente ajeno al plan establecido, sus dos subordinados tendrían que huir a un lugar de antemano acordado, de tal manera que evitarían durante algún tiempo todo tipo de pesquisas, para realizar otra nueva tentativa posteriormente. ¿No es cierto que esta hipótesis, podría explicar los hechos ocurridos?

Tuve la sensación que el enredo se había esclarecido ante mis ojos. Y, como siempre me ocurría, me pregunté cómo no había visto yo antes una cosa tan evidente.

—Pero ¿por qué razón había de regresar únicamente uno de los dos servidores?

—Podemos suponer que, en la confusión de la fuga, se habían olvidado algo con muchísimo valor, algo lo suficientemente importante como para no resignarse a perderlo. Todo ello explicaría su insistencia en regresar, ¿no es cierto?

—Bien, ¿y cuál es el paso siguiente?

—El paso que viene a continuación es la carta recibida por García durante la cena. Es la carta la que determina la existencia de otro cómplice en el extremo contrario. Pero ¿dónde se encuentra el extremo contrario? Ya he mencionado antes que tal extremo tiene por lógica que situarse en alguna casa muy espaciosa, y que el número de casas de esa categoría que se localiza en el entorno es muy escaso. Durante todos estos primeros días que hemos pasado en esta aldea, los he dedicado simplemente a caminar, y durante estos largos paseos así como mi entrega a pasatiempos tan interesantes como la curiosidad que me suscita la botánica, llevé a cabo mi minucioso reconocimiento de todas las grandes mansiones de estos alrededores, y por añadidura, la historа familiar de sus ocupantes. Y de todas, fue únicamente una, la que atrajo mi atención. Esta casa fue la conocida granja de estilo jacobino, de High Gable, situada a dos kilómetros de distancia del extremo más lejano de Oxshott y a menos de un kilómetro del escenario de la tragedia. Las demás casonas pertenecen a gente prosaica y familias respetables, cuya vida cotidiana está muy lejos de inmiscuirse en extravagancias. En cambio, míster Henderson, de High Gable, resultó, bajo todos los puntos de vista, un personaje raro al que bien podían ocurrirle hechos insólitos y aventuras extrañas. Concentré entonces mi atención en su persona, sus pertenencias y su casa... Ahí tiene usted, Watson, toda una colección de individuos extraños, y el más extraño entre todas es el mismo Henderson. Me las tuve que ingeniar para visitarle con un pretexto razonable; pero me pareció leer en sus ojos negros, profundos y reflexivos que él sabía perfectamente cuál era mi verdadera finalidad. Es un hombre de cincuenta años, fuerte, activo, de cabellos de un color gris plateado, de anchas y revueltas cejas negras, muy ágil en su forma de caminar y con aires de emperador; en definitiva, un hombre impetuoso, dominante, arrogante, y que oculta muy discretamenta un temperamento irascible detrás de su rostro impasible. No sé si es extranjero, o si ha vivido largo tiempo allá en el trópico, porque tiene un color amarillento bastante inquietante, y un cutis absolutamente reseco, tan correoso como una trenza de látigo. Su amigo y secretario, míster Lucas, es indudablemente extranjero, de color chocolate, marrullero, dulzarrón y gatuno, y tan meloso en su forma de hablar como venenoso en la forma de mirar. De modo, pues, Watson, que nos encontramos ya ante dos grupos de extranjeros, el uno en el pabellón de Wisteria y el otro en High Gable, con lo que empiezan a destaparse los misterios a los que antes aludí en mi explicación de los hechos. Y es esta pareja de amigos íntimos y confidenciales, lo que compone el centro de toda la casa; no obstante, hay otra persona que tal vez sea todavía más relevante para las finalidades inmediatas que perseguimos nosotros. Henderson tienen dos hijas, una de once y otra de trece años. Tienen de institutriz a una tal miss Burnet, inglesa, de unos cuarenta años. Hay también un criado de confianza. Todo este compendio es el que forma la verdadera familia, porque siempre viajan juntos, ya que Henderson es un gran viajero que anda siempre de un lado para otro. No hace más que unas semanas que regresaron a High Gable, después de un año de ausencia. Agregaré que es hombre inmensamente rico, que puede satisfacer todos sus caprichos sin sacrificio alguno. Independientemente de este grupo, su casa está llena de empleados domésticos, como criados, doncellas, sin mencionar todo tipo de holgazanes, tan carriente en residencias campestres de toda Inglaterra. Me he enterado de estos detalles en parte por los chismorreos de la aldea y en parte por mi propia observación. No hay mejores instrumentos en esa tarea que los criados que han sido despedidos y se sienten resentidos. Yo tuve la buena suerte de trabar relación con uno de ellos. Desde luego que he tenido buena suerte, aunque es posible que no hubiera dado con su paradero si no hubiera intentado orientar acertadamente mis empeños informativos. Como dice Baynes, cada uno tiene sus fuentes y su propia manera de conseguir información. Y en este sentido, gracias a mi sistema, tuve la oportunidad de conocer a John Warner, que fue jardinero de High Gable y que fue despedido en un momento de mal humor por su amo. A su vez, el jardinero tenía amigos entre la servidumbre del interior de la casa, con un denominador común entre ellos, su temor y antipatía por el amo. De esa forma conseguí la llave que me iba a abrir los secretos de aquella familia... ¡Gente extraña, Watson! No afirmo que conozca ya todo lo que allí ocurre, pero a mi parecer son sin duda, gente rara. El edificio está compuesto de dos alas; la servidumbre vive en una y la familia en otra. Entre un ala y otra no existe más ligazón que el criado de confianza de Henderson, que sirve las comidas a la familia. Todo se lleva hasta una determinada puerta, que conecta las dos alas. La institutriz y las niñas apenas salen, como no sea al jardín y a las proximidades de la casa. Por otro lado, Henderson, jamás pasea en solitario. Su secretario es como su sombra. Entre la servidumbre se rumorea que su amo tiene un miedo terrible de algo. Warner dice: «Vendió su alma al diablo por dinero, y teme que su acreedor se presente en cualquier momento para reclamar la deuda.» Nadie tiene la menor idea de dónde vinieron o quiénes son. Es gente complicada. En dos ocasiones Henderson la ha emprendido a latigazos con algunas personas, y si se ha librado de comparecer ante los tribunales es gracias a sus arcas y a su bolsillo, porque de forma reiterada ha pagado, y en varias ocasiones, indemnizaciones asombrosas... Y ahora, Watson, examinemos la situación de estos datos nuevos. Podemos dar por supuesto que la carta procedía de esta extraña familia y que en ella se invitaba a García a realizar algún proyecto que tenía ya convenido. ¿Quién escribió la carta? Alguien que estaba dentro de la ciudadela, y que era una mujer. ¿Qué otra persona podía ser sino la institutriz, miss Burnet? Todos nuestros razonamientos nos llevan en esa dirección. Podemos, en todo caso, tomarlo como una hipótesis y ver las consecuencias que de ella pueden derivarse. Agregaré que la edad y la manera de ser de miss Burnet vienen a desmentir mi primera suposición de que pudiera haber en nuestra historia un asunto amoroso... Si ella escribió la carta, es de suponer que era la amiga y aliada de García. ¿Qué actitud puede suponerse, en consecuencia, que adoptaría al recibir la noticia de su muerte? Si la intriga en que colaboraban era pecaminosa, se callaría, aunque guardase en su corazón el más sincero sentimiento de aborrecimiento y odio contra quienes le habían dado muerte; y también era de presumir que prestaría su ayuda, siempre que se tratara de venganza. ¿Me sería posible hablar con ella y servirme de ella? Tal fue mi primer pensamiento. Pero ahora nos enfrentamos con un hecho siniestro. Desde la noche del crimen nadie ha vuelto a ver a miss Burnet. Desde entonces se ha esfumado por completo. ¿Vive? ¿Ha sufrido la misma suerte que su amigo exactamente la misma noche que se citaron? ¿O la tienen simplemente prisionera? He ahí el punto que nos queda todavía por resolver... Por lo dicho se dará usted cuenta, Watson, de lo difícil de la situación. No disponemos de prueba alguna que nos permita solicitar un edicto judicial. Y aunque pudiéramos exponer nuestras suposiciones ante un juez, faltarían pruebas, así que nuestra historia resultaría una pura fantasía. La desaparición de la mujer nada representa, porque en esa extraordinaria servidumbre puede ocurrir que no se vea a un miembro de la misma durante una semana entera. Sin embargo, pudiera encontrarse ahora mismo en peligro de muerte. Todo lo que yo puedo hacer es vigilar la casa, haciendo que mi agente Warner monte la guardia frente a las puertas exteriores del parque. No podemos consentir que se prolongue semejante situación. Puesto que la Justicia no puede hacer nada, debemos actuar asumiendo nosotros mismos los riesgos.

—¿Qué es lo que usted sugiere?

—Conozco la habitación de esa mujer. Se puede llegar hasta ella por el tejado de una de las dependencias de la casa. Sugiero, pues, que usted y yo vayamos allí esta noche para ver si damos en el corazón mismo del misterio.

El horizonte que se nos presentaba, y así debo de reconocerlo, no era precisamente muy cautivador que digamos. La casa, tan antigua y con ese ambiente, místerioso, los personajes tan extraños que allí vivían, y los peligros a los que nos enfrentábamos, no todo ello, me resultaba truculento, y en esos instantes me sentí verdaderamente pusilánime ante cualquier eventualidad que se pudiera desatar. Además, desde el punto de vista legal, nos colocábamos en una situación fatal, pues éramos nosotros los que violábamos la intimidad de aquel hogar, y que por muy extraño que fuera, no teníamos orden judicial alguna para irrumpir en su interior. Por otro lado, bien era consciente de la decisión de Holmes en acometer aquella aventura, puesto que una vez que llegaba a convencimientos semejantes, era rarísimo que cambiara de parecer. De todo ello, bien se podía sacar algo positivo, y era su templanza, su absoluta seguridad de descubrir lo que buscaba, y en ese sentido, ciertamente me sentía protegido, puesto que rara vez fallaba en su inmejorable intuición. Estreché su mano en silencio, la suerte estaba echada.

Pero no quiso el Destino que nuestra investigación tuviese un final tan aventurero. Serían las cinco de la tarde, empezaba a anochecer, cuando de repente irrumpió en nuestra habitación un campesino enormemente excitado.

—Se fueron, míster Holmes. Marcharon en el último tren. La señora se escapó, está bajo mi protección, abajo, en el coche.

—¡Magnífico, Warner! —exclamó Holmes, poniéndose en pie de un salto—. Watson, esos huecos se van llenando rápidamente.

Dentro del coche encontramos a una mujer, medio desvanecida por efecto del agotamiento nervioso. En los rasgos de su cara aguileña y enflaquecida mostraba las huellas de alguna tragedia reciente. Estaba cabizbajo, inexpresiva, con sus manos rezagadas, sobre el pecho. Cuando levantó la mirada y fijó sus ojos sobre nosotros, sus pupilas estaban dilatadas, formaban dos puntos negros inamovibles sobre un fondo grisáceo, eran unos ojos hermosos, sin duda, pero también se observaba que había sido narcotizada mediante opio. Nuestro emisario, aquel jardinero que había sido despedido, nos dijo:

—Yo estaba de vigilancia en la puerta exterior del parque, tal como usted me ordenó, míster Holmes. Cuando salieron en coche, yo les seguí hasta la estación. Esta mujer caminaba como sonámbula; pero cuando intentaron meterla en el tren, volvió a la vida y se opuso mediante un forcejeo. La metieron de un empujón dentro del vagón, pero ella salió otra vez con toda su fuerza. Yo entonces pude rescatarla, la metí en un coche, y aquí estamos. No olvidaré jamás la cara que me miró desde la ventanilla del vagón cuando yo me la llevaba. Poco tiempo me quedaría de vida, si aquel demonio amarillento, de ojos negros y expresión rabiosa, pudiera cumplir sus deseos.

Subimos a la mujer a nuestro cuarto, la acostamos en el sofá, y un par de tazas del café más fuerte que pudimos preparar bastaron para despejar su cerebro de las brumas de la droga. Holmes había enviado a buscar a Baynes, y explicó rápidamente al inspector la situación.

—Señor mío, usted me ha proporcionado la prueba misma que yo andaba buscando —dijo el inspector, estrechando calurosamente la mano de mi amigo—. Desde el primer momento seguía yo la misma pista que usted.

—¿Cómo? ¿Qué también usted andaba detrás de Henderson?

—Sí, míster Holmes, y cuando usted vigilaba sigilosamente por los arbustos de High Gable, yo estaba encaramado entre las ramas de un árbol y le estaba viendo desde allá arriba. Estábamos a la par, esperando que alguno de los dos consiguiera antes una prueba de culpabilidad.

—Y entonces, ¿por qué detuvo usted al mulato?

Baynes lanzó una enorme risotada.

—Yo sabía perfectamente que Henderson, como así se hace llamar, se daba cuenta de la sospecha que caía sobre él, y mientras pudiera creer que no estaba en peligro, no daría ningún paso en falso. Detuve a un hombre que yo sabía que no era culpable para hacerle creer que ya no le vigilábamos. Yo estaba seguro de que entonces intentaría largarse dándose así oportunidad de acercarnos a miss Burnet.

Holmes puso su mano en el hombre del inspector, y le dijo:

—Usted llegará muy alto en su profesión, porque tiene instinto y facultad intuitiva.

Baynes se sonrojó de placer.

—He tenido durante toda la semana a un agente vestido de paisano en la estación, esperando que se produjese la fuga. Vayan a donde vayan los del grupo de High Gable, ese hombre no va a perder a esa gente de vista. Ha debido de pasar un mal rato cuando miss Burnet se escapó. Sin embargo, gracias a ese hombre que ha podido ponerlo a salvo, todo termina bien. Sin las declaraciones de esta mujer no podemos proceder a realizar detenciones, es evidente. De modo que, cuanto antes nos haga ella su declaración, mucho mejor.

—Se está recobrando por instantes —dijo Holmes, examinando a la institutriz—. Pero, dígame, Baynes: ¿quién es el tal Henderson?

—Henderson —contestó el inspector—, es don Murillo, al que llamaban en otro tiempo el *Tigre de San Pedro*.

¡El Tigre de San Pedro! Como un relámpago surgió en mi cerebro la historia completa de aquel hombre. Se había hecho célebre como el tirano más depravado y sanguinario de cuantos han gobernado cualquier país con pretensiones de civilizado. Hombre fornido, temerario y enérgico, tuvo temple suficiente para hacer soportar sus vicios durante diez o doce años a un pueblo acobardado. Su nombre inspiraba terror por toda América Central. Al cabo de ese tiempo hubo una sublevación general en su contra. Pero el tirano era tan astuto como cruel, y en cuanto percibió el primer rumor de la tormenta que se acercaba, hizo llevar secretamente sus tesoros a bordo de un barco tripulado por fervientes adeptos suyos. Cuando los sublevados tomaron al siguiente día por asalto el palacio, lo encontraron vacío. El dictador, sus dos hijas, su secretario y sus riquezas habían escapado de sus manos. Desde aquel día desapareció del mundo, y repetidas veces se ocupó la Prensa europea del anónimo bajo el cual escondía su identidad.

—Sí, señor; don Murillo, el *Tigre de San Pedro* —recalcó Baynes—. Si usted lo consulta, se encontrará con que los colores de la bandera de San Pedro son el verde y el blanco, es decir, los mismos de los que habla la carta. Ese hombre se hace llamar Henderson, pero yo pude remontarme en sus andanzas hasta París, Roma, Madrid y Barcelona, en cuyo puerto entró su barco el año ochenta y seis. Desde entonces, tiene orden de busca y captura por parte de todas las autoridades internacionales, y sin embargo hasta ahora, no se había conseguido dar con su paradero.

Miss Burnet, que se había erguido en su asiento y seguía con gran atención nuestro diálogo, dijo:

—Descubrieron su paradero hace un año. Ya una vez han atentado contra su vida, pero algún espíritu maligno le protegió. Nuevamente, ahora, ha caído el noble y gentil García, el caballero señor García, mientras ese monstruo huye sano y salvo. Pero otro hombre sucederá al que ha perecido, y otro y otro, hasta que algún día se haga justicia; y es tan cierto como que mañana va a salir el sol.

Sus manos delgadas se apretaban con fuerza, y el ímpetu de su odio empalideció su cara demacrada.

—¿Y cómo fue el hecho de intervenir usted en este asunto, miss Burnet? —preguntó Holmes—. ¿Cómo es posible que una señora inglesa participe en un asunto de asesinato?

—Me alié con ellos porque no había otro modo en el mundo para que se hiciera justicia. ¿Qué le importa a la Justicia de Inglaterra que hayan corrido ríos de sangre hace años en San Pedro, o que este individuo robase un barco cargado de riquezas? Para ustedes todas esas cosas son igual que crímenes cometidos en algún otro planeta. Para nosotros, en cambio, son realidades vivas. Nos hemos enterado de la verdad a fuerza de dolor y de sufrimientos. Para nosotros no hay en el infierno un demonio que pueda equipararse a Juan Murillo, y no puede haber paz en la vida mientras sus víctimas sigan clamando venganza.

—No cabe duda de que ese hombre fue todo lo que usted dice —le contestó Holmes—. He oído hablar de sus atrocidades. Pero ¿en qué medida todas esas cosas le han afectado a usted?

Y a continuación nos hizo el siguiente relato:

«—Se lo contaré todo. La política de este miserable consistía en asesinar, con un pretexto u otro, a cuantos hombres pudieran contrariar sus planes o convertirse en rivales a lo largo del tiempo. Mi marido... sí, porque mi verdadero apellido es señora de Víctor Durango, era del cuerpo diplomático de San Pedro y destinado en Londres. En San Pedro nos conocimos y allí nos casamos. Hombre más noble no lo ha habido nunca en el mundo. Por desgracia, Murillo tuvo noticias de sus excelentes cualidades, le llamó desde San Pedro con cualquier pretexto y allí fue fusilado. Como si tuviera un presagio de la muerte que le esperaba, se negó a llevarme con él. Le fueron confiscadas sus propiedades, y yo quedé malviviendo en Inglaterra y con el corazón destrozado.

»Sobrevino más tarde la caída del tirano. Este huyó, como se lo he contado antes. Pero las muchas personas cuyas vidas había deshecho, y cuyos parientes más próximos y más queridos habían sufrido las torturas y la muerte a manos suyas, no se conformaron con dejar las cosas como estaban. Formaron entre sí una sociedad que no se disolvería sino cuando hubiese realizado su fin. A mí se me designó, después que logró descubrirse al déspota bajo el nombre de Henderson, para que entrara a formar parte de la servidumbre y mantuviera a los demás al tanto de sus cometidos. Pude lograrlo obteniendo el cargo de institutriz dentro de su familia. Él estaba lejos de pensar que la mujer que tenía que enfrentarse con él a las horas de comer era la misma a cuyo marido había lanzado a la eternidad con solo una hora de tiempo para prepararse. Yo le sonreía, cumplía con mis obligaciones en relación con sus hijas y esperaba mi momento. Se atentó contra él en París, pero la tentativa fracasó. Viajábamos en todos los sentidos, de aquí para allá por toda Europa para despistar a nuestros perseguidores, hasta que regresamos a esta casa, que él tenía alquilada desde que llegó por vez primera a Inglaterra.

»Pero también aquí le esperaban los ejecutores de la justicia. Sabiendo que él volvería, García también le aguardaba, era hijo del que fue el mayor dignatario de San Pedro. Le aguardaban al mismo tiempo dos compañeros leales, gente humilde, pero animados los tres por idénticos motivos de venganza. Poco era lo que García podía realizar en pleno día, porque Murillo adoptaba toda clase de precauciones y jamás salía de su casa como no fuese acompañado de su satélite Lucas, o sea López, que era como se llamaba en los tiempos de su grandeza. Sin embargo, Murillo dormía solo, y no era excesivamente complicado llegar hasta él durante la noche. Una tarde, fijada de antemano, envié a mi amigo las instrucciones finales, porque Murillo vivía siempre alerta y cambiaba constantemente de habitación. Yo me cuidaría de que las puertas estuviesen abiertas; una luz verde o blanca, en una ventana que caía frente al paseo de entrada, le advertiría si todo estaba en regla o si era preciso postergar la conspiración.

»Pero todo salió mal. Yo no sé cómo, pero lo cierto es que había despertado las sospechas de López, el secretario. Cuando yo acababa de escribir la carta, se me acercó furtivamente por detrás y saltó sobre mí. Él y su amo me llevaron a rastras a mi habitación y me sentenciaron como reo convicto de traición. En aquel mismo instante me habrían clavado sus cuchillos si hubiesen visto la manera de salvarse de las consecuencias de su crimen. Por último, y después de un largo debate, llegaron a la conclusión de que asesinarme resultaba demasiado peligroso. Pero decidieron desembarazarse para siempre de García. Me amordazaron, y Murillo me retorció el brazo hasta arrancarme la dirección de aquel. Juro que, de haber sabido yo lo que tramaban contra García, me lo habría dejado arrancar antes que hacer lo que hice. López escribió la parte del remite en el sobre para la carta que yo había escrito, lo lacró, sellándolo con un gemelo de su camisa, y envió la carta a manos de su criado José. Ignoro de qué modo lo asesinaron, salvo que fue la mano de Murillo la que descargó el golpe que lo derribó, porque López me retuvo aquí, manteniéndome bajo su vigilancia. Me imagino que le esperaron entre los matorrales de aliagas que bordean el camino y que le golpearon cuando él pasaba. Al principio tuvieron el propósito de dejarle entrar en la casa para matarlo como a un vulgar ladrón sorprendido *in fraganti*; pero se dijeron que si se veían mezclados en una investigación por parte de la policía se descubriría públicamente su verdadera identidad y se expondrían con ello a nuevas agresiones. Quizá la persecución cesase con la muerte de García, que asustaría a los demás, haciéndoles renunciar a su empeño.

»Todo hubiera salido perfecto de no haber sido por la fatalidad que nos sorprendió al final, habíamos sido descubiertos. De hecho, estoy segura de que en muchos momentos mi vida peligró, porque sospechaban de mí mucho antes de lo que yo imaginaba. Así es que me confinaron en mis aposentos, y una vez allí, me atemorizaron con infinitas amenazas, y me maltrataron cruelmente con el único fin de torturarme psicológicamente y quebrantar mi espíritu...; miren esta herida en mi hombro, y observen todas las magulladuras que tengo en los brazos... Incluso en una ocasión en que yo traté de pedir socorro desde la ventana, me amordazaron. Mi aislamiento se prolongó durante cinco días, en los cuales me dieron el alimento estrictamente necesario para que pudiera sobrevivir. Esta misma tarde me siervieron un buen almuerzo, pero pronto me percaté que en el mismo se encontraba disuelta algún tipo de droga, estoy segura que me suministraron opio. Lo que puedo recordar es como un sueño, en el que me trasladaron casi a golpes hasta el coche; y de la misma forma, estando en el mismo estado de inconsciencia lograron meterme en el tren. Fue entonces, casi cuando ya empezaba a moverse el vagón, el momento en el que reaccioné, y me di cuenta que mi libertad estaba en mis propias manos. Salté fuera, ellos intentaron arrastrarme atrás, y de no haber sido por la ayuda de este buen hombre, que me llevó hasta el coche, no habría conseguido huir de ellos. Ahora, gracias a Dios, estoy ya para siempre fuera de sus manos.»

Todos habíamos escuchado absortos este extraordinario relato, y fue Holmes quien rompió el silencio, moviendo la cabeza y diciendo:

—Todavía no hemos superado todas las dificultades que se nos presentaban. Hemos investigado con profesionalidad y eficiencia, pero ahora llega el momento culminante y debemos acudir a la Justicia.

—Exactamente —le contesté yo—. Un abogado inteligente podría presentar el caso como acto de legítima defensa. Quizá esos hombres tienen sobre su espalda un centenar de crímenes, pero hay que aprovechar la coyuntura, y en este caso, podrían ser juzgados por el que habían cometido recientemente.

—Vamos, vamos —dijo Baynes alegremente—; yo tengo una idea mejor que la propia justicia. La legítima defensa es una cosa, y atraer a un hombre con engaños y a sangre fría, con objeto de asesinarlo, es otra muy diferente. Aunque viesen en ese hombre un peligro para ellos. No y no. Cuando veamos en la próxima sesión de lo criminal, ante el Jurado de Guilford, a los inquilinos de High Gable, veremos todos nosotros justificada nuestra acción.

* * *

Sin embargo, como suelen ocurrir este tipo de cuestiones, tuvo que pasar todavía algún tiempo antes que el *Tigre de San Pedro* recibiese su merecido. Astutos y audaces, él y su acompañante despistaron tanto al inspector, como al detective, y a las mismas autoridades. Llegaron a tomar alojamiento en una casa de huéspedes, en Edmonton Street, pero con la mala suerte de salir por la puerta trasera que desembocaba en Curzon Square. Desde ese momento, nada más se supo de ellos en Inglaterra. Sin embargo, seis meses después fueron asesinados un tal señor marqués de Montalba y el señor Rully, su secretario, y el crimen tuvo lugar en sus habitaciones del hotel Escorial, de Madrid. El crimen se atribuyó a los nihilistas, y no se logró detener a los asesinos. El inspector Baynes vino de visita a Baker Street con una descripción impresa de la cara del secretario y de las facciones tan aterradoras que su señor tenía, con aquellos ojos magnéticos, esas cejas tan tupidas, y ese rostro tan patético que él tenía. No dudamos de que se había hecho justicia, a pesar de que el destino pusiera punto y final en esta historia con un poco de retraso.

—Ha sido un caso caótico, mi querido Watson —dijo Holmes, mientras fumaba la pipa de la velada—. No le será posible a usted descubrir toda esta historia de la forma tan precisa como a usted le gustaría. Abarca dos continentes, se relaciona con dos grupos distintos de personas misteriosas y se complica todavía más con la presencia tan digna y respetable de nuestro amigo Scott Eccles, cuya inclusión me demuestra que el difunto García era un hombre calculador y que tenía bien desarrollado tanto su instinto como su potencial en cuanto a inteligencia. Lo que es destacable del caso es que, entre una completa maraña de posibilidades, nosotros y nuestro digno colaborador, el inspector Baynes, supimos mantenernos apegados a las líneas esenciales, guiándonos de ese modo por la prudencia entre tantos retorcimientos e historias funestas. ¿Hay todavía en el caso algún detalle que usted no vea claro?

—¿Qué es lo que iba buscando el mulato cuando volvió a la casa?

—Yo creo que se puede explicar por el extraño animal que encontramos en la cocina. Aquel hombre era un salvaje de una etnia primitiva de las selvas inexploradas de San Pedro, y ese animal era su fetiche. Cuando él y su compañero huyeron para esconderse en algún lugar previamente señalado y en el que vivía, sin duda alguna, otro confederado suyo, su compañero le convenció de que debía abandonar un objeto tan comprometedor. Pero el mulato tenía puesto en él su corazón, y al día siguiente se sintió arrastrado hacia aquel objeto; pero, al mirar previamente por la ventana, descubrió al agente de Policía Walters, que se había hecho cargo de la casa. Aguardó tres días más, y su fe o su superstición le arrastraron de nuevo al mismo sitio. El inspector Baynes, que con su astucia habitual había quitado importancia al incidente delante de mí, se había dado verdaderamente cuenta de la importancia que tenía, y montó una trampa en la que cayó aquel individuo. ¿Hay algún otro punto dudoso, Watson?

—El ave despedazada, el cubo de sangre, los huesos chamuscados, el misterio de aquella sorprendente cocina.

Holmes se sonrió, al mismo tiempo que consultaba una nota de su cuaderno.

—Me pasé una mañana en el Museo Británico, en la sección de biblioteca, leyendo artículos al respecto. He aquí una acotación del libro de Eckermann *El vudú y las religiones negroides:* «El verdadero adorador de vudú no acomete ninguna realización de importancia sin antes realizar determinados sacrificios que tienen por finalidad hacerse propicios a sus terroríficos dioses. En casos extremos, esos ritos toman la forma de sacrificios humanos seguidos de actos canibalescos. Pero lo más corriente es que las víctimas sean un gallo blanco, que es despedazado vivo, o un chivo negro, al que se corta el cuello y cuyo cuerpo se quema luego.»

—Ya ve usted que nuestro incivilizado amigo era un hombre muy ortodoxo en el cumplimiento de sus ritos. Es algo muy grotesco, Watson —agregó Holmes, mientras sujetaba despacio con una goma su libro de notas—. Pero, como ya he tenido ocasión de hacerle observar, de lo grotesco a lo horrible no hay sino un solo paso.

2

La aventura de la caja de cartón

Hasta donde me ha sido posible, en la difícil tarea de mostrar algunos casos típicos ilustrativos que aunan tanto la capacidad intuitiva y las extraordinarias condiciones de inteligencia de Sherlock Holmes, así como los relatos más interesantes, he procurado hacer una selección según estos criterios. Por un lado, tienen que aparecer historias impregnadas de un cierto sensacionalismo, y por otro, que demuestren en toda su amplitud, el talento de mi querido colega. Sin embargo, y por desgracia, a veces no es posible separar por completo lo sensacional de lo delictivo, y el cronista se ve inmerso en un difícil dilema; unas veces debe de sacrificar detalles que resultan esenciales en su relato, dando de ese modo una impresión falsa del problema, y otras, tiene que recurrir a elementos descriptivo que la casualidad otorga, por encima de sus criterios de elección a la hora de escribir relatos. Después de este breve preámbulo, paso a estudiar las notas de lo que constituyó una cadena de acontecimientos sorprendentes, aunque no por ello dejan de ser apocalípticos en el mejor de los casos.

Era un día de agosto, hacía un calor abrasador y Baker Street parecía un horno. La luz del sol se reflejaba en las paredes de la casa de enfrente, una construcción prototípica de lo que constituía el estilo victoriano. Aquel reflejo lastimaba la vista, y era difícil de creer que aquellos fuesen los mismos muros que se alzaban tan sombríos entre las nieblas y las constantes lluvias del invierno. Determinamos correr las cortinas y Holmes decidió echarse encima del sofá para leer una carta que había llegado en el correo de la mañana. Y como era habitual en su persona, llegaba a concentrarse plenamente en cualquier tarea que hiciese, por muy rutinaria que fuera. En cuanto a mí, los años de servicio militar que pasé en la India, me habían curtido lo suficiente como para no molestarme el calor, y de hecho, llegué a soportar mejor el calor que el frío. Así pues, decidí ojear la prensa, aunque a decir verdad, el periódico de la mañana no tenía muchas noticias que atrajeran mi atención. El Parlamento había interrumpido sus sesiones. Todo el mundo se había largado de la capital, y yo sentía la nostalgia de las cañadas del New Forest o de la gravilla de la playa de Southsea. Por otro lado, el saldo de mi cuenta bancaria estaba en números rojos, así que tuve que retrasar mis vacaciones; en cuanto a mi acompañante, ni el campo ni el mar le ofrecían el más ligero atractivo. Le encantaba permanecer en el centro de Londres, alrededor de cinco millones de personas, alargando y moviendo sus tentáculos entre ellas, para captar el más leve rumor o sospecha de la existencia de algún crimen que estuviera sin aclarar. Estaba ante la expectativa de cualquier indicio que conllevara hacia alguna investigación que realizar dentro de su fanática vocación policíaca. Nada era más importante en estos momentos, y por tanto, era casi imposible intentar desplazarse hacia algún recóndito lugar de descanso en el campo, a no ser que por los mismos motivos, alguna intriga, algún caso por investigar, algún crimen o algún asesinato.

Viendo que Holmes estaba demasiado abstraído para conversar, retiré de mi vista aquel tedioso periódico y me senté en el sillón, dejándome llevar por profundas meditaciones. De pronto, la voz de Holmes interrumpió mis íntimas reflexiones, y bruscamente dijo:

—Tiene usted razón, Watson. Parece, en efecto, una manera absurda de arreglar una disputa.

—¡Absurda por supuesto! —exclamé, y de pronto, cayendo en la cuenta de que Holmes se había hecho eco de lo más íntimo de mis pensamientos, me erguí en mi asiento y completamente absorto me quedé mirándole sin apenas poder articular palabra.

—¿Qué quiere decir esto, Holmes? —exclamé—. Esto sobrepasa a todo cuanto pude imaginarme.

Holmes se rió cordialmente al observar mi perplejidad, y dijo:

—Recuerde usted que hace algún tiempo, al leerle yo aquel pasaje de uno de los relatos de Poe en el que un razonador muy hábil sigue los pensamientos que su interlocutor no ha llegado a formular en palabras, usted se sintió inclinado a considerar el asunto como un simple *tour de force* del autor. Al decirle que yo realizaba eso mismo constantemente, usted se manifestó incrédulo.

—¡Oh, no!

—Quizá no lo manifestó usted con sus palabras, querido Watson, pero sí con sus cejas. Por eso ahora, al verle yo dejar el periódico y lanzarse a una serie sucesiva de pensamientos, me alegré de tener la oportunidad de ir descubriéndolos y de interrumpirlos en un momento dado, como demostración de que yo me había mantenido en contacto con usted.

Pero yo estaba todavía muy lejos de quedar satisfecho, y dije:

—En el ejemplo de la lectura a que usted se refiere, el razonador sacó sus conclusiones de los actos que realizaba el hombre al que estaba observando. Si mal no recuerdo, aquel hombre tropezó en un montón de piedras, levantó la vista hacia las estrellas, etc. Pero yo, en cambio, he permanecido sentado tranquilamente en mi silla, y en esas condiciones, ¿qué indicios he podido darle a usted?

—Usted es injusto consigo mismo. Las facciones le han sido dadas al hombre como medio de expresar sus emociones, y las de usted plasman su alma y su mente, son como servidores leales, y magistrales para poder interpretarlas.

—¿Quiere usted decirme que leyó en los rasgos de mi cara el curso de mis pensamientos?

—Sí, en los rasgos de su cara, y de un modo especial en sus ojos. ¿Es posible que usted no sea capaz de recordar el principio de sus ensueños de ahora?

—No, no puedo.

—Pues entonces yo se lo diré. Después de tirar el periódico, acto que por supuesto atrajo mi atención hacia usted, permaneció sentado por espacio de medio minuto con expresión ensoñadora. Luego sus ojos se clavaron en el retrato del general Gordon, al que se le ha puesto un marco nuevo, y por la alteración de sus facciones, observé que se había lanzado a toda una amalgama de pensamientos. Pero no le llevó muy lejos. Sus ojos se trasladaron rápidamente al retrato sin marco de Henry Ward Beecher, que está colocado encima de sus libros. Enseguida miró usted para arriba, siendo evidente lo que aquello significaba. Pensó usted que, si el retrato hubiese estado con su marco, ocuparía justamente aquel espacio de pared en el que no hay nada, y quedaría bien al lado del retrato de Gordon, colocado en el otro lugar.

—¡Ha seguido usted mi pensamiento de manera asombrosa! —exclamé.

—Hasta ahí era difícil que yo me despistase. Pero, de pronto, sus pensamientos volvieron a Beecher, y usted le miró fijamente como si estudiase el carácter del personaje en los rasgos de su cara. De pronto dejó usted de contraer los ojos, pero siguió mirando hacia el mismo sitio, y su rostro se volvió pensativo. Estaba usted recordando los incidentes de la vida de Beecher. Yo tenía la completa seguridad que seguiría el curso de su vida, sin olvidar sus hazañas y misiones durante la guerra civil en favor del

Norte. Por supuesto que así lo he creído porque tengo la certeza de haberle oído ciertos comentarios expresados con fervorosa indignación, aludiendo precisamente a la manera de cómo fue recibido por la parte más turbulenta de nuestro pueblo. Tan apasionadamente se expresó usted acerca del caso, que sabía que le sería imposible pensar en Beecher sin que acudiese también a su memoria ese detalle. Cuando, unos momentos después, observé que sus ojos se apartaban del cuadro, sospeché que su pensamiento se había vuelto ahora hacia la guerra civil, y al observar que apretaba usted los labios, que le relampagueaban los ojos y que tensaba usted sus puños, tuve la certidumbre de que, sin duda alguna, estaba usted pensando en el valor que ambos bandos demostraron en aquella lucha desesperada. Pero de nuevo la expresión de su rostro se fue haciendo cada vez más triste; movió usted a derecha e izquierda la cabeza. Meditando en la tristeza, el horror y el inútil derroche de vidas. Su mano se fue acercando insensiblemente a su vieja cicatriz y sus labios temblaron hasta dejar entrever una leve sonrisa, por lo que entendí que su cerebro había captado el lado ridículo de este sistema de arreglar las cuestiones internacionales. Y en ese momento me manifesté conforme con usted en que aquello era absurdo, y tuve la satisfacción de comprobar que mis deducciones habían sido correctas.

—¡Totalmente! —exclamé yo—. Y, ahora que usted me lo ha explicado, reconozco que sigo tan atónito como antes.

—Le aseguro, mi querido Watson, que fue un trabajo muy superficial. Y le aseguro, que no era mi intención entrometerme en sus reflexiones, de no ser porque el otro día, bien se manifestó incrédulo al respecto. Pero tengo en mis manos un problema que quizá resulte más difícil de solucionar que ese pequeño ensayo mío de lectura del pensamiento. ¿No ha leído usted en el periódico un breve artículo que se refiere al extraordinario contenido de un paquete que le ha sido enviado por correo a miss Cushing, de Cross Street, Croydon?

—No, no he visto nada.

—Pues entonces será que se le ha pasado por alto. Tal vez pueda acercarme el periódico... Aquí está, debajo de la columna financiera. Le ruego que tenga la amabilidad de leerlo en voz alta.

Cogí el periódico que él me había lanzado, y leí el párrafo que me indicaba. Se titulaba: *Un paquete macabro.*

> «La señorita Susan Cushing, que vive en Cross Street, Croydon, ha sido víctima de algo que debe ser considerado como una broma de mal

gusto y absolutamente indignante, a menos que resulte que el incidente tiene un significado más siniestro. Ayer, a las dos de la tarde, le fue entregado por el cartero un paquetito envuelto en papel de estraza. Dentro venía una caja de cartón llena de sal gorda. Al vaciar la sal, la señorita Cushing pudo ver horrorizada el contenido final de la caja, dos orejas humanas, que parecían recién cortadas. La caja había sido despachada desde Belfast, por el servicio de paquetes postales, la mañana anterior. No hay indicaciones acerca del remitente, y el asunto resulta más místerioso todavía, porque miss Cushing, soltera, de cincuenta años, ha llevado siempre una vida muy discreta y retirada, y son tan escasas sus relaciones o corresponsales, que recibir cualquier cosa por correo constituye para ella un raro acontecimiento. Sin embargo, hará varios años, cuando ella residía en Penge, alquilaba habitaciones en su casa a tres jóvenes estudiantes de Medicina, a los cuales tuvo que echar de casa debido a sus costumbres bulliciosas e irregulares. La Policía opina que quizá hayan sido esos jóvenes los perpetradores de este ultraje hacia esta mujer, tal vez por resentimiento, o tal vez con pretensiones de asustarla enviándola estos restos de las salas de disección. Se apunta, dentro de las probabilidades que sustentan esta hipótesis, que tal vez, alguno de dichos estudiantes procediese de Irlanda del Norte, y según el mismo testimonio de miss Cushing, concretamente en Belfast. Mientras tanto, se está realizando un gran esfuerzo respecto a la investigación de este caso, y míster Lestrade, uno de los más renombrados de nuestro cuerpo de detectives oficiales, se ha hecho cargo del caso.»

—Y así terminamos con la crónica de la mañana —dijo Holmes cuando yo terminé de leer—. Hablemos ahora de nuestro amigo Lestrade, del que esta mañana recibí una carta que dice textualmente: «Creo que este caso está en estrecha relación con su especialidad. Tenemos mucha confianza y esperanza para esclarecer en la medida de lo posible el asunto, pero lamentablemente nos topamos con una dificultad insalvable, y es que no contamos absolutamente con nada para iniciar la tarea. Como es natural, hemos telegrafiado a la oficina de Correos de Belfast, pero por lo visto, durante ese día, se recibió un gran número de paquetes postales y no tienen ni idea de como identificar concretamente ese paquete, y mucho menos a su expedidor. La caja es un envase muy parecido al del tabaco suave, pero no nos proporciona dato alguno. En definitiva, la hipótesis del estudiante de Medicina sigue pareciéndome la más verosímil, pero si usted dispone de algún rato libre, sería un honor que pudiéramos ponernos en contacto. Permaneceré todo el día en mi casa o en la Comisaría.»

¿Qué me dice usted, Watson? ¿Es usted capaz de sobreponerse al calor y de largarse conmigo hasta Croydon ante la posibilidad de que se presente un caso para sus crónicas?

—Estaba anhelando hacer algo.

—Pues entonces aquí tiene un buen asunto para acuparse. Llame a la campanilla para que acuda nuestro botones, y dígale que vaya a traernos un coche. Yo estaré de vuelta dentro de un momento, tan pronto como me haya acicalado y llenado mi tabaquera.

Cuando íbamos en el tren cayó un chubasco, y la temperatura se hizo en Croydon más sofocante que en la capital. Holmes había enviado un telegrama, y por tanto, Lestrade nos esperaba en la estación; no había cambiado mucho, estaba tan regordete y tan hurón como siempre. Un paseo de cinco minutos nos llevó hasta Cross Street, donde residía miss Cushing.

Era una calle que parecía no acabar nunca, rodeada de casas pavimentadas con ladrillos de altura de dos pisos. Todo tenía un aspecto impoluto e inmaculado, y hasta los peldaños de la casa donde nos dirigíamos, estaban blanqueados. Algunos grupos de mujeres, que vestían unos delantales algo tradicionales, murmuraban entre ellas advirtiendo nuestra presencia. Cuando llegamos a la casa, Lestrade se detuvo, y llamó varias veces hasta que abrió una hermosa y joven doncella. Nos condujo hasta una habitación, que sin duda era la principal, y en la que nos aguardaba sentada miss Cushing. Era una mujer con un rostro bondadoso, ojos grandes y sentidos, y de cabellos grises, formando curvas sobre ambas sienes. Tenía sobre su regazo un macasar con muchos ornamentos, y junto a ella, encima de un taburete, una canastilla de sedas de colores. Al entrar Lestrade, le dijo:

—Esas cosas horribles están en esa caseta del jardín. Desearía de buena voluntad que usted se las llevase de aquí definitivamente y cuanto antes.

—Así lo haré, miss Cushing. Las guardé aquí hasta que mi amigo, míster Holmes, las hubiese visto en presencia de usted.

—¿Por qué en presencia mía, señor?

—Por si deseaba hacerle a usted alguna pregunta.

—¿Qué va a sacar en claro haciéndome preguntas, si yo le digo que no sé absolutamente nada acerca del asunto?

—Desde luego, señora —dijo Holmes con su acento tranquilizador—. Yo estoy seguro de que ya ha sido molestada bastante, y creo que demasiado en relación con este asunto.

—¡Y que lo diga usted, señor! Yo soy mujer serena y que lleva una vida retirada. Para mí es una novedad leer mi nombre en los periódicos y ver en mi casa a la Policía. No quiero ver aquí esas cosas, señor Lestrade. Si quiere usted inspeccionarlas, tendrá que ir a la caseta del jardín.

La caseta era un pequeño cobertizo situado en el angosto jardín y que había sido construido en la parte trasera adjunta a la casa. Lestrade entró en ella y sacó una caja de cartón amarillo, un trozo de papel de estraza y un cordelillo o bramante. En uno de los extremos del jardín había un banco, y en él nos sentamos todos mientras Holmes examinaba uno a uno aquellos objetos que Lestrade le había entregado.

—La cuerdecita es extraordinariamente interesante —exclamó, exponiéndola a la luz y examinándola—. ¿No le dice nada a usted, Lestrade?

—Que ha sido embreada.

—En efecto, es un trozo de cuerda embreada. Se habrá fijado usted también en que miss Cushing cortó la cuerdecita con las tijeras, como se deduce de los flecos que han quedado a cada lado. Esto tiene importancia.

—No se la veo —dijo Lestrade.

—La importancia estriba en el hecho de que el nudo ha quedado intacto y en que se trata de un nudo muy especial.

—Desde luego, está hecho con gran pulcritud. Ya había tomado yo nota de ello —dijo Lestrade, dándose importancia y elevando el tono.

—Dejemos la cuerda a un lado, pasemos al papel de envolver —explicó Holmes, sonriente—. Papel de estraza, que huele claramente a café. ¿Cómo? ¿Que no lo advirtió usted? Creo que no puede haber la menor duda al respecto. La dirección está escrita con letra bastante desmañada: «Miss S. Cushing, Cross Street, Croydon.» Se ha empleado una pluma de punta ancha, probablemente una J, y tinta de clase bastante inferior. La palabra Croydon fue escrita primeramente con *i* latina, que luego se transformó en *y* griega. Bien. La caja es amarilla, de las de media libra de tabaco de melaza, sin nada notable, salvo las dos huellas de los dedos pulgares que han quedado junto al ángulo izquierdo de la parte inferior. Está llena de sal gorda, de la que se emplea para curar cueros y para otros usos comerciales más ordinarios. Finalmente enclavados en la sal, nos encontramos con este par de patéticos regalos.

Sacó, mientras hablaba, las dos orejas, y después de colocar una tabla sobre sus rodillas, se dedicó a examinarlas de forma exhaustiva, al mismo tiempo que Lestrade y yo, incorporados para no perder detalle, cada uno a un lado, observábamos algo impresionados, esos restos que habían sido colocados como ofrendas y que Holmes inspeccionaba como si tal cosa; sin perder la compostura y con aparente frialdad, parecía no inmutarse con aquellas desagradables cosas. Finalmente Holmes volvió a colocar la caja, y permaneció sentado durante algún rato mientras reflexionaba sobre su sentencia.

—Ya se habrá fijado usted, sin duda alguna —dijo por último—, en que las orejas no forman pareja.

—Sí, ya me he fijado sobre ese detalle. Pero si se trata, en efecto, de una broma ejecutada por simples estudiantes que tienen acceso a las salas de disección, les habrá sido tan fácil disponer de un par de orejas de una misma persona como de dos diferentes.

—Exactamente. Lo que ocurre es que no es cosa de broma ni de burla.

—¿Está usted seguro de ello?

—Existen agravantes con mucho peso que así lo prueban. En las salas de disección se inyecta a los cadáveres una serie de sustancias para evitar que se descompongan. Estas orejas no presentan indicio alguno del mismo. Han sido cortadas recientemente y mediante un instrumento de punta afilada y de filo embotado, lo que no hubiera ocurrido en el caso de ser un estudiante el que realizara la disección. Y en este caso precisamente, si una persona con preparación en Medicina hubiese pensado en emplear productos de conservación, lo natural es que hubiese recurrido al carbónico o al alcohol rectificado, no a la sal gorda. Insisto en que este incidente no hay que tratarlo por los derroteros en los que se ha pensado, no es una broma de mal gusto, y por tanto, la investigación hay que dirigirla hacia algo más serio, se trata de un crimen bastante grave. Al escuchar las palabras de mi compañero, tuve unos escalofríos que me recorrieron todo el cuerpo, y al observar su expresión tan seria y severa al pronunciarse, me percaté que sus facciones se habían endurecido. Su brutal introducción, parecía proyectar hacia adelante la sombra de algún hecho espantoso e inexplicable que se ocultaba en el fondo. Sin embargo, Lestrade movió a un lado y otro la cabeza como si no estuviera convencido del todo.

—Sin duda que se pueden poner inconvenientes a la hipótesis de una posible broma —dijo—; pero existen razones todavía más contundentes en contra de su teoría. Nos consta que esta mujer ha llevado una vida tranquila y respetable por espacio de veinte años, en Penge y aquí. En todo ese tiempo, apenas estuvo un día ausente de su casa. ¿Por qué diablos, pues, va a enviarle un criminal las pruebas de su delito, sobre todo si se tiene en cuenta que, a menos de que sea una actriz consumada, sabe del asunto tan poco como nosotros?

—Ése es precisamente el problema que tenemos que resolver —contestó Holmes—, y yo, por mi parte, me pondré manos a la obra, convencido de que se ha cometido un doble asesinato. Una de estas orejas es de mujer, pequeña, muy delicada y con los agujeros pertinentes para llevar pendientes. Es de presumir que estas dos personas han muerto, porque, de lo contrario, habría llegado a nuestro conocimiento lo que les ha ocurrido. La otra oreja es de hombre, está quemada del sol, exangüe y también agujereada para llevar pendientes. Hoy es viernes. El paquete fue puesto en Correos el jueves por la mañana. Por consiguiente, la tragedia ocurrió con anterioridad, tal vez el miércoles o el martes pasado, e incluso antes. Si las dos personas han sido asesinadas, ¿quién sino su asesino pudo enviar a esta señora la muestra de su obra? Podemos, pues, partir del supuesto de que la persona tras la que andamos es la misma que envió el paquete. ¿Para qué lo hizo? Para hacerla saber que el delito había sido cometido, o quizá para hacerla sufrir. Pero, en tal caso, ella sabe quién es. ¿Lo sabe, en efecto? Yo tengo mis dudas. ¿Para qué habría dado parte a la Policía si lo hubiese sabido? Se hubiera limitado a enterrar las orejas, sin que nadie se enterase de nada. Eso es lo que habría hecho de haber querido proteger al criminal. Y de no haber querido protegerlo, habría dado a conocer su nombre. Hay aquí un misterio que es preciso descubrir.

Se había expresado en voz alta y hablaba atropellado, mirando al vacío por encima del seto del jardín; pero de pronto se puso con prontitud en pie, dirigiéndose a paso muy ligero hacia la caja, y dijo:

—Tengo que hacer algunas preguntas a miss Cushing.

—Entonces, yo, con su permiso, voy a retirarme, porque tengo que ir averiguando otros asuntillos. Creo que ya nada tengo que preguntar a miss Cushing. Me encontrarán en la Comisaría.

—Entraremos a visitarle luego —le contestó Holmes.

Un instante después nos encontrábamos él y yo de vuelta en la habitación delantera, donde la impasible señorita seguía trabajando muy tranquila en sus quehaceres domésticos. Cuando entramos, volvió a colocar su macasar sobre su regazo, y nos miró con sus ojos azules, francos y escrutadores, diciéndonos:

—Estoy convencida, señor, de que todo este asunto es pura equivocación y que no debí ser yo la destinataria del paquete. Se lo he dicho ya varias veces a este caballero de Scotland Yard, pero se ríe de mí. Que yo sepa, no tengo ningún enemigo en el mundo. ¿Por qué, pues, habría de gastarme nadie una broma así?

—Miss Cushing, poco a poco voy siendo partícipe al igual que usted de su situación, así que opino lo mismo —dijo Holmes, sentándose en una silla a su lado—. Creo que es más que probable...

Holmes interrumpió el discurso, y al mirarle, me quedé sorprendido viéndole contemplar con absoluta atención el perfil de la dama. En la expresión anhelante de mi amigo se leían al mismo tiempo la sorpresa y la satisfacción. Cuando miss Cushing se volvió para averiguar cuál era la causa de su silencio, estaba ya Holmes tan serio como siempre. Yo, por mi parte, me quedé mirando fijamente su peinado gris y aplastado, su lindo gorrito, sus pendientes de oro, sus facciones plácidas; pero no descubrí nada que pudiera servirme para explicar la excitación de mi amigo.

—Hay una o dos preguntas...

—Estoy ya fatigada de preguntas —exclamó con impaciencia miss Cushing.

—Según creo, tiene usted dos hermanas.

—¿Cómo ha podido averiguarlo?

—En cuanto entré en la habitación me fijé en que tiene usted encima de la repisa de la chimenea la fotografía de un grupo de tres damas, una de las cuales es evidentemente usted, ofreciendo las otras dos tal parecido con usted, que no es posible dudar del parentesco.

—Sí. Está usted en lo cierto. Esas dos mujeres son mis hermanas Sara y Mary.

—Y aquí, cerca de mi brazo, hay otro retrato, tomado en Liverpool, de su hermana más pequeña, que está acompañada de un hombre que, a juzgar por su uniforme, pudiera ser tripulante de algún barco, marinero tal vez... Cuando le hicieron esa fotografía era aún soltera.

—Es usted un observador rápido.

—Esta es mi profesión.

—En efecto, era soltera; pero contrajo unos días más tarde matrimonio con míster Browner. Cuando se hizo esa fotografía trabajaba en la línea de Suramérica, pero era tal el amor que sentía por mi hermana, que no se resignó a estar tanto tiempo separado de ella, y pidió el traslado a la línea marítima que cubre los destinos de Londres y de Liverpool.

—¡Vaya! ¿Quizá entró en el *Conqueror*?

—No. Las últimas noticias que de él he tenido es que trabaja en el *May Day*. Jim vino a visitarme en una ocasión. Fue antes que rompiera su promesa de no beber; había vuelto a beber siempre que estaba en tierra, y únicamente con que bebiese un poco se volvía loco y furioso. ¡Mal día fue aquel en que volvió a tomar en su mano un vaso! Primero se olvidó de mí, luego se enfadó con Sara, y ahora es Mary la que ha dejado de escribirme, y nada sabemos de ellos.

Era evidente que miss Cushing había tocado un tema que la afectaba profundamente su estado emocional. Al igual que ocurre con muchas personas que llevan una vida solitaria, se mostraba cortante y parca al principio, pero luego llegaba a ser extraordinariamente comunicativa. Nos refirió muchos detalles en relación a su cuñado. Después, se desvió del tema, aludiendo a sus antiguos inquilinos, los estudiantes de Medicina, y nos hizo un detallado relato de sus picardías, dándonos sus nombres y apellidos y los hospitales en los que trabajaban. Holmes prestaba a todo aquello la mayor atención y de cuando en cuando la interrumpía su declaración con alguna pregunta:

—A propósito de su hermana Sara, la segunda: ¿cómo es que siendo las dos, ella y usted, solteras, no viven juntas?

—¡Es que usted no conoce el genio de Sara! Si lo conociese, no me lo preguntaría. Lo intenté al trasladarme a Croydon, y juntas vivimos hasta hacer un par de meses, en que tuvimos que separarnos. Yo no quiero hablar nada malo de mi propia hermana, pero la verdad es que Sara ha sido siempre muy conflictiva y con un carácter tremendo, es muy difícil de contentar.

—Ha dicho usted que ella riñó con sus parientes de Liverpool.

—Sí, aunque hubo un tiempo en que tenían muy buena relación. Si se trasladó a Liverpool fue para vivir cerca de ellos. En cambio, ahora, no puede ni ver a Jin Browner, y todo lo que diga de él es poco, después de volver a la bebida. Desde hace seis meses vive aquí, y no hace otra cosa que hablar de sus borracheras y de su mala conducta. Yo me imagino que él debió de sorprenderla en alguno de sus entrometidos chismorreos, la censuró por ello y así fue como empezó la cosa.

—Gracias, miss Cushing —exclamó Holmes, poniéndose en pie y haciendo una inclinación—. Creo que me dijo usted que su hermana Sara vive en New Street, Wallington, ¿verdad? Adiós, y lamento muchísimo que haya sido molestada a propósito de un hecho tan lamentable con el que, según lo que usted afirma, no tiene, en efecto, nada que ver.

Cuando salíamos a la calle pasaba por delante un coche, y Holmes hizo una indicación para que se detuviera, preguntando lo siguiente:

—¿A qué distancia está Wallington?

—A cosa de dos kilómetros, señor.

—Perfectamente. Suba, Watson. Es preciso golpear mientras el hierro está caliente. Con todo lo sencillo que es el caso, ha ofrecido un par de detalles que se resistían a esclarecerse, y que por otra parte son muy instructivos. Cochero, deténgase cuando pase delante de alguna oficina de Telégrafos.

Holmes envió un breve telegrama, y durante el resto del viaje en el coche se acomodó en el asiento, con el sombrero echado hacia la nariz a fin de evitar el sol en la cara. Nuestro cochero se detuvo frente a una casa que no era muy distinta de la que acabábamos de visitar. Mi compañero le dio orden de esperar, y ya estaba con la mano en el llamador cuando se abrió la puerta y apareció en el umbral un caballero joven y serio, vestido de negro y con un sombrero muy brillante.

—¿Está en casa miss Cushing? —preguntó Holmes.

—Miss Sara Cushing está gravemente enferma —dijo el caballero—. Desde ayer sufre de muy graves síntomas cerebrales. Como médico suyo, no puedo, de ninguna manera, permitir que sea visitada. Yo le recomendaría a usted que vuelva dentro de diez días.

El caballero se puso los guantes, cerró la puerta y marchó calle adelante.

—Bueno, lo que no se puede, no se puede —dijo Holmes alegremente.

—Quizá no habría podido, o no habría querido decirle mucho.

—Yo no quería que me dijese nada. Lo único que deseaba era observar a esa mujer en persona. No obstante, creo que tengo ya todo cuanto necesito. Cochero, llévenos a algún hotel decente en el que podamos almorzar, y después nos dejaremos caer por la Comisaría para visitar al amigo Lestrade.

Tuvimos juntos una interesante conversación con diferentes puntos de vista, y durante ella, Holmes evitó hacer alusiones al caso, y dirigió su discurso en relación a los violines, contándome jubiloso cómo había comprado su propio Stradivarius, que valía por lo menos quinientas guineas, a un cambalachero hebreo de Tottenham Court Road por cincuenta y cinco chelines. Esto lo llevó a hablar de Paganini, y estuvimos por espacio de una hora, mientras nos bebíamos una botella de clarete, escuchando su relato y las anécdotas de aquel hombre extraordinario. Pasamos así un buen rato, porque cuando llegamos a la Comisaría estaba ya la tarde muy avanzada, y el resplandor caluroso se había convertido en una luminosidad suave. Lestrade nos esperaba en la puerta.

—Hay un telegrama para usted, Holmes —dijo.

—¡Hola! Aquí tenemos la contestación —abrió el telegrama, lo recorrió con la mirada y se lo metió, arrugado, en el bolsillo—. Todo va bien —dijo.

—¿Ha descubierto usted algo?

—Lo he descubierto todo.

—¡Cómo!

Lestrade lo miraba perplejo, no podría describir su cara de asombro.

—Está usted de broma —añadió.

—Jamás hablé más en serio. Se ha cometido un crimen espantoso, y creo haber puesto ya al descubierto todos sus detalles.

—¿Y el criminal?

Holmes escribió deprisa algunas palabras en el respaldo de una de sus tarjetas de visita y se la dio a Lestrade.

—Ahí tiene su nombre —dijo—. No podrá usted llevar a cabo su detención hasta mañana por la tarde, por lo menos. Preferiría que no mencionase usted mi nombre en relación con este caso. Prefiero no relacionarme sino con aquellos crímenes que presenten alguna dificultad en su solución. Vamos, Watson.

Los dos nos fuimos a pie hacia la estación, dejando a Lestrade contemplando todavía con cara de satisfacción la tarjeta que Holmes le había dado.

* * *

Aquella noche, en nuestras habitaciones de Baker Street, mientras nos fumábamos ambos unos cigarros y charlábamos, me dijo Holmes:

—Ha sido este un caso en el que, al igual que nuestras pesquisas cuya crónica ha escrito usted con los títulos de *Estudio en escarlata* y *El signo de los cuatro,* nos hemos visto obligados a razonar en sentido inverso, es decir, en vez de seguir la metodología causa-efecto, hemos seguido la de efecto-causa. Le he escrito a Lestrade, pidiéndole que nos proporcione los detalles que todavía nos faltan y de los que él solo dispondrá después que haya apresado al criminal. Para esta tarea se puede tener confianza en él, porque, aunque carece de la facultad de razonar, es tan tenaz como un *bulldog* una vez que comprende lo que tiene que hacer, y es precisamente esta tenacidad suya la que tanto le ha hecho ascender dentro de Scotland Yard.

—Según eso, aún no tiene usted completo el caso, ¿verdad? —le pregunté.

—En lo esencial se puede decir que lo está. Sabemos quién es el autor del repugnante hecho, aunque ignoremos todavía quién es una de las víctimas. Claro que también usted habrá sacado sus propias conclusiones.

—Me imagino que el hombre de quien usted sospecha es Jim Browner.

—¡Oh, es mucho más que una sospecha!

—Pues yo no veo sino confusos indicadores.

—Pues, por el contrario, yo lo veo con toda claridad. Repasemos los pasos principales que hemos dado. Como usted recordará, abordamos el caso sin ningún sospechoso y por tanto, con transparencia en nuestras mentes, lo cual constituye siempre una ventaja. No habíamos formado previamente ninguna teoría. Nos disponíamos a observar y a sacar las consecuencias de nuestras observaciones. ¿Qué fue lo primero que vimos? A una señora sumamente tranquila y respetable, que parecía ajena a todo secreto, y vimos también un retrato que me hizo comprender que tenía dos hermanas más jóvenes. En aquel momento, pensé por un instante que el paquete iba destinado alguna de ellas, pero por equivocación, acabó en el domicilio de la hermana mayor. Puse a un lado esa idea, como para desecharla o confirmarla en el momento conveniente. Fuimos después al jardín, donde examinamos el sorprendente contenido de la cajita amarilla... La cuerda era de la clase que emplean los constructores de velas a bordo de los barcos. De pronto, gracias a mi olfato, tuve la sensación de percibir un fuerte husmillo a cosa de mar. Al repasar en que el nudo es de una clase muy usada entre marineros, que el paquete había sido expedido desde un puerto de mar y que la oreja del hombre estaba agujereada para lucir un aro, cuyo detalle es mucho más frecuente entre gente de mar que en otro lugar, tuve el presagio y con convicción, de poder encontrar los personajes de la tragedia en ese sector marítimo, entre marineros y gente vinculado al mar... Al disponerme a examinar la dirección del paquete me fijé en que iba dirigido a miss S. Cushing. Ahora bien, si el paquete era para la hermana mayor, bastaba con que, como se acostumbra a hacer, lo hubiese dirigido sencillamente a miss Cushing. En la forma que venía, y aunque también la inicial del nombre de la hermana mayor empieza con *S*, lo mismo podía venir destinado a una de las otras hermanas. En tal caso, deberíamos empezar nuestra investigación con una base completamente nueva. Marché, pues, a la casa con el propósito de aclarar este detalle. Estaba ya a punto de dar a miss Cushing la seguridad de que se había cometido una equivocación, cuando, como usted recordará, entrecorté la frase que iba a pronunciar. La verdad es que en ese instante observé algo que me llenó de sorpresa y que redujo al mismo tiempo en número de posibilidades el campo de nuestras pesquisas... Usted, Watson, en su calidad de médico, sabe que no hay parte del cuerpo que varíe tanto de individuo a individuo como la oreja humana. Por regla general, cada oreja tiene detalles característicos y difiere de todas las demás. En la revista de antropología del pasado año, en uno de los números, podrá encontrar dos breves monografías que yo mismo escribí. Me atrevería incluso a considerarme especialista en la materia, y al examinar yo mismo aquellas orejas, pude fijar mi atención en todas sus particularidades anatómicas. Puede imaginar mi sorpresa al respecto, cuando al mirar a miss Cushing pude comprobar que una oreja era idéntica a la de la otra mujer que momentos antes había inspeccionado. No sería únicamente producto de la coincidencia, tendría que ser por algún motivo. Ambas orejas tenían características similares: el mismo acortamiento de pabellón, la misma ancha curva del lóbulo superior, el mismo seno del cartílago interno. Era, en todos los detalles esenciales, la misma oreja. Vi de golpe, como es natural, la enorme importancia de aquella observación. La víctima, evidentemente, era una mujer de la misma sangre; quizá de un parentesco muy cercano. Entonces fue cuando inicié mi conversación con ella sobre su familia, y ya recordará usted que aquella señora nos proporcionó datos valiosísimos... En primer lugar, tenía una hermana que se llamaba Sara, que había vivido hasta poco tiempo antes en la misma dirección; de modo, pues, que quedaba así explicado el error y quién era la auténtica destinataria del paquete. A continuación nos enteramos de la existencia de Jin Browner, casado con la tercera hermana, y que entre él y la otra hermana, Sara, hubo en un tiempo un buen entendimiento y una grata amistad afirmada en el traslado de Sara a Liverpool para vivir cerca de los Browner; sin embargo, con posterioridad las relaciones se enfriaron, y Sara abandonó su domicilio en Liverpool. Hacía meses que, debido a aquella riña, no existía ninguna clase de comunicación entre ellos, de modo que si Browner quería enviar un paquete a Sara, tenía que dirigirlo a la dirección donde antiguamente vivía, es decir donde vivían ambas hermanas. El asunto empezaba a enderezarse admirablemente. Nos habíamos enterado de la existencia de aquel cuñado, hombre impulsivo, de violentas reacciones..., recuerde que dejó sin más un empleo que debió de ser magnífico a fin de estar más cerca de su esposa..., y que, además, se entregaba de cuando en cuando a excesos en la bebida. Teníamos razones para creer que su esposa había sido asesinada y que otro hombre, supongo que un marinero, probablemente, había sido asesinado al mismo tiempo. Surge por sí mismo, como móvil del crimen, el de los celos. ¿Y por qué razón se enviaban esas pruebas del delito a miss Sara Cushing? Probablemente, porque durante su residencia en Liverpool habría interferido de algún modo en que se produjeran los hechos que luego terminarían en tragedia. Tenga en cuenta que esta línea de barcos de vapor cubre Dublín, Belfast y Waterford; dando, pues, por sentado que Browner era quien había cometido el delito y que se había embarcado inmediatamente en su vapor, el *May Day,* Belfast sería la primera población desde la que podía enviar por correo el terrible paquete... En esa etapa podía evidentemente dilucidar alguna solución, que, si bien a mí me pareció extremadamente improbable, resolví poner en claro antes de seguir adelante. Cabía, en lo posible, que un enamorado, al no verse correspondido, hubiese matado a míster y mistress Browner, en cuyo caso la oreja de varón correspondería al marido. Podían hacerse objeciones muy graves a esta teoría, pero cabía dentro de lo posible. Envié, pues, un telegrama a nuestro amigo Algar, de la Policía de Liverpool, pidiéndole que averiguase si mistress Browner estaba en casa y si Browner había embarcado en el *May Day*. Después, fuimos a Wallington a visitar a miss Sara.

Tenía una curiosidad imperiosa por observar con detenimiento, aquella parte del cuerpo humano tan esencial en nuestra investigación, es decir, el tipo de oreja de la susodicha. Podía también, desde luego, suministrarnos datos importantes, aunque no me sentía muy optimista a este respecto. Con toda probabilidad ya estaría al corriente de los acontecimientos del día anterior, entre otras cosas porque en Croydon, no se hablaba de otra cosa; era consciente por tanto, que ella misma, era la destinataria del paquete, y que por equivocación, fue enviado a su otra hermana. De haber tenido intención de ayudar a la Justicia, se habría puesto ya probablemente en contacto con la Policía. Sin embargo, era nuestro deber, conseguir más fuentes de información por parte de ellas y allá nos fuimos. Y nos encontramos con que la noticia de la llegada del paquete (porque su enfermedad coincidía con la noticia) le había producido tanta impresión que desencadenó en una alta fiebre cerebral. Resultaba más claro que nunca que aquella mujer había comprendido toda la intencionalidad del envío, pero era también evidente, que tendríamos que serenar nuestra curiosidad y esperar todavía algún tiempo para conseguir de ella alguna ayuda... Sin embargo, lo cierto es que no dependíamos de su ayuda. En la Comisaría nos aguardaban las respuestas a nuestras incógnitas, porque ese rumbo en la investigación era el que yo había aportado para que nos ayudase Algar. Nada podía ser más concluyente. La casa de mistress Browner llevaba cerrada más de tres días, y las vecinas de los alrededores opinaban que se había marchado al Sur para visitar a sus parientes. Se había comprobado en las oficinas del puerto, que Browner había zarpado a bordo del *May Day*, y calculé que llegaría al día siguiente al Támesis. Y cuando llegue le estará esperando Lestrade, y a pesar de su torpe capacidad en cuanto a la investigación se refiere, era muy resolutivo en cuanto a los interrogatorios, así que no había duda alguna en que nos proporcionaría los datos precisos para cerrar el caso.

* * *

Las esperanzas de Sherlock Holmes no quedaron defraudadas. Dos días después recibió un sobre voluminoso, que contenía una breve carta del detective y un documento escrito a máquina bastante extenso, de varias páginas y de tamaño estándar. Holmes dijo, alzando la vista:

—Lestrade le detuvo sin que opusiera mucha resistencia. Tal vez le interese escuchar lo que dice:

> «Mi querido compañero Holmes: Conforme a la planificación que nos hemos encomendado, en aras de poner en tela de juicio nuestras hipótesis y así constatarlas... (lo de hablar en plural tiene mucha miga, ¿verdad, Watson?), me presenté en la madrugada de ayer en el Albert Dock y subí a bordo del barco a vapor *May Day,* de la ruta con cobertura en Liverpool y Dublin y que pertenece a la compañía «London Steam Packet». En resumidas cuentas, me puse manos a la obra y me informaron que efectivamente, iba a bordo el señor James Browner como parte de la tripulación. Me comentaron además que en el transcurso del viaje, este individuo se había comportado de una forma muy extraña, y que el capitán preocupado por su actitud, se había visto obligado a relevarle de sus obligaciones. Cuando bajé a su camarote, le encontré sentado en un baúl, con la cabeza hundida entre las manos, meciéndose de atrás adelante. Es un hombre fornido, muy grandote y de grandes proporciones; en aquel momento estaba completamente afeitado y muy aseado. Su tez era morena, y de sus ojos se podía extraer una somera sensación de tristeza. Al enterarse del objeto de mi visita, se levantó rápidamente y con cierto nerviosismo, miró en todas las direcciones. Durante un instante pensé que intentaría huir, así que me llevé a la boca el silbato para en todo caso, alertar a los agentes de policía del puerto, que estaban en la esquina. Sin embargo, ante mi sorpresa, no opuso resistencia alguna, parecía no tener ánimos para fugarse. Así es que alargó tranquilamente las manos y voluntariamente se dejó poner las esposas. Le llevamos a los calabozos junto con su baúl, tal vez se encontraran dentro pruebas importantes con las que comprobar su culpabilidad. Sin embargo, todo lo que encontramos fue un cuchillo grande y afilado, como el que suelen usar muchos marineros. Afortunadamente, no tuvimos necesidad de añadir más pruebas, porque, cuando le llevamos ante el inspector de la Comisaría, pidió permiso para declarar que en definitiva, constituía una confesión. Como habitualmente hacemos, su decla-

ración fue recogida por nuestro taquígrafo, y en esta carta le adjunto una copia de la misma. Tal y como he supuesto desde el principio, el caso ha sido muy sencillo de solucionar, no obstante, debo de agradecerle su interés al respecto y por supuesto la ayuda que me ha proporcionado de forma tan generosa. Atentamente.

»G. Lestrade.»

—¡Ejem! La investigación ha resultado, en efecto, sencillísima, pero yo no creo que fuese esa la impresión que él tenía cuando nos llamó pidiendo nuestra ayuda —comentó Holmes—. Pero veamos lo que Jim Browner tiene que decir en su favor. Esta es la declaración, tal como la hizo ante el inspector Montgomery, en la Comisaría de Policía de Shadwell, y que tiene la ventaja de haber sido tomada palabra por palabra.

«¿Que si tengo algo que decir? Sí, tengo mucho que decir. Quiero poner toda la carne en el asador, y desde luego que voy a volcar mi corazón en esta declaración. Ustedes tienen la libertad de castigarme, ahorcarme, o hacer lo que quieran; y a mí, me tiene sin cuidado. Les digo que no he dormido desde que ocurrió aquello, y no creo que pueda hacerlo hasta el fin de mis días. Unas veces veo su cara, la de él, y otras, casi siempre, la de ella. Una u otra, siempre las tengo delante de mí. Él me mira frunciendo el ceño, arrogante, y ella, con una expresión como de sorpresa en la cara. ¡La blanca corderita! Razón tuvo de sorprenderse cuando leyó su sentencia de muerte en una cara en la que hasta entonces rara vez había visto otra cosa que amor hacia ella.

»Pero ¡la culpa fue de Sara, y ojalá que la maldición de un hombre destrozado pese sobre su conciencia hasta pudrirse en sus entrañas mientras viva. Y les aseguro que no digo estas cosas por disculparme. Es cierto que volví a entregarme a la bebida, como la mala bestia que soy. Pero ella me lo habría perdonado; ella se habría mantenido tan ligada a mí como siempre lo estuvo, porque nos amábamos. Y así hubiera sido de no ser porque esa mujer se entrometió en nuestras vidas de manera insolente como nadie. Y la razón de todo se explica porque Sara Cushing estaba enamorada de mí; ahí radica el problema. En un principio me amaba, pero luego ese amor se transformó en un odio venenoso cuando se convenció que mi mujer era mi vida, que estábamos completamente enamorados y que nuestra entrega era en cuerpo y alma, y superaba con creces cualquier otro obstáculo en la vida.

»Ellas eran tres hermanas. La mayor es una mujer buena y bondadosa; la segunda, un demonio, y la tercera, un ángel. Sara tenía treinta y tres años y Mary veintinueve al casarnos. Cuando pusimos la casa juntos, nuestra felicidad abarcaba todos los minutos del día, y en todo Liverpool no había otra mujer más buena que mi Mary. Con todas nuestras mejores intenciones, invitamos a Sara a que viniese a pasar con nosotros una semana, y la semana se convirtió en un mes, y así, nuestra confianza era tal, que llegó a ser como una más entre nosotros.

»Yo llevaba entonces la cinta azul de los que han jurado no beber alcohol; ahorrábamos algún dinerillo y el futuro se nos presentaba sensacional, teníamos planes magníficos. ¡Válgame Dios, quién habría pensado entonces que las cosas iban a acabar de este modo! ¡Quién podía pensarlo ni siquiera en sueños!

»Yo solía volver a casa muchas veces para pasar el fin de semana, y en ocasiones, si el barco se demoraba por cuestiones de carga, pasaba incluso una semana seguida. De esta forma traté a Sara como una más en la familia. Era esta una mujer refinada, alta, morena, impetuosa y rápida, era elegante, pero con ciertos aires arrogantes un poco insoportables, y en sus ojos, tenía un brillo como de chispas de pedernal. Pero cuando tenía delante a la pequeña Mary ni siquiera se me ocurría pensar en Sara, y así lo juro como que espero que Dios tenga misericordia de mí.

»En varias ocasiones me había parecido que ella deseaba quedarse conmigo a solas, o atrarme con halagos para que saliese a dar un paseo con ella. Yo nunca tuve segundas intenciones, lo juro. Pero una noche, durante la velada, se me abrieron los ojos. Yo había ido a casa desde el barco, encontrándome con que Mary había salido y Sara estaba sola. "¿Dónde está Mary?", le pregunté. "Ha ido a pagar unas cuentas", me contestó. Yo paseaba impaciente por la habitación. "¿Es que no puedes ser feliz cinco minutos sin Mary, Jim? No me hace ningún favor a mí que no te contentes con mi compañía durante tan poco tiempo." "Tienes razón, mujer», le dije, alargando la mano hacia ella con expresión cariñosa. Pero ella se apresuró a agarrármela entre las dos suyas, y le ardían como si estuviesen febriles. Le miré a los ojos y pude leer todo el mensaje en breves segundos. Ni ella ni yo necesitábamos hablar. Fruncí el ceño y retiré la mano. Ella permaneció un instante en silencio, junto a mí, y luego levantó la suya y me dio unas palmaditas en el hombre. "¡Cálmate, Jim!", me dijo, y rompió a reír con una risita burlona y salió corriendo de la habitación.

»Bueno; desde aquel instante Sara me odió con todo su corazón y toda su alma, y es mujer que cuando odia, odia sin vacilar. Fui un estúpido consintiendo en que ella siguiese en nuestra misma casa, un estúpido consumado; pero no le dije a Mary una palabra, porque sabía que le causaría un terrible disgusto. Siguieron las cosas igual que hasta entonces; pero al cabo de algún tiempo pude observar un ligero cambio en mi Mary. Había sido siempre por añadidura, confiada e inocente, pero ahora se volvió rara y recelosa, queriendo saber dónde había estado y qué era lo que había hecho, quién me escribía, qué llevaba en el bolsillo y mil tonterías por el estilo. Cada día se volvía más rara e irritable y teníamos discusiones infundadas por naderías. Aquello me tenía a mí completamente intrigado. Sara rehuía mi trato; pero, en cambio, ella y Mary eran inseparables. Ahora puedo entender que lo que hacía era intrigar a mis espaldas, conspirar contra mí, instigar planes demoniacos, y envenenar el alma de mi mujer contra mi persona; pero yo estaba tan ciego que en aquel entonces no lo comprendía. Rompí mi cinta azul de abstemio y empecé otra vez a beber, pero creo que no habría obrado de ese modo si Mary hubiese sido la misma para mí. Ella tenía ahora una razón para estar disgustada conmigo, y la grieta que nos separaba empezó a hacerse cada día más ancha. Y fue entonces cuando apareció en nuestras vidas, detonante de nuestra separación, ese individuo de Alec Fairbairn, y todo empeoró de forma trágica.

»La primera vez que vino él a mi casa fue para visitar a Sara, pero pronto vino a visitarnos a nosotros, porque era hombre de gran simpatía y hacía amigos con mucha facilidad. Era un individuo atestado de gracias, divertido, algo fanfarrón, pero elegante y atractivo; había visitado medio mundo y sabía hablar de lo que había visto. Era un compañero agradable, no lo negaré, y para ser marinero era de una galantería extraordinaria, por lo que yo creo que en sus buenos tiempos debió frecuentar más la popa que el castillo de proa. Durante un mes entero estuvo entrando y saliendo de mi casa, sin que ni por un instante me cruzase por la imaginación la idea de que pudiera venir nada malo de sus maneras tan cordiales y tan suaves. Pero de pronto, algo me hizo sospechar, y a partir de ese día ya no he vuelto a gozar de paz.

»Fue un detalle casi imperceptible pero yo lo atisbé. Llegué a la sala de estar de forma inesperada. Al ir yo a traspasar el umbral, advertí que la cara de mi mujer se iluminaba para dar la bienvenida al que llegaba. Pero, al ver que era yo, aquella luz volvió a esfumarse, y se alejó con expresión desilusionada. Fue suficiente para mí. Únicamente podía haber confundido mis pasos con los de otra persona: Alec Fairbairn. Si en aquel instante lo hubiera visto delante de mí, creo que de inmediato le hubiera matado, porque siempre que se me desata el genio me vuelvo como loco. Mary observó en mis ojos un resplandor demoniaco y vino corriendo a ponerme las manos en el brazo, diciendo: "No te enojes, Jim, no te enojes." Yo le pregunté: "¿Dónde esta Sara?" "En la cocina", me contestó. Allá me fui, y le dije: "Sara, no tolero que ese individuo, Fairbairn, vuelva a poner los pies en mi casa." "¿Por qué no?", me contestó ella. "Porque yo lo mando." Y entonces ella me dijo: "¡Vaya! Si los amigos míos no son dignos de entrar en esta casa, quiere decir que yo tampoco lo soy." "Tú puedes hacer lo que gustes, pero te advierto que si Fairbairn vuelve a asomar su cara por aquí, te enviaré como recuerdo una de sus orejas." Creo que la expresión de mi cara era tan amenazadora, que un tanto asustada, selló la boca y no volvió a pronunciar una palabra. Aquella noche se marchó de casa.

»Bueno, yo no sé si aquello fue pura maldad por parte de esa mujer o si es que creía que, aconsejando a la mía para que faltara a sus deberes matrimoniales, conseguiría que yo aborreciese a Mary. Pero el hecho más importante es que Sara alquiló una casa dos calles más abajo de la nuestra y se dedicó a alquilar habitaciones amuebladas para marineros. Fairbairn se hospedaba allí, y Mary acostumbraba ir de visita para tomar el té con Sara y con él. Ignoro con qué frecuencia iba; pero cierto día seguí su pista, y pude observar con qué resolución se metió en aquella casa, como si anhelara encontrarse con alguien. Así que en ese instante, me metí en aquella casa al mismo tiempo, sin dar tiempo a que nadie reaccionara. Únicamente Fairbarn se dio cuenta de mi presencia, y huyó tan rápido como pudo, saltando por encima de la cerca del jardín trasero. Juré a mi mujer, que si de nuevo se veía con aquel traidor, la mataría. Cogí su mano y violentamente, sollozando y temblorosa, se vino conmigo a casa, estaba pálida como el marfil. Ya no hubo de allí en adelante entre nosotros ninguna esperanza para recuperar nuestro amor. Bien sabía que sus sentimientos hacia mi, rozaban entre el odio y la repugnancia, y todo ello me atormentaba, tanto que cada vez más me arrastraba a beber compulsivamente hasta yo mismo despreciarme sin compasión, hundido en mi propio despecho.

»Sara no pudo mantener un nivel de vida apropiado con simplemente el ingreso de lo que sacaba en el alquiler de habitaciones, así que regresó a Croydon para vivir con su hermana mayor. En mi hogar las cosas siguieron más o menos como siempre. Y llegó aquella semana maldita en la que acaeció la tragedia con todos sus terrores y heridas.

»Las cosas ocurrieron así. Habíamos salido en el *May Day* para un viaje circular de siete días, pero una parte del cargamento se soltó y aflojó del golpe una de las planchas del buque, lo que nos obligó a regresar a puerto para doce horas. Yo desembarqué y me fui a mi casa, creyendo dar con ello una sorpresa a mi mujer y esperanzado de que quizá pudiera alegrarse de verme regresar tan pronto. Es lo que pensaba cuando caminaba por la calle, y en ese instante se cruzó conmigo un coche. Dentro del coche iba ella, sentada junto a Fairbairn, y los dos charlaban y se reían, sin poder sospechar que les estaba mirando desde la acera.

»Les digo y les juro que desde aquel momento, perdí los papeles y no pude ser dueño de mí mismo, y que cuando intento recordar todo lo que pasó después, lo veo todo como en un sueño difuso. Llevaba algún tiempo bebiendo sin interrupción, y esta cuestión, unida a las circunstancias que me atormentaban, me trastornó por completo el cerebro. Siento ahora dentro de mi cabeza como un latido muy fuerte, algo así como tremendos martillazos; pero aquella mañana tenía yo en mis oídos todo el estruendo y el runruneo de las cataratas del Niágara.

»Eché a correr detrás del coche. Llevaba en la mano un pesado bastón de roble, y les aseguro que desde el primer momento lo vi todo rojo. Pero también a medida que corría se iba despertando en mí la astucia, y me quedé un poco atrás para observar sus movimientos sin que ellos se percataran. No tardaron en detenerse junto a una estación de ferrocarril. Había mucha gente junto a las ventanillas, y pude acercarme a ellos sin que me viesen. Sacaron billetes para New Brighton. Lo mismo hice yo, pero subí tres vagones más atrás que ellos. Cuando llegamos a New Brighton, ellos fueron caminando por el paseo marítimo, y yo les seguí, sin acercarme, a más de cien metros. Por último observé, cómo alquilaron un bote y salieron a dar una vuelta por el mar. El día era muy caluroso, y pensaron, sin duda, que estarían mejor en el agua.

»Aquello era como ponerse en mis manos. Había una ligera neblina que no permitía reconocer a nadie a cierta distancia. Alquilé yo otra lancha y salí remando tras ellos. Yo distinguía la silueta borrosa de su lancha, pero avanzaba casi con tanta rapidez como yo, de manera que estaban ya a un par de kilómetros de la playa cuando pude alcanzar su situación. Estábamos en medio de una gran nebulosa que parecía situarnos en un escenario teatral, y dentro de ella, tres personajes. Y... ¡Santo Dios!, no puedo describir sus rostros cuando se dieron cuenta de mi presencia en el bote de al lado. Estaba yo casi encima de ellos, y ella se puso a gritar medio loca, con unos chillidos difíciles de olvidar incluso ahora. Él me maldecía en cada frase que pronunciaba, y me tiraba estocadas con su remo, porque debió de leer la muerte en mis ojos. Tanto era mi dolor, y tanta mi desdicha, que atiné a dar un fuerte golpe con mi bastón en su cabeza, que se rompió con la fragilidad que se rompe un huevo. Tal vez, a pesar de toda mi locura, hubiera perdonado la vida a ella si no se hubiera agarrado a los brazos de su acompañante con la pasión de una amante conmovida, pronunciando su nombre como si le desgarraran el alma. De este modo, descargué otro golpe, y ella quedó tendida junto a su cuerpo. En aquel momento, no era yo sino una furiosa fiera, cuyo anhelo por venganza era mi única presa. Y juro por Dios que si Sara hubiese estado allí, habría corrido la misma suerte. Saqué mi cuchillo y... sí, ¡en fin!, ya he dicho bastante. A ello tengo que añadir, y así lo confieso, que experimenté un salvaje regocijo pensando en el golpe que recibiría Sara al tener delante aquellas muestras del resultado de sus intrigas. Até luego los cadáveres al bote, hundí una plancha en el fondo y permanecí cerca hasta que se hundieron. Sabía perfectamente que el propietario de la lancha pensaría que habían perdido el rumbo en la niebla y que se habían dejado arrastrar mar adentro. Yo me lavé, regresé a tierra y me incorporé a mi barco, sin que nadie en absoluto pudiera sospechar el asesinato que acababa de ser perpetrado. Aquella misma noche preparé el paquete para Sara Cushing, y al día siguiente se lo envié desde Belfast.

»Ahí tienen ustedes toda la verdad del caso. Pueden ahorcarme o hacer conmigo lo que gusten, pero no podrán castigarme más de lo que ya he sido apaleado en la vida. Me basta con cerrar los ojos para ver aquellas dos caras mirándome; mirándome igual que me miraron cuando mi lancha apareció en aquella neblina. Sí, maté, y fueron aniquilados con rapidez, yo, en cambio, me voy muriendo lentamente, ellos me están matando de forma paulatina. Y así, un día más, un nuevo amanecer, otra tortura noctámbula, algún día apareceré loco o muerto. ¡No me encierre en una celda, señor!, porque así como usted me trate, será tratado usted el día que llegue su hora, y de usted depende la agonía de su muerte.»

—Dígame, Watson: ¿qué sentido puede tener un hecho así? —preguntó Holmes con solemnidad al dejar el documento encima de la mesa—. ¿Cómo se entiende este círculo de dolor, violencia y de terror. Forzosamente este fatal destino tiene alguna finalidad, porque, de lo contrario, nuestro universo está regido por la casualidad, cosa que no se puede pensar. Pero ¿cuál es esa finalidad? Ahí tiene usted planteado el gran problema perenne al que la razón, hoy por hoy no tiene respuesta, y está lejos de tenerla para un futuro.

3

La aventura del Círculo Rojo

Primera parte

Bueno, mistress Warren, no creo que tenga usted ninguna razón especial de intranquilidad, y tampoco encuentro lógico que yo, cuyo tiempo es apreciado como el oro, tenga que intervenir en estas cuestiones. A decir verdad, he adquirido estos compromisos en los que tengo que intervenir de inmediato.

Así se expresó Sherlock Holmes, y reanudó su actividad habitual, supervisando detalles y anotando datos específicos en el índice de su diario, en el que tenía resumidos, algunos materiales recientes.

Pero aquella propietaria de una casa de huéspedes era pertinaz y obstinada en sus empeños, así como astuta por cuestiones de género. Así que con esa habilidad que caracteriza el sexo femenino, insistió de nuevo a mi compañero, diciendo:

—El año pasado esclareció un serio problema a uno de mis inquilinos, míster Fairdale Hobbs.

—¡Ah, sí! Era un asunto sencillo.

—Pero él, si me lo permite, habla de forma magnífica de su persona, de su amabilidad señor Holmes, y de una innata habilidad para hacer la luz en la oscuridad. Como yo me encontraba en la misma situación, llena de dudas y de incógnitas, me acordé de lo que él decía. Estoy segura que usted podría ocuparse de mi caso, únicamente tiene que tener la verdadera voluntad de ayudarme.

Evidentemente, Holmes tenía un punto flaco, y es que es enormemente flexible cuando es halagado. Pero haciendo honor a la verdad, tiene a la vez una gran virtud, y es que es una persona verdaderamente bondadosa. Estos dos factores fueron decisivos para que Holmes se resignara, y tras un profundo suspiro, echó su silla hacia atrás y dijo:

—Vamos, vamos, mistress Warren..., estoy dispuesto a escucharla. No le molesta el tabaco, ¿verdad? Gracias. Watson, por favor, las cerillas. Me ha parecido entender que está usted intranquila porque su nuevo inquilino no sale de su habitación, y le es completamente imposible hablar de él. ¿No es así? ¡Válgame Dios, mistress Warren! Si usted fuera mi casera, se pasaría semanas enteras sin echarme la vista encima.

—Lo creo, señor; pero este caso es distinto. Estoy asustada, y lo peor es que no consigo conciliar el sueño, del miedo que tengo. No puedo soportar ese vaivén que tiene diario, paseándose de un lado a otro de la habitación; así se pasa las horas, desde la primera hora de la mañana hasta la última de la noche, y no he podido verle ni siquiera por un instante. Mi marido se encuentra tan nervioso como yo por el mismo motivo; pero él está ausente durante todo el día en su trabajo, y yo, en cambio, tengo que soportar este misterio durante todo el día y sin descanso. ¿De qué se oculta? ¿Qué es lo que ha hecho? Yo estoy sola en la casa con la muchacha y él, y mis nervios ya no dan para más.

Holmes se inclinó hacia adelante y apoyó sus dedos, largos y delgados, en el hombro de la visitante. Cuando mi amigo así lo decidía, estaba dotado de un poder casi hipnótico para llegar a tranquilizar a los demás. Repentinamente, se esfumó en los ojos de aquella mujer aquella mirada asustadiza, y sus agitadas facciones de inquietud, adquirieron de pronto la serenidad que seguramente sería habitual en ella. Tal y como Holmes indicó, tomó asiento en una de las sillas de la habitación.

—Pero que yo pueda aceptar el caso —le dijo— es indispensable que conozca todos los detalles. Quizá, los que aparentemente parezcan más insignificantes puede que resulten los más importantes. Me ha dicho usted que ese hombre llegó a su casa hace diez días y que pagó por adelantado, tanto habitación como pensión para una quincena, ¿no es así?

—Me preguntó la tarifa que cobraba, y yo le dije que cincuenta chelines a la semana. Ocupa un pequeño cuarto de estar y el correspondiente dormitorio en el piso más alto de la casa.

—¿Y bien?

—Entonces él me contestó: «Le pagaré cinco libras por semana si acepta mis condiciones.» Nosotros, señor Holmes, somos gente humilde; mi marido gana poco, y aquella suma significaba mucho para mí. Sacó un billete de diez libras y me lo entregó en el acto, diciéndome: «Podrá usted cobrar esa misma cantidad durante mucho tiempo si se atiene a mis condiciones. Si falta a ellas, no volveré a hacer ningún trato con usted.»

—¿Y cuáles fueron sus condiciones?

—Las siguientes: necesitaría una llave propia de la casa; en ese sentido, no había ningún inconveniente, porque es frecuente dársela a los inquilinos. Pero por otro lado, exigiría que no se le molestara bajo ningún pretexto, añadiendo, que se le dejaría completamente solo.

—¿No me dirá usted que hay en ese comportamiento algo extraño?

—Desde un punto de vista razonable, no, señor. Pero lo que está ocurriendo está por completo fuera de lo razonable. Lleva doce días allí dentro, y ni míster Warren, ni yo, ni la muchacha, le hemos visto ni siquiera un instante en todo este tiempo. Le oímos caminar con paso rápido de un lado para otro, mañana, tarde y noche; pero desde que llegó aquella noche, no ha salido una sola vez de casa.

—¿De modo que la primera noche salió a la calle?

—Sí, señor, y regresó muy tarde, cuando ya todos estábamos acostados. Después de cerrar el trato y quedarse con las habitaciones, me anunció que saldría y me pidió que no atrancase la puerta. Le oí subir por la escalera después de la medianoche.

—Pero ¿y las comidas?

—Quedó concretamente especificado que él haría sonar la campanilla y se le dejaría la comida encima de una silla, al lado de su puerta. Cuando terminara de comer, volvería a llamar, retirando los cubiertos y los platos de la silla. Por otro lado, cuando necesita algo, lo escribe en una hoja de papel y nos la deja al lado de la puerta.

—¿Me dice que lo escribe?

—Sí, señor; escribe a lápiz con letras de imprenta el nombre de lo que requiere. Nada más. He traído algunas de esas hojas para enseñárselas. Vea usted: «JABÓN.» Aquí hay otra: «CERILLA.» Esta otra la dejó la primera mañana: «DAILY GAZETTE.» Y todas las mañanas le dejo este periódico junto con su desayuno.

—¡Por Dios, Watson, me resulta, desde luego, fuera de lo normal! —dijo Holmes, examinando con gran curiosidad las hojas de papel que aquella mujer nos había entregado—. El aislamiento puedo comprenderlo. Pero ¿escribir con letra de imprenta? Hacer estas cosas predispone a una sofisticación. ¿Por qué no escribir con letra corriente? ¿Qué le sugiere este detalle, Watson?

—Que desea ocultar su letra.

—Pero ¿por qué razón? ¿Qué puede importarle que su casera tenga en su poder palabras sueltas escritas por su puño y letra? Sin embargo, bien pudiera ser como usted insinúa. Pero, además, ¿por qué ese lenguaje tan lacónico a la hora de escribir mensajes?

—No tengo la menor idea.

—Se nos abre ante nosotros todo un panorama atestado de especulaciones. Las palabras están escritas con lápiz de punta ancha, color violeta, de tipo bastante corriente. Fíjese, Watson, en que esta hoja fue arrancada por este lado después de escribir la palabra, de forma que la *J* de «JABÓN» ha desaparecido en parte. Es revelador, ¿verdad, Watson?

—Revela precaución.

—Aquí había, sin duda, alguna señal, alguna impresión digital, algo que puediera dar una pista para establecer la identidad personal de quien lo escribió. Detengámonos un instante, mistress Warren, ha dicho usted que el hombre es de estatura mediana, de pelo negro y barbudo. ¿Qué años calcula que tiene?

—Es bastante joven, señor; no pasará de los treinta.

—¿No puede usted darme ningún otro detalle?

—Hablaba un inglés excelente, señor. Sin embargo, me pareció, por su acento, que era extranjero.

—¿Y vestía bien?

—Con mucha elegancia, señor; como un caballero. Ropa oscura, nada que fuese llamativo.

—¿No tiene su nombre y apellido?

—No, señor.

—¿Y no recibe cartas ni visitas?

—Absolutamente ninguna.

—Pero usted o su doncella entrarán seguramente por las mañanas en su habitacion, ¿no?

—No, señor; él se cuida por completo de sus tareas domésticas y la limpieza.

—¡Válgame Dios! Resulta realmente interesante. ¿Y qué me dice acerca de su equipaje?

—Trajo con él una gran maleta negra. Nada más.

—Bueno; la verdad es que no disponemos de mucho material que nos ayude en el trabajo. Pero ¿es posible que de esa habitación no haya salido nada? ¿Absolutamente nada?

La propietaria de la pensión sacó de su bolso un sobre, lo torció y sacudió, cayendo de su interior dos cerillas ya usadas y una colilla de cigarrillo.

—Las dejó esta mañana en su bandeja. Las he traído conmigo porque he oído decir que usted descubre cosas increíbles valiéndose de pequeñeces.

Holmes se encogió de hombros, y dijo:

—Aquí no hay nada. Las cerillas han sido utilizadas, desde luego, para encender cigarrillos. Se puede deducir de lo cortos que son los extremos que se han quemado. Para encender una pipa o un puro se consume la mitad de la cerilla. Aunque..., si nos fijamos bien..., puedo constatar que esta colilla es en efecto, notable... ¿Dice usted que el caballero tiene barba y bigote?

—Sí, señor.

—Pues no lo comprendo. Yo diría que únicamente un hombre completamente afeitado es capaz de apurar hasta este punto la colilla. Le digo a usted, Watson, que hasta su propio modesto bigote habría salido chamuscado.

—Quizá usa boquilla.

—No, no; la extremidad está aplastada. Supongo, mistress Warren, que no habrá en sus habitaciones dos personas.

—No, señor. Es tan poco lo que come, que a veces me pregunto cómo puede mantenerse con vida con esas raciones tan ínfimas.

—Bueno; creo que tendremos que esperar para disponer de más información. Bien mirado, usted no tiene ningún motivo de queja. Le ha pagado la renta y no se puede decir que sea un huésped conflictivo, aunque sea, desde luego, un huésped nada habitual. Él le paga bien, y si prefiere permanecer oculto, no es un asunto que a usted le afecte de manera directa. Mientras no dispongamos de razones para pensar que se oculta por causas criminales, no tenemos excusa alguna para penetrar en su vida privada. Me he hecho cargo del asunto, y no lo perderé de vista. Si ocurre alguna novedad, puede comunicármela, y cuente con mi ayuda si llega a necesitarla.

Cuando aquella señora nos dejó solos, Holmes me dijo:

—Este caso, Watson, ofrece, sin duda, algunos puntos interesantes. Puede que se trate de un asunto trivial; de hábitos maniáticos propios de un excéntrico. Pero también pudiera resultar mucho más serio de lo que aparece a primera vista. Lo primero que uno puede pensar es en la posibilidad de que la persona que en este momento ocupa las habitaciones, sea otra diferente a la persona que la alquiló con anterioridad.

—¿Qué es lo que manifiesta esta reflexión?

—Aparte de la colilla, ¿no resulta sugerente el que la única vez que ha salido el huésped ha sido inmediatamente después de alquilar el cuarto? Regresó, él u otra persona, pero en un momento, en que no podía topar con ningún testigo. No tenemos pruebas de que la persona que salió haya sido la misma que luego entró. Además, el que alquiló la habitación hablaba un inglés correcto, y sin embargo, es insólito que una persona así, escriba cerilla, en lugar de *cerillas*. Yo diría que sacó la palabra de algún diccionario en el que no aparece el plural de las palabras. Quizá lo lacónico de su expresión no tenga otro objeto que ocultar el desconocimiento del idioma. Sí, Watson, existen razones para sospechar que se ha realizado una sustitución de inquilinos.

—¿Y con qué finalidad lo han podido hacer?

—¡Ahí radica nuestro problema! Se nos presenta una línea clara por la que llevar nuestras investigaciones.

Echó mano y colocó encima de la mesa el libro voluminoso en el que archivaba, día a día, las columnas de desapariciones y mensajes anónimos, es decir, la denominada «Anuncios varios», de los distintos diarios de Londres. Mientras pasaba las páginas, dijo:

—¡Válgame Dios, y qué coro de gemidos, llantos y balidos! ¡Qué cajón de sastre de sucesos extraños! Es, sin disputa, un campo enorme de cultivo para las personas, como nosotros, que nos gusta investigar los misterios. Esta persona en cuestión se encuentra aislada, y no se puede comunicar con ella por carta sin quebrantar el secreto absoluto que se busca. En tales condiciones, ¿cómo pueden llegar hasta ella las noticias o los mensajes del exterior? Está claro que valiéndose de anuncios en los periódicos. No parece que exista otro medio, y es una suerte que únicamente tengamos que preocuparnos de un periódico exclusivamente. Aquí tenemos los recortes del *Daily Gazette* de la última quincena. «La señora del club de Patinaje del Príncipe.» Podemos pasarlo por alto, «Jimmy no quiere destrozar el corazón de su madre»; no parece cosa de importancia. «Si la señora que se desmayó en el ómnibus de Brixton...»; no me interesa esta señora. «Mi corazón anhela todos los días...» ¡Esto es un lamento, Watson, un puro balido!...¡Ah! ¡Esto ya podría ser! Escuche lo siguiente: «Tenga paciencia. Encontraremos manera segura de comunicación. Mientras tanto, esta columna.—*G.*» Esto apareció dos días después de la llegada del inquilino de mistress Warren. Suena como cosa plausible, ¿verdad? Por lo visto, este hombre misterioso entiende el inglés, aunque no sea capaz de redactarlo. Vamos a ver si seguimos encontrando el rastro. En efecto, aquí está, tres días después: «Llevo a cabo arreglos favorables. Paciencia y prudencia. La nube pasará.—*G.*» Después de este mensaje, no hay nada más durante una semana. Luego viene algo mucho más concreto: «El camino va aclarándose. Si tengo suerte, mensaje por señales; recuerda código convenido; uno, A; dos, B, etcétera. Pronto noticias.—*G.*» Eso fue en el periódico de ayer y no hay nada en el de hoy.

Todo podría aplicarse muy bien al inquilino de mistress Warren. No me cabe duda, Watson, de que el asunto se concretará más si esperamos un poco.

Así. A la mañana siguiente me encontré a mi amigo de pie en la esterilla de delante de la chimenea y vuelto de espalda al fuego, con una sonrisa de absoluta satisfacción en el rostro.

—¿Qué le parece este mensaje, Watson? —exclamó, echando mano al periódico que había encima de la mesa—. «Casa alta, roja, de recuadros de piedra blanca. Tercer piso. Ventana segunda izquierda. Después de anochecer.—*G.*» Esto ya es bastante concreto. Creo que, después de desayunar, visitaremos los alrededores de la casa de Warren. De repente se abrió la puerta, y apareció la señora Warren, un tanto descompuesta.

—¡Cómo usted por aquí señora Warren!, ¿qué noticias tiene?

Nuestra cliente había entrado de sopetón, y su rostro explosivo, parecía anunciar algún detonante bastante trascendental.

—Es un asunto que tiene que saber la policía, señor Holmes —exclamó—. ¡No quiero que siga la cosa ni un instante más! Tendrá que largarse con su equipaje. Estuve a punto de subir y decírselo yo misma, pero creí que era conveniente consultar antes con usted. Pero he llegado al límite de mi paciencia, y cuando ocurren cosas como la de llevarse por esas calles a mi marido...

—¿Que se han llevado a su marido?

—Y además lo han maltratado.

—¿Quiénes lo han maltratado?

—¡Pues es lo que necesitamos saber, precisamente! Fue esta mañana, señor. Mi marido cronometra la entrada al trabajo en Morton y Waylight, de Tottenham Court Road, y tiene que salir de casa antes de las siete. Pues bien; esta mañana, y cuando todavía no había dado diez pasos calle adelante, se acercaron por detrás dos hombres, le echaron una chaqueta por encima de la cabeza y lo metieron como un fardo dentro de un coche que esperaba junto al bordillo de la acera. Estuvieron paseando en el coche durante casi una hora, y de pronto abrieron la puerta y le arrojaron fuera. Cayó en mitad de la carretera tan atontado por todo aquel incidente, que no pudo darse cuenta de lo que hacía el coche. Cuando se recobró, pudo averiguar que se encontraba en Hampstead Heath; subió a un ómnibus y se vino a casa, y allí está, acostado en el sofá, y yo he venido inmediatamente a contarle lo sucedido.

—Interesantísimo —dijo Holmes—. ¿Se fijó en el aspecto de aquellos hombres? ¿Les oyó hablar?

—No; mi marido se encuentra absolutamente obtuso. Lo único que recuerda es que llegaron a levantarle como por arte de magia, y que del mismo modo fue lanzado del coche. Eran dos, por lo menos, tal vez tres.

—Y usted, ¿relaciona esta agresión con la estancia de su inquilino?

—Verá usted; nosotros hemos vivido quince años sin que nos ocurriera nada. Estoy hastiada de su presencia en mi casa, y su dinero me es indiferente. Le haré salir de mi casa antes de esta noche.

—Espere un poco, mistress Warren. No actúe precipitadamente. Empiezo a creer que este asunto pueda tener una importancia mucho mayor de la que parecía a primera vista. Es evidente que su huésped se ve amenazado de algún peligro. Es también evidente que sus enemigos confundieron a su marido con él, y se explica porque esta mañana amaneció con mucha neblina. Al darse cuenta de su error, le soltaron. Lo que ellos habrían hecho, de no ser porque fueron conscientes de su propia equivocación, no lo sabemos, y está abierto a mil conjeturas.

—¿Y qué debo hacer, míster Holmes?

—Mistress Warren, estoy deseando ver la cara de ese inquilino que se hospeda en su casa.

—No sé cómo lo va a lograr, a no ser que intente forzar la puerta. Cuando yo dejo la bandeja y vuelvo escalera abajo, le oigo siempre abrir la cerradura.

—Es que tienen que meter dentro la bandeja. Ese es el momento propicio para observarle, si tuviéramos algún sitio donde escondernos...

La dueña de la casa meditó unos instantes.

—Verá usted, señor; el cuarto de guardar los trastos está situado justo enfrente. Tal vez yo podría colocar allí un espejo, y si ustedes se ubicaran detrás de la puerta...

—¡Magnífico! —exclamó Holmes—. ¿A qué hora almuerza ese hombre?

—Aproximadamente a la una.

—Pues entonces, el doctor Watson y yo nos trasladaremos con antelación hacia su casa. Mientras tanto, mistress Warren, no se preocupe. Adiós.

A las doce y media nos encontrábamos en la escalinata de la casa de mistress Warren; era un edificio de gran altura, y un tanto angosto, de ladrillo amarillo, situado en Great Orme Street, estrecha callejuela al noreste del Museo Británico. Como la casa está situada cerca de una esquina de la calle, se domina desde allí un buen trecho de la Howe Street, una de las calles más señoriales de todo Londres. Holmes, murmuró por lo bajo, cuando alzó la vista a una de esas casas, parecía destinada a pisos para familias, y sobresalía de tal manera de las demás, que por fuerza tenía que fijarse en ella.

—Fíjese usted, Watson: «Casa roja, alta, con encuadramientos de piedra blanca.» Ahí está, sin duda alguna, la estación de señales. Conocemos el sitio y conocemos el código; de modo, pues, que nuestra tarea va a resultar sencilla. En esa ventana hay un cartel de «Se alquila». Se trata, evidentemente, de un piso en el que no habita nadie, y al que tiene acceso el confederado. ¿Ocurre algo de nuevo mistress Warren?

—Lo tengo todo dispuesto. Si quieren subir, dejando las botas en el descansillo, pueden hacerlo.

Nos había preparado un escondite excelente. El espejo estaba colocado de manera que nosotros, sentados en la oscuridad, podíamos ver muy bien la puerta de enfrente. Apenas nos habíamos acomodado allí, Warren se marchó, y al instante oímos sonar a lo lejos una campanilla, lo que nos comunicaba que nuestro misterioso vecino había llamado. Poco después apareció la dueña de la casa, portando una bandeja que colocó encima de una silla, cerca de la puerta, y a continuación, pisando con fuerza, se retiró. Agazapados, Holmes y yo, en el ángulo de la puerta, clavamos nuestros ojos en el espejo. De pronto cuando los pasos de aquella mujer dejaron de escucharse, se oyó un chasquido de una llave que giraba dentro de la cerradura; giró también el manillar y se proyectaron al exterior dos manos finas que alzaron la bandeja del asiento de la silla. Unos momentos después volvieron a colocarla en su sitio anterior apresuradamente, y yo pude echar un vistazo rápido a una cara morena, muy bella, que miró con expresión de espanto hacia la estrecha rendija de la puerta del cuarto de los baúles. Enseguida se cerró con estrépito la puerta, giró la llave y todo volvió a quedar sumido en el silencio. Holmes me tiró de la manga, y juntos y con paso furtivo bajamos por la escalera. La dueña de la casa estaba al acecho, y Holmes le dijo:

—Volveré por aquí esta noche. Watson, creo que tenemos que hablar del asunto con mayor libertad en nuestras propias habitaciones.

—Ya ve usted cómo ha resultado exacta mi suposición —me dijo, hablando desde las profundidades de su sillón—. Se ha realizado una sustitución de inquilinos. Lo que yo no supuse es que nos íbamos a encontrar con una mujer, y, además, con una mujer nada corriente.

—Ella nos ha visto.

—Ella observó algo que alarmó sus sentidos. Esto es seguro. Lo ocurrido está bastante claro en términos generales, ¿verdad? Una pareja busca refugio en Londres, huyendo de un peligro terrible e inminente. Tiene que tratarse de un peligro grave, puesto que todas las rigurosas precauciones que tuvieron en cuenta, es signo irrevocable de ello. El hombre, que tiene alguna misión que cumplir, quiere dejar, mientras tanto, a la mujer en lugar absolutamente seguro. No sería fácil lograr este fin, pero él lo resolvió de una manera original, y con tal eficacia, que ni siquiera la casera de la pensión, ha logrado inmiscuirse en su habitación y ver su rostro. Ahora se comprende que escribir con letras de imprenta tiene por objeto que no se descubra el sexo de la escritura, como ocurriría si lo hiciese con su letra corriente que muchas veces puede significar un detalle irrefutable para discernir el sexo. Por otro lado, el hombre, intentando dar protección a la mujer, no puede acercarse a ella, y si así lo hiciera pondría a sus enemigos sobre su pista. Al no poder comunicarse abiertamente con ella, recurre a la columna de anuncios varios de un periódico.

—Hasta aquí todo está claro. Pero ¿cuál es la raíz de todo eso?

—¡Ya está aquí el Watson, tan rigurosamente práctico como siempre! ¿Cuál es la raíz de todo eso? A medida que vamos avanzando en la investigación, el problema de mistress Warren, en un principio caprichoso, adquiere ahora dimensiones mayores y proporciones más siniestras. Una cosa podemos afirmar, que no se trata de una fuga corriente de dos enamorados. Usted mismo observó el rostro de la mujer al barruntar peligro. Conocemos también la agresión de la que fue víctima el dueño de la casa, agravio que era destinado, sin duda, al inquilino. Estas alarmas y la necesidad desesperada de guardar secreto denotan que se trata de un asunto de vida o muerte. La agresión a míster Warren demuestra, además, que los enemigos, sean los que sean, desconocen que se ha realizado una sustitución del inquilino por la inquilina. Es un asunto curioso y complejo, Watson.

—¿Y para qué quiere usted meterse más a fondo en el mismo? ¿Qué va usted a sacar?

—En efecto, ¿qué voy a sacar? Se trata del arte por el arte, Watson. Me imagino que también usted, al doctorarse en Medicina, se dedicaría al estudio de muchos casos sin pensar en sus honorarios.

—Para aprender, Holmes.

—Nunca se acaba de aprender, Watson. Incluso los más grandes y los más profesionales deben de tener el afán de superarse y aprender lo máximo hasta el final. Este es un caso muy instructivo. No hay en él ni dinero ni fama, y, sin embargo, sería un gran desafío poder desenredarlo. Antes de anochecer, tendremos que haber avanzado un paso más en nuestras pesquisas.

Cuando retornamos a la casa de mistress Warren, la oscuridad de las noches de invierno en Londres, había caído hasta convertirse en una cortina gris, quebrantada únicamente por la viva luz amarillenta de las ventanas y por el halo borroso de los faroles de gas. Mientras nosotros mirábamos, desde la sala sin luces de la pensión de mistress Warren, brilló en la oscuridad un filamento de luz menos refulgente.

—Alguien se mueve dentro de aquella habitación —dijo Holmes cuchicheando y mirando a través del cristal de la ventana—. Sí, ya distingo la ventana. ¡Veo a alguien allí! Tiene la vela en la mano. Ahora mira hacia acá. Quiere cerciorarse de si ella está mirando. Ahora empieza a dar señales con la luz de la vela. Tenemos ambos que analizar el mensaje, Watson, para poder así dilucidar el significado. Una sola apariencia de luz, es, con seguridad, la letra *A*. Veamos ahora. ¿Cuántas apariciones de la luz ha contado usted? Veinte. También yo. Esa será la letra *T*. Una *T*; eso resulta bastante comprensible. Otra *T*. Seguramente que se trata del principio de otra palabra. Veamos ahora *tenta*. Punto. No puede ser todo el mensaje, ¿verdad Watson?; *attenta* no tiene sentido. Tampoco lo tiene si se divide en dos o tres palabras... ¡Ahí está otra vez! ¿Cómo? *Atte*... ¡Pero si vuelve a repetir el mensaje! ¡Esto es curioso, Watson, muy curioso! ¡Ahí está repitiendo por tercera vez *Attenta,* tres veces! ¿Hasta cuándo lo va a repetir? Pues no, parece que ahí ha terminado. Se retiró de la ventana. ¿Qué opina usted de este mensaje, Watson?

—Es un mensaje cifrado, Holmes.

Mi compañero lleno de júbilo, entendió de pronto algo y afirmó:

—Sí, Watson, es un mensaje y no muy oscuro. ¡Naturalmente! Se trata de un mensaje en italiano, y la *A* final indica el femenino, porque se dirige a una mujer. Es decir: «¡Cuidado! ¡Cuidado! ¡Cuidado!» ¿Qué tal le suena eso, Watson?

—Creo que ha dado usted en el clavo.

—No le quepa la menor duda. Se trata de un mensaje muy urgente, y se repite tres veces para darle más fuerza. Pero, ¿de qué ha de tener cuidado? Espere un poco, porque vuelve a aparecer en la ventana.

Nuevamente vimos la borrosa silueta de un hombre, agazapado, y el trasiego de la luz que se bamboleaba a través de la ventana. En esta ocasión, las señales se agitaban con mayor rapidez que antes, con mayor agilidad, tanta que era difícil entender su significado.

—*Pericolo*. ¿Qué significa eso, Watson? Peligro, ¿no es así? Sí, por Júpiter, es una advertencia de peligro. ¡Ahí vuelve de nuevo a la carga! *Peri*... ¡Hola! ¿Qué diablos...?

La luz había desaparecido repentinamente, también se había apagado el recuadro ligeramente luminoso de la ventana, y el tercer piso venía a formar una negra franja todo alrededor del elevado edificio con sus hileras de brillantes encuadramientos. Ese último grito de advertencia se había interrumpido en la mitad. ¿Cómo y por quién? En los dos surgió simultáneamente idéntico pensamiento. Holmes se alzó como un resorte en el lugar en el que se encontraba agazapado junto a la ventana, y exclamó:

—Watson, esto es grave. Se está cometiendo algún acto criminal. ¿Por qué razón se ha visto interrumpido el mensaje de esa manera? A mí me gustaría avisar a Scotland Yard de este asunto. Pero la cosa es demasiado seria para que nosotros nos alejemos.

—¿Quiere que yo vaya a llamar a la Policía?

—Es preciso que antes se defina la situación con un poco más de claridad: pudiera prestarse a alguna otra interpretación de tipo más inocente. Watson, debemos cruzar la calle hasta ese lugar, y veamos qué es lo que podemos sacar en claro.

Segunda parte

Mientras caminábamos a paso rápido por la calle de Howe Street, me volví para observar la casa en la que habíamos estado minutos antes. Allá, en la ventana situada en el piso más alto, puede distinguir la confusa silueta de una cabeza, de una cabeza que sin duda era la de una mujer, mirando con firmeza hacia la oscuridad, y esperando con suspense para que se reanudase el mensaje interrumpido. En el umbral de la casa de pisos de Howe Street, y apoyándose en la barandilla, había un hombre embozado en su bufanda y en su gabán. Cuando la luz del vestíbulo nos sorprendió en la cara, aquel hombre pegó un respingo, y exclamó:

—¡Holmes!

—¡Pero si es usted Gregson! —dijo mi compañero, mientras estrechaba la mano del detective de Scotland Yard—. Al final del día los enamorados se encuentran. ¿Qué es lo que le trae por aquí?

—Me imagino que será lo mismo que le ha traído a usted —contestó Gregson—. Lo que no puedo entender es cómo diablos se ha metido usted en este asunto.

—Hilos distintos, pero que llevan a la misma maraña. He estado tomando las señales del mensaje.

—¿Qué señales?

—Las que se han señalado desde esa ventana, y que han quedado de pronto interrumpidas en lo mejor. Vinimos hasta aquí para averiguar esta incógnita; sin embargo, puesto que el asunto está en unas manos tan expertas como las suyas, no veo razón para seguir adelante.

—¡Espere un momento! —exclamó Gregson con ansiedad—. Míster Holmes, yo quiero ser justo con usted, y puedo decirle que siempre que ha estado cerca de mí en investigaciones de gran envergadura, me ha ayudado muchísimo no únicamente para esclarecer el caso, sino además para sentirme más fuerte. Cambiando de tema, y respecto a este caso, le comunico que estos pisos tienen una única puerta de salida, por tanto, tenemos seguro a ese hombre.

—¿A qué hombre?

—Por una vez, míster Holmes, le llevamos ventaja. En esta ocasión tiene que reconocer nuestra superioridad —al decir esto pegó un golpe seco en el suelo con su bastón. Luego, un cochero, látigo en mano, se acercó desde el coche de cuatro ruedas que estaba parado al otro lado de la calle; Gregson dijo al cochero—: ¿Puedo presentarle a míster Sherlock Holmes? Aquí, míster Leverton, de la agencia norteamericana de Pinkerton.

—¿El héroe del misterio de la cueva de Long Island? —preguntó Holmes—. Tengo muchísimo gusto en conocerle personalmente, míster Leverton.

El norteamericano, joven tranquilo, metódico, con un rostro completamente afeitado y de perfil refinado, se sonrojó al escuchar aquel cumplido, y dijo:

—Míster Holmes, en esta ocasión sigo la gran pista de mi vida. Si logro detener a Gorgiano...

—¡Cómo! ¿A Gorgiano, el del Círculo Rojo?

—Por lo que veo, su fama se ha extendido a Europa. Pues bien, en Norteamérica estamos al corriente de todas sus hazañas. Tenemos pruebas de que ha intervenido en cincuenta asesinatos, y, sin embargo, no contamos con ningún dato concreto para echarle el guante. Yo le he venido siguiendo desde Nueva York, y he estado aquí en Londres muy próximo a él por espacio de una semana, esperando una excusa adecuada para agarrarle por el cuello. Gregson y yo le seguimos hasta esta gran casa de pisos residenciales. Como únicamente tiene una puerta, no se nos podrá escabullir. Desde que él entró, han salido ya tres personas, pero yo puedo jurar que no era ninguna de ellas.

—Míster Holmes nos hablaba de unas señales —dijo Gregson—. Me imagino que, como de costumbre, él está enterado de muchas cosas que nosotros desconocemos.

Holmes les explicó en breves y claras pinceladas cuál era la situación, tal como nosotros la veíamos. El norteamericano dio una fuerte palmada para expresar su sentimiento de molestia, y exclamó:

—¡Nos ha ganado la partida!

—¿Por qué lo cree usted así?

—Bueno, por lo menos, lo parece, ¿verdad? Ahí está, enviando mensajes a un cómplice suyo, porque en Londres están varios individuos de su cuadrilla. Y de pronto cuando les estaba enviando un mensaje esencial, lo cual es admisible y teniendo en cuenta su relato, resulta que ha sido interrumpido. ¿Y qué otra cosa se puede desprender de esa interrupción sino que Gorgiano, de una manera u otra, nos ha descubierto de pronto en la calle? Tal vez pudo intuir que se aproximaba hacia él un grave peligro, por lo que decidió actuar inmediatamente para evitarlo. ¿Que nos aconseja, míster Holmes?

—Que subamos inmediatamente y veamos por nosotros mismos lo que ocurre.

—Pero no disponemos de una orden legal de detención.

—Se halla dentro de un piso desocupado y en circunstancias sospechosas —dijo Gregson—. De momento nos basta con ello. Una vez que lo tengamos en nuestras manos, ya veremos si Nueva York nos ayuda a conservarlo a buen recaudo. Yo me hago responsable de esta detención.

Tal vez nuestros detectives oficiales no andan siempre sobrados de inteligencia, pero jamás andan escasos de valor. Gregson tiró escalera arriba para detener al temerario asesino, con la misma tranquilidad y quietud con que hubiera subido la escalera oficial de Scotland Yard. El detective de Pinkerton había intentado pasar delante, pero Gregson le había apartado firmemente con el codo hacia atrás. Los peligros de Londres le correspondía correrlos a la Policía de Londres.

La puerta del piso de la izquierda del descansillo del tercero estaba entreabierta. El silencio y la oscuridad eran absolutos en el interior. Yo prendí una cerilla y encendí la linterna del detective. Luego, cuando la llama pudo afianzarse, lanzamos todos una exclamación conteniendo, sorprendidos, el aliento. Sobre el entarimado sin alfombra del piso, sè distinguía una huella recién pisada de unos pies ensangrentados. Las pistas apuntaban en nuestra dirección y procedían de una habitación interior, cuya puerta estaba cerrada. Gregson la abrió de un empujón, y enfocó delante de él su linterna a plena luz, mientras todos nosotros mirábamos anhelantes por encima de sus hombros.

En el centro de la habitación vacía se hallaba el cuerpo, todo encogido, de un hombre gigantesco, con su cara afeitada y morena, contorsionada por una expresión horrible, la cabeza rodeada de un espantoso halo rojo, de un ancho círculo de sangre todavía fresca que se extendía sobre el entarimado. Tenía las rodillas levantadas, las manos extendidas en el esfuerzo de la agonía, y de su cuello grueso, moreno, vuelto hacia arriba, sobresalía la empuñadura blanca de un cuchillo, cuya hoja estaba por completo hundida en la carne. Junto a su mano derecha, en el suelo, una enorme daga de dos filos, con la empuñadura de asta, y junto a la daga un guante negro de cabritilla.

—¡Por mi vida! ¡Si es el mismísimo Gorgiano, el *Moreno!* —exclamó el detective norteamericano—. Por esta vez alguien se nos ha adelantado.

—Míster Holmes, la vela está aquí en la ventana —dijo Gregson—. Pero ¿qué está usted haciendo?

Holmes había cruzado la habitación, había encendido la vela, y la pasaba una y otra vez, de derecha a izquierda y de izquierda a derecha, por delante del cristal de la ventana. Hasta que, después de mirar fijamente en la oscuridad, la apagó y la tiró al suelo, diciendo:

—Me parece que lo que acabo de hacer nos servirá de ayuda —cruzó en sentido contrario la habitación, y se quedó junto a los dos detectives profesionales, sumido en profundas meditaciones y examinando el cadáver—. Dijeron ustedes antes que, mientras esperaban abajo, salieron tres individuos. ¿Se fijaron bien en ellos?

—Sí.

—¿No sería uno de los tres un individuo de unos treinta años; de barba negra, moreno, y de estatura mediana?

—En efecto; precisamente fue el último en cruzar por delante de mí.

—Pues creo que era su hombre. Yo se lo puedo describir, y ahí tenemos unas huellas suyas bastante bien delineadas. Con esas pruebas tendrá usted bastante.

—No es mucho, para dar con él entre millones de londinenses.

—Quizá no lo sea, en efecto. Por ello, he pensado en llamar a esta señora para que le ayude.

Al oír esas palabras nos dimos todos media vuelta. Allí en el recuadro de la puerta estaba una mujer alta y hermosa: la misteriosa inquilina de Bloomsbury. Se adelantó paso a paso. Su rostro pálido y estirado expresaba un recelo temeroso, y sus ojos dilatados miraban con firmeza y terror la negra figura yacente en el suelo.

—¡Le han matado ustedes! —murmuró—. ¡Oh, *Dio mio,* le han matado ustedes!

Pero, de pronto, dejó escapar una exclamación y se quedó con la boca abierta y sin aliento. Luego dio un salto, lanzando un alarido de alegría. Después se puso a bailar alrededor de la habitación, palmoteando. Le brillaban los ojos de asombrosa felicidad, y brotaban de sus labios infinidad de frases admirativas en italiano. Era un espectáculo increíble y asombroso el de aquella mujer convulsionada por la alegría ante un cuadro semejante. De pronto se detuvo y nos miró a todos con mirada interrogadora.

—Pero ustedes, ustedes son de la Policía. Ustedes son los que han matado a Giuseppe Gorgiano, ¿verdad?

—Sí, señora; somos de la Policía.

Entonces ella miró hacia la parte sombría de la habitación, y preguntó:

—Pero ¿dónde está Gennaro? ¿Dónde está mi marido, Gennaro Lucca? Yo soy Emilia Lucca y ambos venimos de Nueva York. ¿Dónde está Gennaro? Me llamó hace un momento desde esa ventana, y yo acudí a toda velocidad.

—Fui yo quien la llamó —dijo Holmes.

—¡Usted! ¿Cómo pudo usted hacerlo?

—El código del que se servían no resultaba difícil, señora, y era conveniente su presencia aquí. Sabía que me bastaría con telegrafiarle la palabra *Vieni,* con la seguridad de que usted acudiría.

La bella italiana miró atemorizada a mi compañero, y dijo:

—No comprendo cómo sabe usted estas cosas. ¿Cómo es posible que a Giuseppe Gorgiano le hayan...? —súbitamente su rostro se iluminó de orgullo y de alegría—. ¡Ahora lo comprendo! ¡Ha sido Gennaro, mi magnífico y espléndido Gennaro, el que ha impedido que yo sufriese daño alguno, el que ha matado con su fuerte brazo al monstruo! ¡Oh Gennaro, y qué hombre asombroso eres! ¿Hay mujer alguna que sea digna de un hombre así?

Pero el prosaico Gregson le puso la mano en el brazo, con la misma falta de sentimiento con que se la habría puesto a un ladrón de Notting Hill, y le dijo:

—Mistress Lucca, yo no veo claro todavía quién es usted, o qué es usted; pero ha dicho ya lo suficiente para que vea claro, que la necesitamos en Scotland Yard.

—Un momento, Gregson —dijo Holmes—. No sé por qué me parece que esta señora siente tanto interés por decirnos lo que ella sabe como nosotros porque nos lo diga. ¿Comprende usted, señora, que van a detener a su marido y va a ser juzgado por haber matado a ese hombre que está ahí en el suelo? Lo que usted diga puede ser empleado como prueba en su contra. Pero si usted cree que él ha actuado por móviles que no son criminales y que él nos daría gratamente la información que necesitamos, sería mejor que nos cuente a nosotros todo lo ocurrido.

—Ahora que Gorgiano está muerto, ya no tememos nada —dijo la señora—. Era un demonio y un monstruo, y no habrá juez en el mundo capaz de castigar a mi marido por haberle matado.

—En tal caso —dijo Holmes—, yo propongo que cerremos esta puerta, que dejemos todo aquí tal como lo hemos encontrado, y que nos traslademos con esta señora hasta su habitación. Después de oír su declaración, decidiremos.

* * *

Media hora después nos encontrábamos los cuatro sentados en el pequeño recibidor de mistress Lucca, escuchando el extraordinario relato que nos hizo de aquellos acontecimientos siniestros de cuyo final habíamos sido testigos. Hablaba en un inglés rápido y fluido, pero completamente fuera de las reglas; de modo, pues, que en su declaración, ordené las frases gramaticalmente para dar coherencia al relato. Nos refirió lo siguiente:

—Yo nací en Posilippo, cerca de Nápoles. Soy hija de Augusto Barelli que fue un abogado con cierto renombre en aquella localidad, e incluso en una ocasión diputado de aquel distrito. Gennaro era empleado de mi padre, y me enamoré de él, como cualquier otra mujer hubiera hecho simplemente con verle una vez. El no era rico ni ocupaba una posición social destacada, no tenía otra cosa sino su belleza, su fuerza y su energía. Mi padre se opuso al matrimonio. Nos fugamos y contrajimos matrimonio en Bari, y yo vendí mis alhajas para conseguir el dinero necesario con el fin de trasladarnos a Norteamérica. Eso ocurrió hace cuatro años, y desde entonces hemos residido en Nueva York. Al principio, el destino fue benevolente y muy propicio con nosotros. Gennaro tuvo ocasión de rendir un servicio a cierto caballero italiano, le salvó del ataque de un grupo de malhechores en un lugar llamado Boweri, y de ese modo adquirió un amigo poderoso. Ese caballero se llamaba Tito Castalotte, y era el socio principal en la gran firma de Castalotte y Zamba, la más importante casa importadora de frutas de Nueva York. El señor Zamba es inválido y nuestro amigo Castalotte era su mano derecha dentro de la firma, que tiene más de trescientos empleados. Colocó en la empresa a mi marido, nombrándole jefe de un departamento, y le demostró de mil maneras el afecto que hacia él sentía. El señor Castalotte era soltero, y yo creo que quería a Gennaro con el afecto de un padre a su hijo, y lo mismo mi marido que yo, le queríamos a él como si fuera nuestro padre. Habíamos alquilado y amueblado una casita en Brooklyn, y nuestro futuro parecía asegurado para siempre, cuando surgió esa sombra negra que iba muy pronto a oscurecer nuestro destino... Una noche, al regresar Gennaro de su trabajo, vino en compañía de un compatriota que se llamaba Gorgiano, y que procedía también de Posilippo. Era un hombrachón, como ustedes han podido constatar, porque es su cadáver el que han tenido delante. Su cuerpo era gigante, pero lo más aterrador de él, era su personalidad, su mente pérfida y maliciosa. Su voz sonaba como un trueno dentro de nuestra casita. Cuando él hablaba, apenas quedaba espacio suficiente en ella para que desplegara como un remolino sus poderosos brazos. Sus pensamientos, sus emociones, sus pasiones, todo era exagerado y monstruoso. Hablaba, o más bien rugía, con una energía tal, que los demás no podían hacer otra cosa que permanecer sentados y escuchar acobardados aquel poderoso torrente de palabras. Si sus ojos miraban centelleantes a alguien, esa persona quedaba a su merced. Era un hombre terrible y asombroso. ¡Gracias a Dios que ha muerto!... Volvió a nuestra casa una y otra vez. Sin embargo, yo pude advertir que a Gennaro no le gustaba su compañía; su presencia, al igual que yo, no era de nuestro agrado. Mi pobre esposo solía permanecer sentado, pálido e indiferente, oyendo sus interminables arrebatos acerca de asuntos políticos y sociales, que constituían el tema de las conversaciones de nuestro visitante. Gennaro no decía nada, pero yo, que le conocía muy bien, leía en su rostro una clase de emoción que hasta entonces no había visto nunca en él. Pensé al principio que era desagrado. Pero luego fui comprendiendo gradualmente que era una sensación más fuerte que la de desagrado. Era temor; un temor profundo, secreto, que le hacía retraerse. Aquella noche, es decir, la noche en que descubrí su terror, le eché los brazos al cuello y le supliqué por el amor que me tenía y por todo lo que era sagrado para él que no me ocultase nada, que me dijese por qué razón aquel hombre gigantesco le ensombrecía de aquella manera... Me lo dijo, y mi corazón se fue helando a medida que le escuchaba. En tiempos remotos, cuando era un joven entusiasta e impulsivo, cuando el mundo todo parecía conjurado contra él y cuando las injusticias de la vida hicieron de él un enloquecido, mi pobre Gennaro había ingresado en una sociedad napolitana, el Círculo Rojo, que estaba aliada a los antiguos revolucionarios. Los juramentos y secretos de aquella hermandad eran terribles; pero, una vez dentro de su dominio, no había huida posible. Cuando huimos a Norteamérica, creyó Gennaro que se había desprendido de todo aquello para siempre. Imagínese cuál sería su espanto al encontrarse cierta noche en la calle, con el hombre mismo que le había incitado en Nápoles, a entrar en aquel círculo, el gigantesco Gorgiano, el que tenía el apodo en el sur de Italia de la *Muerte,* porque estaba hasta los codos chorreando sangre de hombres asesinados por él. Gorgiano había venido a Nueva York huyendo de la Policía italiana, y había fundado ya en su nuevo país una sucursal de la temible sociedad. Todo me lo contó Gennaro, y me mostró la citación que había recibido aquel mismo día, consistente en un círculo rojo, marcado sobre el texto en el que se le anunciaba que en una fecha determinada se celebraría reunión de logia, y que para ella se requería y exigía su presencia... Esto era malo, pero lo peor estaba por venir. Yo venía observando desde algún tiempo atrás que Gorgiano en sus visitas, que eran constantes, me hablaba muy especialmente a mí, y que, incluso cuando dirigía la palabra a mi marido, aquellos ojos sanguinarios, centelleantes y fieros se volvían hacia mí. Una noche me confesó su secreto. Por lo visto, había despertado en su interior lo que él llamaba amor, es decir, la pasión de un bruto y de un salvaje. Llegó a mi casa cuando Gennaro no había regresado todavía a ella. Entró sin más explicación, me estrechó entre sus poderosos brazos, me acarició con sus manos de fiera, me cubrió de besos y me suplicó que me fugara con él. Cuando llegó Gennaro me encontró forcejeando con Gorgiano y dando alaridos, y entonces él le acometió. Gorgiano le golpeó hasta dejar a Gennaro sin sentido y huyó de la casa en la que ya no iba a entrar jamás. Aquella noche nos habíamos encontrado un enemigo mortal... Pocos días después se celebró la reunión para la que Gennaro había sido citado. Mi marido regresó de ella con una cara que me hizo saber que algo espantoso había ocurrido. Era peor que todo lo que podíamos imaginar. La sociedad levantaba sus fondos por medio de chantajes a italianos ricos, a los que amenazaba con la violencia si se negaban a entregar determinadas sumas de dinero. Por lo visto, se las habían pedido a Castalotte, nuestro amigo querido y bienhechor. Éste se había negado a ceder a sus amenazas, y había entregado a la Policía los escritos que se le habían dirigido. En vista de aquello, se decidió realizar un escarmiento contra él, para de ese modo evitar la rebelión de otras víctimas. En la reunión se decidió volar con dinamita su casa cuando él estuviera dentro. Se echaron a suertes para ver a quién le tocaba llevar a cabo el acto de venganza. Cuando Gennaro metió la mano en el bote, observó que su enemigo le miraba con suspicacia. Sin duda que aquello había sido arreglado previamente de una manera u otra, porque, al abrir mi marido la mano, vio en ella el disco fatal con el círculo rojo, que era la orden de asesinato. Tenía que matar a su mejor amigo, o, de lo contrario, se exponía él y me exponía a mí a la venganza de sus compañeros. Una parte de su endemoniado sistema consistía en castigar a las personas a quienes temían o a quienes odiaban, descargando sus golpes no solamente sobre ellas, sino sobre sus allegados, y esta amenaza se cernía sobre la cabeza de mi pobre Gennaro y lo traía casi loco de miedo. Pasamos en vela toda aquella noche, abrazados el uno al otro, dándonos mutuamente fortaleza para afrontar las dificultades que se nos venían encima. Habían señalado el día siguiente para realizar durante la noche el atentado. Hacia el mediodía, mi marido y yo estábamos de camino a Londres, pero no sin antes hacer llegar hasta nuestro amigo una advertencia completa del peligro que corría, y después de haber entregado también a la Policía los datos necesarios para que pudiera salvaguardar la vida de aquel hombre en el futuro. Lo demás lo saben por ustedes mismos, caballeros. Teníamos la seguridad de que nuestros enemigos nos seguirían como nuestras mismas sombras. Gorgiano tenía sus motivos particulares para querer vengarse, pero, independientemente de aquel detalle, conocíamos su manera de proceder, y cómo se dirigiría sobre nosotros, implacable, astuto e infatigable. Lo mismo Italia que Norteamérica rebosan de datos suficientes sobre su gran poder y horrible forma de asesinar. Se presentaba una acción inmejorable para ejemplificar sus citados horrores. Mi querido esposo aprovechó los pocos días de tranquilidad que nos proporcionaba la ventaja que les habíamos sacado, y dispuso un refugio para mí de manera que no hubiese modo de que me alcanzase ningún peligro. Él, por su parte, deseaba disponer de la libertad suficiente para contactar con la Policía norteamericana y la italiana. Yo no sé dónde ni cómo vive. Las únicas noticias las recibía por las columnas de un periódico. Pero, al mirar en cierta ocasión por mi ventana, observé que dos italianos vigilaban la casa y aquello me hizo entender que Gorgiano había descubierto de un modo u otro nuestro escondite. Por último, Gennaro me anunció por medio del periódico que me haría señales desde una ventana determinada, pero esas señales no fueron otra cosa que avisos de peligro, y en ese momento fueron súbitamente interrumpidos. Ahora comprendo que él sabía que Gorgiano le seguía de cerca, y que, gracias a Dios, él estaba preparado para hacerle frente cuando llegase. Y ahora, caballeros, les pregunto: ¿Tenemos algo que temer de la Justicia, y hay algún juez en la tierra que sea capaz de condenar a Gennaro por lo que ha hecho?

—Bien, Gregson —dijo el norteamericano, mirando al detective oficial—, yo no sé cuál será su punto de vista británico, pero creo entender que en Nueva York, el marido de esta dama recibiría un voto de gracia casi unánime.

—Tendrá que venir conmigo para hablar con el jefe —contestó Gregson—. Si se confirma lo que ella dice, no creo que ni ella ni su marido tengan mucho que temer. Pero lo que yo no acabo de comprender y lo que me tiene desconcertado, míster Holmes, es cómo diablos llegó usted a verse mezclado en este asunto.

—Hay que aprender, Gregson, hay que aprender. Yo sigo investigando y buscando respuestas en la vieja universidad. Y ahora, Watson, aquí tiene usted otro ejemplo más del significado de la tragicomedia, la fusión de lo trágico y lo grotesco, sabiduría, que sin duda podrá añadir al sumario de sus escritos. Por cierto, todavía no son las ocho, en el Covent Garden hay una interesante velada wagneriana, y si nos diéramos prisa, podríamos llegar con tiempo para el segundo acto.

4

La aventura de los planos del *Bruce-Partington*

Una espesa niebla blanquecina cayó sobre Londres durante la última semana de noviembre del año 1875. Creo que durante unos días, no pudimos disfrutar desde nuestras ventanas, de ninguna panorámica en Baker Street. No podíamos ni siquiera divisar las casas de enfrente, Holmes se pasó el primer día indagando en el preámbulo de introducción de su grueso volumen de referencias. El segundo y el tercer día los dedicó exclusivamente a un tema que venía siendo desde hacía relativamente poco tiempo, su afición favorita, la música medieval. Pero el cuarto día, cuando, al levantarnos después de desayunar, vimos que seguía pasando por delante de nuestras ventanas la misma nebulosa de días anteriores, que condensaba en voluminosas gotas de agua la superficie de los cristales. El temperamento activo e impaciente de mi camarada no pudo aguantar más la rutinaria convivencia de tantos días sin salir de casa, así que inició un paseo incansable por la sala, acometido de una fiebre de energía contenida, mordiéndose las uñas, tamborileando en los muebles, y lleno de irritación contra la falta de actividad.

—¿No hay nada interesante en el periódico, Watson? —preguntó.

Yo sabía que al preguntar Holmes si no había nada interesante, quería decir nada interesante en asuntos criminales. Traían los periódicos noticias de una revolución, de una posible guerra, de un inminente cambio de Gobierno; pero esas cosas no eran de excesivo interés para mi compañero. Y en lo referente a hechos delictivos todo lo que yo pude leer eran cosas vulgares y ridículas. Holmes refunfuñó y reanudó sus incansables paseos.

—En Londres del mundo criminal es, desde luego, una cosa aburrida —dijo con la voz quejumbrosa de un cazador que no levanta ninguna pieza—. Mire por la ventana, Watson. Fíjese en cómo las figuras de las personas surgen de pronto, se vislumbran difusamente y vuelven a fundirse en el banco de nubes. En un día como el de hoy, el ladrón y el asesino podrían vagabundear por Londres tal como lo hace el tigre en la selva virgen, invisible hasta el momento en que salta sobre su presa, y, en ese momento, se desentraña únicamente para la víctima.

—Se han llevado a cabo infinidad de pequeños robos —le dije.

Holmes bufó con desprecio, y dijo:

—Este solemne y laberíntico escenario está montado para algo más grandilocuente. Es una suerte para esta comunidad que yo no sea un criminal.

—¡Ya lo creo que lo es! —exclamé de todo corazón.

—Supongamos que yo fuese Brooks o Woodhouse, o cualquiera de los cincuenta individuos que tienen motivos suficientes para despacharme al otro mundo. ¿Cuánto tiempo sobreviviría yo a mi propia persecución? Una llamada, una cita falsa, y asunto acabado. Es una gran suerte que no haya días de niebla en los países mediterráneos como ocurre aquí... ¡Por mi vida que aquí llega por fin algo que va a romper nuestra mortal monotonía!

Era la doncella y traía un telegrama. Holmes lo abrió con ansiedad y soltó una enorme carcajada diciendo:

—¡Vaya, vaya! ¿Qué más? Mi hermano Mycroft está a punto de venir.

—¿Y eso le extraña? —le pregunté.

—¿Qué si me extraña? Es como si se topara usted con un tranvía caminando por un sendero campestre. Mycroft tiene sus raíles, y de ellos no se sale. Sus habitaciones en Pall Mall, el club Diógenes, White Hall; ese es su círculo. Una vez, una sola, ha venido a esta casa. ¿Qué obstáculo ha podido hacerle descarrilar?

—¿No lo explica?

Homes me entregó el telegrama de su hermano, que decía: «Necesito verte a propósito de Cadogan West. Voy enseguida. *—Mycroft.*»

—¿Cadogan West? Yo he oído hablar de ese nombre.

—En mi memoria, no recuerdo dicho nombre. ¡Quién iba a imaginarse que Mycroft se nos fuese a presentar de esta manera tan precipitada! Eso es como si un planeta se saliese de su órbita. A propósito, ¿sabe usted cuál es la profesión de mi hermano?

Yo conservaba un confuso recuerdo de una explicación que me expuso en relación a la *Aventura del intérprete griego.*

—Me dijo usted que ocupaba un pequeño cargo en algún departamento del Gobierno británico.

Holmes murmuró por lo bajo.

—En aquel entonces yo no le conocía a usted tan bien como ahora. Es preciso ser discreto cuando uno habla de los altos asuntos del Estado. Acierta usted con lo de que está bajo el Gobierno británico. También acertaría en cierto sentido si dijese que, de cuando en cuando, el Gobierno británico es él.

—¡Mi querido Holmes!

—Creí que lograría sorprenderle. Mycroft cobra cuatrocientas cincuenta libras al año, sigue siendo un empleado subalterno, no tiene ambiciones de ninguna clase, se niega a recibir ningún título ni condecoración, pero sigue siendo el hombre más indispensable del país.

—¿Por qué razón?

—Porque ocupa una posición única, que él mismo se ha creado. Hasta entonces no había nada que se le pareciese, ni creo que volverá a haberla. Mi hermano tiene el don de poseer una inteligencia privilegiada y absolutamente entrenada, y ni que decir tiene su enorme capacidad memorística, es un ser realmente, especial como ningún otro. Las mismas grandes facultades que yo he dedicado a la investigación del crimen, él las ha empleado en esa otra actividad muy concreta. Todos los departamentos ministeriales le entregan a él sumarias para que los concluya, y él mismo constituye la oficina central de intercambio, la cámara de compensación que hace el balance. La mayoría de sus compañeros se han especializado en algo, pero la singularidad de mi hermano, consiste en saber de todo. Supongamos que un ministro necesita datos referentes a un problema que afectaba a la Marina, a la India, al Canadá y a la cuestión del bimetalismo; él podría conseguir los informes por separado de cada uno de los departamentos y sobre cada problema, pero únicamente Mycroft es capaz de enfocarlos todos, y de enviarle inmediatamente un informe sobre cómo cada uno de esos factores repercutiría en los demás. Empezaron sirviéndose de él como de algo complementario, cómodo para un uso espontáneo, sin embargo ahora, es fundamental como pieza esencial en el engranaje del Estado. Todo está sistemáticamente archivado en su gran cerebro privilegiado, y todo puede encontrarse y servirse en el acto. En infinidad de casos y en un sinfín de ocasiones, han sido sus sentencias las que han decidido la política nacional. Eso constituye para él su vida. No piensa en nada más, salvo cuando, a modo de ejercicio intelectual, afloja su tensión cuando yo voy a visitarle y le pido consejo acerca de alguno de mis pequeños problemas. Pero hoy nuestro Júpiter baja de su trono. ¿Qué diablos puede significar esto? ¿Quién es Cadogan West, y qué representa para Mycroft?

—¡Ya lo tengo! —exclamé, y me zambullí en el montón de periódicos que había encima del sofá—. ¡Sí, sí, aquí está, cómo no! Cadogan West era el joven al que se encontró muerto el martes por la mañana en el ferrocarril subterráneo.

Holmes se irguió en su asiento, con la pipa a mitad de camino de la boca:

—Pues significa que el asunto es cosa seria, Watson. Una muerte que ha obligado a mi hermano a alterar sus hábitos no puede ser cosa vulgar. ¿Qué demonios puede Mycroft tener que ver en el asunto? Yo recordaba el caso como algo gris. Se hubiera dicho que el joven se había caído del tren, hallando así la muerte. No le habían robado, y no existía ninguna razón especial para sospechar que se hubiese cometido violencia. ¿No es así?

—Se ha realizado una investigación —le dije—, y han salido a relucir nuevos datos. Mirándolo más de cerca, yo aseguraría que se trata de un caso curioso.

—A juzgar por el efecto que ha producido sobre mi hermano, yo diría que es el más extraordinario de los casos —Holmes se arrellanó en su sillón—. Veamos, Watson, los hechos.

—El nombre de la víctima era Arthur Cadogan West, de veintisiete años, soltero, y empleado de las oficinas del arsenal de Woolwich.

—Un empleado del Gobierno. ¡Ahí tiene usted el eslabón que le une a mi hermano Mycroft!

—Salió súbitamente de Woolwich el lunes por la noche. La última persona que estuvo con él fue su prometida miss Violeta Westbury, a la que él abandonó bruscamente en medio de la niebla alrededor de los siete y media de la noche. No hubo riña alguna entre ellos, y la muchacha no atina a dar una explicación clara de la conducta del joven. No se volvió a saber de él hasta que su cadáver fue descubierto por un peón de ferrocarril cuyo apellido es Mason, en la parte exterior de la estación de Aldgate, que pertenece al ferrocarril subterráneo de Londres.

—¿Hora?

—El cadáver fue descubierto el martes a las seis de la madrugada. Yacía a bastante distancia de los raíles, al lado izquierdo de la vía conforme se va hacia el Este, en una zona próxima a la estación, donde la línea sale del túnel, por el cual se desplaza. Tenía la cabeza destrozada; herida que bien pudo producirse al caerse del tren. Únicamente de ese modo pudo quedar el cadáver sobre la vía. De haberlo llevado hasta allí desde alguna de las calles próximas, habrían tenido que cruzar las barreras de la estación, donde hay permanentemente un cobrador. Este detalle parece ser absolutamente seguro.

—Perfectamente. El caso se presenta bastante concreto. Ese hombre, muerto o vivo, cayó o fue lanzado desde el tren. Todo ello lo veo claro. Prosiga.

—Los trenes que corren por la vía junto a la cual fue encontrado el cadáver son los que llevan la dirección de Oeste a Este, siendo algunos exclusivamente metropolitanos, y procediendo otros de Willesden y de los empalmes que allí coinciden. Puede darse con toda seguridad que, cuando el joven halló la muerte, viajaba en esa dirección a una hora avanzada; pero es imposible afirmar la estación en la que subió al tren.

—Eso lo demostraría su billete.

—No se le encontró billete alguno de ferrocarril en el bolsillo.

—¡Que no se le encontró billete! Por mi vida, Watson, que eso sí que es muy extraño. Si mi experiencia no me engaña no es posible pasar a un andén de ferrocarril subterráneo sin mostrar el billete. Es, pues, de presumir que el joven lo tenía. ¿Se lo quitaron para que no se supiese en qué estación había subido? Es posible. ¿No se le caería en el vagón mismo? También eso es posible. Sin embargo, es un detalle curioso. Tengo entendido que no mostraba señales de haberse cometido robo alguno.

—Por lo menos en apariencia. Aquí viene una lista de todo lo que llevaba encima. Su cartera contenía dos libras y quince chelines. Llevaba también un talonario de cheques de la sucursal en Woolwich del Capital and Counties Bank. Gracias a él se le pudo identificar. Llevaba también dos billetes de anfiteatro para el Woolwich Theater, para la función de aquella misma noche. Y también un pequeño paquete de documentos técnicos.

Holmes dejó escapar una exclamación de júbilo:

—¡Ahí, por fin, lo tenemos, Watson! Gobierno británico, arsenal de Woolwich, documentos técnicos, mi hermano Mycroft; la cadena está completa. Pero aquí llega él, si no me equivoco, para hablar por sí mismo.

Un instante después fue introducida en nuestra habitación la figura alta y voluminosa de Mycroft Holmes. Hombre fuerte y macizo, su figura producía una sensación de desmañada inercia física, pero, en lo alto de aquella corpulencia se alzaba rígida una mente privilegiada y un temperamento sereno; tenía unos ojos de un gris acero muy vivos y penetrantes, unos labios tan firmemente apretados, y era extraordinariamente sutil en el juego expresivo de sus facciones. Desde la primera mirada se olvidaba aquel aspecto de hombre gordote, y uno atendía exclusivamente a lo seductor que constituía su mente y sus expresiones.

Traía a sus talones a nuestro viejo amigo Lestrade, de Scotland Yard, delgado y severo. La expresión grave de las dos caras nos anunció por adelantado que se trataba de una investigación de mucho peso. El detective intercambió algunos apretones de manos sin mediar una palabra. Mycroft Holmes forcejeó hasta quitarse el gabán, y luego se dejó caer en un sillón, diciendo:

—Asunto además desagradable, Sherlock. Me molesta muchísimo alterar mis costumbres, pero no era posible contestar con una negativa a los altos poderes. Tal como están las cosas en Siam, es un inconveniente el que yo me ausente de mi despacho. Pero lo de ahora constituye una auténtica crisis. Jamás vi tan alterado al primer ministro. En cuanto al Almirantazgo, allí hay un alboroto como una colmena a la que se ha vuelto al revés. ¿Has leído lo referente al caso?

—Acabamos de leerlo. ¿A qué documentos técnicos aluden en el periódico?

—¡Ahí está la cuestión! Por suerte, no se ha hecho pública la cosa. De haberlo sido, los periódicos habrían enfurecido. Los documentos que este desdichado joven llevaba en su bolsillo eran los del submarino *Bruce-Partington.*

Mycroft Holmes hablaba con una solemnidad que daba a entender hasta qué punto le parecía importante el tema. Su hermano y yo estábamos llenos de expectación.

—Con seguridad que estarás enterado. Yo pensé que no habría nadie que no hubiese oído hablar de este asunto.

—Para mí es solamente un apellido.

—Es imposible explicar la importancia que tiene. De todos los secretos del Gobierno, el de este submarino era el más cautelosamente guardado. Puedes creerme si te digo que dentro del radio de acción de un submarino *Bruce-Partington* se hace imposible toda operación de guerra naval. Hará dos años se coló de rondón en los presupuestos una suma importante que se invirtió en comprar el monopolio de ese invento. Se ha realizado toda clase de esfuerzos para conservar el secreto. Los planos, que son extraordinariamente complicados, abarcan unas treinta patentes separadas, cada una de las cuales es esencial para el funcionamiento del conjunto. Esos planos se guardaban en una caja fuerte muy ingeniosa que está dentro de unas oficinas confidenciales anejas al arsenal y que tienen puertas y ventanas a prueba de ladrones. Bajo ningún concepto y en ninguna circunstancia podían ser sacados los planos de aquellas oficinas. Si el jefe de construcciones de la Marina deseaba consultarlos, tenía que ir con ese objeto a las oficinas de Woolwich. Pues bien, nos encontramos ahora con esos planos en los bolsillos de un empleadillo que aparece muerto en el corazón de Londres. Desde un punto de vista gubernamental, ese hecho es sencillamente un desastre.

—Pero ¿no los habéis recuperado?

—No, Sherlock, no; ahí reside nuestro problema. No los hemos recuperado. Se sustrajeron de Woolwich diez planos. En los bolsillos de Cadogan West fueron encontrados siete. Los tres más esenciales han desaparecido: fueron robados, se esfumaron. Sherlock, es preciso que dejes todo cuanto tengas entre manos. Despreocúpate de esos acertijos insignificantes y propios de tribunales de Policía. Aquí tienes que resolver un problema de vital importancia internacional. ¿Por qué se llevó Cadogan West los planos? ¿Dónde están los que han desaparecido? ¿Cómo murió ese joven? ¿De qué manera llegó su cadáver hasta donde fue encontrado? ¿Cómo puede enderezarse este entuerto? Encuéntrame contestaciones a todas estas preguntas, y habrás realizado un buen servicio a tu país.

—¿Y por qué no lo resuelves tú mismo, Mycroft? Tu desenvoltura en la investigación es tan hábil como la mía.

—Quizá sí, Sherlock. Pero la cuestión en que debemos tener una gran cantidad de detalles. Tú dame esos detalles, y yo podré darte una excelente opinión como profesional técnico, desde mi punto de vista. Pero correr de aquí para allá, someter a interrogatorio a los guardas ferroviarios, tumbarse de cara en el suelo con un cristal de aumento pegado a mi ojo, todo eso se sale de mi oficio. No, tú eres la única persona capaz de esclarecer el asunto. Si tienes el capricho de leer tu nombre y apellido en la próxima lista de honores y condecoraciones...

Mi amigo se sonrió, movió negativamente la cabeza y dijo:

—Yo entro en el juego por puro amor al juego. Ahora bien, el problema presenta determinados puntos de interés y lo tomaré en consideración muy a gusto. Y son bienvenidos algunos datos más.

—He apuntado los más esenciales en esta hoja de papel, junto con unas cuantas direcciones que te serán útiles. El verdadero custodiador oficial de los planos es el célebre técnico del Gobierno sir James Walter, cuyas condecoraciones y subtítulos cubren dos líneas en un diccionario de personalidades. Ha encanecido en el servicio, es un caballero, lo reciben con fervor en las mansiones más altas, y es, sobre todo, un hombre cuyo patriotismo está fuera de cualquier sospecha. Él es una de las dos personas que tienen una llave de la caja de seguridad. Agregaré que los planos se hallaban, sin duda alguna, en las oficinas durante las horas de trabajo del lunes, y que sir James salió para Londres sobre las tres de la tarde, llevándose con él la llave. Estuvo en casa del almirante Sinclair, en la plaza Barclay, durante toda la velada, mientras ocurrió este incidente.

—¿Ha sido contrastado este hecho?

—Sí; su hermano, el coronel Valentine Walter, ha dado testimonio de la hora en que salió de Woolwich, y el almirante Sinclair de la de su llegada a Londres; de modo, pues, que sir James ha dejado de ser un factor directo en el problema.

—¿Quién era la otra persona que disponía de una llave?

—El empleado mayor y también dibujante míster Sidney Johnson. Es un hombre de cuarenta años, casado, con cinco hijos, callado y huraño, pero, en conjunto, tiene una hoja excelente de servicios al Estado. Goza de pocas simpatías entre sus colegas, pero es un trabajador infatigable. Según lo que él mismo cuenta, y que está corraborado por las afirmaciones de su esposa, permaneció sin salir de casa durante toda la tarde del lunes, después de las horas de oficina, y su llave no abandonó ni un solo instante la cadena del reloj de la que cuelga.

—Háblame ahora de Cadogan West.

—Llevaba diez años en el servicio del Gobierno, y ha proporcionado un excelente servicio. Tenía fama de ser hombre arrebatado e impetuoso, pero recto y honrado. Nada podemos decir en su contra. Él ocupaba en las oficinas el lugar siguiente al de Sidney Johnson. Sus obligaciones le ponían en contacto diario y personal con los planos. Nadie más podía manejarlos.

—¿Quién guardó aquella noche los planos en la caja fuerte?

—Míster Sidney Johnson, primer oficial.

—Entonces, es cosa completamente clara quién se los llevó, ya que fueron encontrados sobre el cuerpo del segundo empleado, Cadogan West. La cosa parece definitiva ¿no es así?

—En efecto, Sherlock; sin embargo, quedan sin explicar muchas cosas. En primer lugar, ¿por qué se los llevó?

—Me imagino que su valor será incalculable, ¿no es cierto?

—Le habrían pagado por ello, sin apenas dificultad varios miles de libras.

—¿Puedes apuntarme alguna razón posible que explique el que llevase los planos a Londres, como no fuese para venderlos?

—No, no puedo.

—Pues entonces, es preciso que aceptemos lo que te digo como hipótesis de trabajo. El joven West se llevó los planos. Ahora bien, así pudo realizarlo en el caso de disponer de una llave complementaria.

—De varias, en mi opinión, puesto que tenía que abrir las puertas del edificio y las de la habitación.

—Exacto, disponía entonces de varias llaves. Se llevó los planos a Londres para vender el secreto, sin duda, con el propósito de devolverlos a la caja fuerte por la mañana siguiente antes de que alguien advirtiera el hurto. Mientras tanto, se hallaba en Londres entregado a esa empresa traidora en la que encontró la muerte.

—¿De qué manera?

—Suponemos que regresaba a Woolwich cuando fue asesinado y lanzado fuera del compartimento del tren.

—Aldgate, lugar donde fue hallado el cadáver, se encuentra mucho más allá de la estación del Puente de Londres, que sería la ruta hacia Woolwich.

—Es posible imaginar muchas circunstancias que hicieron que siguiese viaje más allá del Puente de Londres. Por ejemplo, iba en el coche alguien con el que había trabado una conversación que absorbió su atención. La conversación terminó en una escena de violencia, en la que él perdió la vida. Es posible que él intentase salir de aquel coche, que cayera a la vía y hallase de ese modo la muerte. Entonces el otro cerró la puerta. La niebla era muy espesa y nadie pudo ver nada de lo que había ocurrido.

—Dentro de los datos que poseemos hasta ahora, no puede darse una explicación mejor; sin embargo, Sherlock, fíjate en los muchos puntos que has dejado sin tocar. Podemos presuponer, para seguir el razonamiento, que el joven Cadogan West había resuelto llevar aquellos planos a Londres. Lo natural es que hubiese dado previamente una cita al agente extranjero, y que por esa razón no hubiese adquirido ningún compromiso por otro lado. En lugar de eso, Cadogan West cogió dos billetes para el teatro, marchó hacia el mismo acompañando a su novia y, de pronto, desapareció.

—Un señuelo para despistar —dijo Lestrade, que había estado escuchando con cierta impaciencia el diálogo.

—Un señuelo rarísimo. Esa es la objeción número uno. Paso a la objeción número dos: supongamos que llega a Londres y se entrevista con el agente extranjero. Es preciso que devuelva los documentos antes de la mañana siguiente, porque, de lo contrario, se descubriría su desaparición.

Se llevó diez planos. Sólo se encontraron siete en el bolsillo. ¿Qué fue de los otros tres? Por propia voluntad no se habría desprendido de ellos. Además, ¿dónde está el precio de su traición? Lo natural es que se le hubiese encontrado en el bolsillo una importante suma de dinero.

—Yo lo veo todo perfectamente claro —dijo Lestrade—. No cabe la menor duda de lo que ocurrió. Se llevó los planos para venderlos. Se entrevistó con el agente. No lograron ponerse de acuerdo en cuanto al precio. Emprendió el viaje de regreso a su casa, pero el agente marchó con él. Dentro del tren, ese agente le asesinó, se apoderó de los planos más esenciales y arrojó su cadáver a la vía. Eso lo explicaría todo, ¿no es así?

—¿Y por qué no llevaba billete?

—El billete habría dado a entender cuál era la estación del metropolitano más próxima a la casa del agente. Así que se lo quitó del bolsillo.

—Muy bien, Lestrade, muy bien —dijo Holmes—. Su teoría forma un todo que coincide. Pero si es eso cierto, el caso está prácticamente terminado. Por un lado tenemos al traidor muerto. Por otro lado, los planos del submarino *Bruce-Partington* estarán ya, según toda probabilidad, en el Continente. ¿Qué nos queda por hacer a nosotros?

—¡Actuar, Sherlock, actuar! —exclamó Mycroft, poniéndose bruscamente en pie—. Todos mis instintos están en contra de esa explicación. ¡Pon todas tus habilidades manos a la obra! ¡Vete al escenario del crimen! ¡Habla con las personas relacionadas con el asunto! ¡No dejes piedra sin remover! En toda tu carrera no tuviste jamás una oportunidad tan grande de servir a tu país.

—¡Bueno, bueno! —dijo Holmes, encogiéndose de hombros—. ¡Vamos, Watson! Y usted, Lestrade, ¿nos podría facilitar cosas con su ayuda y experiencia? Empezaremos nuestras pesquisas con una visita a la estación de Aldgate. Adiós, Mycroft. Te haré llegar un informe antes de la noche, pero te advierto por adelantado que es poco lo que puedes esperar.

* * *

Una hora más tarde estábamos Holmes, Lestrade y yo en el ferrocarril subterráneo y en el punto mismo en que éste sale del túnel que desemboca en la estación de Aldgate. Un anciano, muy educado y de rasgos muy anglosajones, nos informó acerca del cadáver encontrado. El anciano, empleado de la compañía de ferrocarril, nos indicó el punto exacto donde aquel joven fue encontrado, a un metro de distancia de los raíles.

—Aquí es donde yacía el cadáver del joven. No pudo caer desde arriba porque, como pueden ver ustedes, únicamente hay muros cerrados y es casi imposible esta opción. Por tanto, tuvo necesariamente que caer de un tren, y ese tren, hasta donde nos es posible localizar, tuvo que cruzar más o menos a la medianoche del lunes.

—¿Se ha hecho un examen de los vagones para ver si presentan alguna señal de forcejeo?

—No hay tales señales, y tampoco se le encontró el billete.

—¿Nadie dio parte de que había sido encontrada abierta una portezuela?

—Nadie.

—Esta mañana hemos recibido nuevos datos —dijo Lestrade—. Un pasajero que cruzó por Aldgate en un tren metropolitano corriente, a eso de las once y cuarenta de la noche del lunes, oyó un brusco golpe, como si hubiese caído a la línea un cuerpo, un momento antes que el tren llegase a la estación. Pero la niebla era muy espesa y nada podía verse. No dio ningún aviso de lo ocurrido en aquel momento... ¿Qué le ocurre, Holmes?

Mi amigo se había quedado inmóvil, con una expresión rígida, y absorto, no cesaba de mirar las raíles del ferrocarril, justo en el lugar en que los raíles formaban una curva a la salida del túnel. Aldgate es una estación de empalme, y los raíles forman allí una verdadera red. Holmes tenía fija en ellos su mirada reflexiva e inmóvil; como hombre muy transparente a la hora de expresar en presentimientos e intuiciones, advertí perfectamente en su rostro algún descubrimiento nuevo en su mente. Su semblante estaba excitado, sus labios se apretaban a medida que su inquietud se acrecentaba, y sus cejas, no paraba de moverlas con esas contracciones tan características en él. Sin duda, se había percatado nuevamente de algún detalle definitivo.

—Las agujas —murmuró—; las agujas de los raíles movibles del ferrocarril.

—¿Qué les pasa a las agujas? ¿Qué quiere usted decir con ello?

—Me imagino que en un sistema ferroviario como éste no existirá gran número de agujas, ¿verdad?

—No; son muy pocas.

—Y, además, una curva, agujas y una curva. ¡Por vida de...! Si fuera nada más que eso...

—¿Qué le ocurre, señor Holmes? ¿Ha descubierto usted una pista?

—Una idea, una simple indicación y nada más. Pero debo de admitir, que el caso cada vez es más interesante. Sería un detalle único, completamente único, y, sin embargo, ¿por qué no? No descubro rastro alguno de sangre sobre la línea.

—En efecto, no hay casi ninguno.

—Sin embargo, tengo entendido que el cadáver presentaba una herida muy importante.

—El cráneo estaba roto, pero exteriormente no se advertían grandes indicios de la herida.

—Pero lo natural sería que sangrase algo. ¿Podría examinar el tren en que iba aquel viajero que oyó el golpe seco como de una caída?

—Me temo que no podrá hacerlo, míster Holmes, porque por el momento el tren ha sido ya desarticulado y los coches han sido distribuidos en otros trenes.

—Puedo asegurarle, Holmes —dijo Lestrade—, que todos los coches fueron revisados detenidamente. Yo mismo me cuidé de ello.

Una de las más evidentes debilidades de mi amigo era la de su impaciencia al tropezar con inteligencias menos despiertas que la suya. En esta ocasión contestó alejándose de allí:

—No lo dudo en absoluto, pero me temo que no me ha entendido. Da la casualidad que lo que yo hubiera querido examinar no eran precisamente los coches. Watson, ya hemos terminado aquí. Lestrade, no necesitamos molestarle más. Creo que ahora nuestras pesquisas van a llevarnos a Woolwich.

Al llegal al Puente de Londres, Holmes escribió un telegrama para su hermano, y dejó que lo leyera antes de entregarlo en la ventanilla. Decía así:

> «Veo alguna pista en todo este embrollo, pero no estoy tan seguro de poderlo esclarecer. Mientras tanto, envíame a través de un mensajero, que aguardará mi regreso en Baker Street, una lista completa de los espías extranjeros o agentes internacionales de cuya existencia en Inglaterra se tienen noticias, con la dirección completa de sus domicilios.
>
> »Sherlock.»

—Esto debería sernos útil, Watson —contestó mientras ocupábamos nuestros asientos en el tren que pasaba por Woolwich—. Hemos contraído, desde luego, un compromiso formal con mi hermano Mycroft al involucrarnos voluntariamente en este caso tan particular, y no dudes que de ello vamos a sacar partido, pues es enteramente extraordinario.

En su rostro aparecía un prurito de impaciencia que manifestaba su vehemencia en cuanto a lo que acababa de disipar. Había descubierto además, una cadena de razonamientos que abrían un espléndido horizonte a la investigación, y sin duda no los iba a desperdiciar. Holmes jamás se desanimaba ante cualquier oscurantismo dentro de un caso a investigar, pero cada vez que encontraba una pista insólita que pudiera revelar el rumbo de la investigación, su ánimo se acrecentaba doblemente, y ése era el momento prodigioso para un detective que se precia como tal y con el admirable don de ser un genio de la investigación. Así era el cambio que se había efectuado en Holmes desde aquella mañana. Era un hombre distinto de aquel otro, un tanto desorientado y encorsetado en una grave desorientación; por esa razón, algunas horas antes, había merodeado tan inquieto, vestido con su batín grisáceo por la habitación, sin saber qué hacer, sin tener ni idea de dónde apuntar.

—Aquí contamos con materiales. Aquí tenemos elementos y fuentes para ahondar en el tema. Estaba completamente cegado al no haber caído en la cuenta de las posibilidades que encerraba el caso.

—Pues para mí son todavía un enigma.

—El misterio es para mí el final, pero he preparado ya una hipótesis de trabajo, que en el mejor de los casos, puede que nos lleve hasta el final. Este hombre murió en otro lugar, y su cadáver estuvo encima del techo de un carruaje del ferrocarril.

—¡Encima del techo!

—Increíble, ¿verdad? Pero si analiza de forma pormenorizada los hechos, no lo encontrará tan extraño. ¿Es una simple coincidencia el que haya sido encontrado en el lugar mismo en que el tren da saltos y balanceos por el determinante de las curvas que concurren en las agujas de los rieles? ¿No es precisamente ese el lugar en que es probable que cayese a la vía cualquier objeto colocado encima del techo de un coche? Las agujas no influirían en ningún cuerpo que fuese dentro del tren. O bien el cadáver cayó desde el techo, o, por el contrario, se ha dado una coincidencia muy rara y curiosa. Pero medite usted en la cuestión de la sangre. Desde luego, si el cadáver hubiera sangrado en algún otro lugar, no se observarían rastros de sangre en la línea. Todas estas casualidades son, cuando menos, sugerentes. Pero todas las coincidencias juntas, constituyen un razonamiento sensato.

—¡Eso sin contar con la cuestión del billete! —exclamé yo.

—Exactamente. No logramos explicarnos la falta del billete. Esto pudiera explicarlo. Todo encaja perfectamente entre sí.

—Pero supongamos que sea ese el caso; nos encontramos tan lejos de desentrañar el misterio de su muerte como antes. La verdad es que el caso no se simplifica, sino que se hace más complicado todavía.

—Quizá —dijo Holmes, pensativo—, quizá.

Volvió a caer en su silencioso ensimismamiento, que duró hasta que el tren se detuvo en la estación de Woolwich. Una vez allí llamó a un coche de alquiler y sacó de su bolsillo el papel que le había entregado Mycroft.

—Tenemos una enorme lista de visitas para hacer esta tarde. Creo que la que reclama en primer término nuestra atención es la de sir James Walter.

La casa del célebre funcionario oficial era una elegante villa con verdes praderas que se extendía hasta la orilla del Támesis. Cuando llegamos a ella la niebla se adueñó de todo el paraje, y un resplandor de sol diluido y tenue se abría paso por entre la misma. A nuestra llamada acudió un despensero, que nos contestó con rostro solemne:

—¡Señor, sir James murió esta mañana!

—¡Santo Dios! —exclamó Holmes, atónito—. ¿De qué murió?

—Señor, quizá le convenga a usted pasar y hablar con el hermano del difunto, el coronel Valentine.

—Sí, creo que será lo mejor.

Nos pasaron a una salita que estaba a media luz y a la que acudió con prontitud un caballero de mediana edad, de gran altura, era una persona bella y muy rubia. Era el hermano más joven de aquel científico que había muerto recientemente. En su rostro se encontraban los rasgos de la tristeza y lo repentino de la muerte de un pariente tan cercano: su mirada era ojerosa, las mejillas estaban descoloridas y el cabello lo tenía enmarañado. Casi no lograba articular las palabras al hablar de aquella muerte.

—La culpa la tiene este horroroso escándalo —nos dijo—. Mi hermano sir James era hombre muy sensible en relación a todo lo concerniente con su honor y dignidad, y no pudo superar este horrible escándalo. Tenía el corazón roto. Durante mucho tiempo se mostró muy orgulloso de la eficacia de su departamento, y este suceso fue para él un golpe determinante en su carrera, un verdadero horror.

—Veníamos con la esperanza de que nos proporcionara algunos datos que habrían podido ayudarnos a poner en claro el asunto.

—Les aseguro que todo constituía para él un misterio, como lo es para ustedes y para todos nosotros. Había puesto ya a disposición de la Policía todos sus datos. Naturalmente, no dudaba de que Cadogan West era culpable. Pero todo lo demás le resultaba inconcebible.

—¿No puede usted darnos algún dato nuevo capaz de esclarecer algo este asunto?

—No sé sino lo que he leído u oído hablar. No deseo parecer descortés, míster Holmes; pero ya comprenderá que en este momento nos encontramos completamente trastornados, así que no tengo más remedio que suplicarle que pongamos fin a esta entrevista.

Cuando volvimos a estar en el coche, me dijo mi amigo:

—Ha sido, desde luego, un incidente inesperado. ¿Habrá sido natural la muerte, o se habrá suicidado el pobre viejo? En este último caso, ¿no se podrá interpretar esa acción como una censura a su propia persona por el abandono de sus obligaciones? Dejemos para más adelante esta cuestión. Y ahora vamos a visitar a la familia de Cadogan West.

La desconsolada madre residía en una casa discreta, pero bien cuidada, en los alrededores de la población. La anciana estaba demasiado afectada por el dolor para que nos pudiera proporcionar alguna utilidad; sin embargo, había a su lado un joven de pálido rostro, que se nos presentó como la señorita Violeta Westbury, la prometida del difunto y la última persona que habló con él aquella noche fatal.

—No consigo explicármelo, míster Holmes —nos dijo—. No he podido pensar en otra cosa desde que ocurrió la tragedia, y así, día tras día, mirando el caso desde todos los puntos de vista, no he podido entender lo que de verdad significa esta horrible masacre. Arthur era el hombre más sincero, más gentil y caballero, y más patriota del mundo. Antes de vender un secreto de Estado confiado a él, Arthur habría sido capaz de cortarse la mano derecha. Cualquiera que le conociese un poco, tiene que pensar lo mismo, y resultarle todas esas cosas que se han dicho de él, imposibles y disparatadas.

—Pero ahí están los hechos, miss Westbury.

—En efecto, sí, yo confieso que no consigo explicármelos.

—¿Andaba acaso necesitado de dinero?

—No; sus necesidades eran modestas y su sueldo generoso. Había conseguido ahorrar algunos centenares de libras y nos íbamos a casar por Año Nuevo.

—¿No advirtió usted en él señales de preocupación? Mis Westbury, sea absolutamente franca conmigo.

La vista rápida de mi compañero había advertido alguna leve mutación en las maneras de nuestra interlocutora. Ésta se sonrojó y titubeó hasta que, por fin, dijo:

—Sí. Yo tenía como una sensación de que algo le preocupaba.

—¿Desde hacía mucho tiempo?

—Nada más que la última semana, o cosa así. Se mostraba pensativo y preocupado. En una ocasión le insté a que me dijese lo que le ocurría. Reconoció que, en efecto, algo le preocupaba, y que se refería a cuestiones de su cargo oficial. «La cuestión es demasiado controvertida como para que yo hable de ella, ni siquiera contigo», me dijo, y eso fue todo lo que conseguí sacarle.

Holmes tenía una expresión grave.

—Prosiga, miss Westbury. Cuénteme todo, y no tema, aunque parezca a simple vista que puede perjudicar la memoria de su prometido, la cosa dista mucho de ser así, y nos puede llevar a esclarecer todo.

—La verdad es que nada más tengo que decir. En una o dos ocasiones presentí que quería contarme algo, pero nunca se decidió a hacerlo. Una noche me habló de la importancia que tenía aquel secreto, y creo recordar que me dijo que los espías extranjeros pagarían sin duda por el mismo una fuerte suma.

El rostro de mi amigo se puso todavía más serio.

—¿Algo más?

—Dijo que nosotros procedíamos con abandono en esta clase de asuntos, que sería cosa fácil para un traidor hacerse con los planos.

—¿Le hizo esas manifestaciones recientemente?

—Sí; muy recientemente.

—Cuéntenos ahora lo que ocurrió la última noche.

—Íbamos al teatro. La niebla era tan espesa que de nada nos hubiera servido tomar un coche. Fuimos caminando y pasamos muy cerca de las oficinas. De pronto se lanzó como una flecha y se perdió en la niebla.

—¿Sin dar una explicación?

—Dejó escapar una exclamación. Eso fue todo. Esperé, pero él no regresó. Entonces volví caminando a casa. A la mañana siguiente, después de la hora de abrir las oficinas, vinieron a preguntar por él. A eso de las doce nos enteramos de la terrible noticia. ¡Oh míster Holmes, si pudiera usted salvar su honor, por lo menos su honor! Para él lo era todo.

Holmes movió tristemente la cabeza y me dijo:

—Vamos, Watson. El deber nos llama a otra parte. Tenemos próximamente que acudir a las oficinas de donde fueron sustraídos los planos.

Cuando el coche se alejaba de aquella casa, me dijo:

—Las cosas se presentaban antes feas para este joven, pero las pesquisas que hemos realizado las presentan aún peor. Lo inminente de su boda proporciona un móvil para la comisión del delito. Como es natural, necesitaba dinero. Que la idea estaba dentro de su cabeza lo da a entender el que hablase del asunto. Estuvo a punto de convertir a la muchacha en cómplice suyo, hablándole de sus proyectos. Toda esta última parte se presenta muy fea y realmente enrarecida.

Pero, Holmes, también el testimonio unánime de su honradez debe ser tenido en cuenta. Además ¿cómo es posible explicar que dejase a la muchacha en mitad de la calle y saliese de pronto como disparado a cometer el delito?

—Así es, en efecto. Es indudable que se pueden poner objeciones. Pero frente a ellas se alza una argumentación formidable.

Míster Sidney Johnson, oficial primero, salió de las oficinas a nuestro encuentro y nos acogió con el respeto que imponía siempre la tarjeta de mi compañero. Era un hombre delgado, huraño, de gafas y edad mediana; estaba ojeroso y las manos le temblaban por efecto de la tensión nerviosa a que había estado sometido.

—¡Qué desgracia, míster Holmes, qué desgracia! ¿Se ha enterado usted de la muerte de nuestro jefe?

—Hemos estado hace poco en su casa.

—Aquí está todo desorganizado. El jefe muerto, Cadogan muerto y los planos robados. Y, sin embargo, cuando el lunes por la tarde cerramos las oficinas, nuestro departamento y sus dependencias eran de funcionamiento tan perfecto como la mejor de las del Gobierno. ¡Santo Dios, y qué espanto causa pensar en ello! ¡Pensar que West, el hombre de quien menos lo habría uno pensado, haya hecho semejante cosa!

—Según lo que dice, ¿usted está seguro de su culpabilidad?

—Es la única posibilidad que veo. Sin embargo, yo me habría sentido tan seguro de él como de mí mismo.

—¿A qué hora cerraron las oficinas el lunes?

—A las cinco.

—¿Fue usted quien las cerró?

—Soy siempre el último empleado que abandona el local.

—¿Dónde estaban guardados los planos?

—En aquella caja fuerte.

—¿No queda en el edificio ningún vigilante?

—Sí que queda; pero tiene que vigilar otros departamentos además de éste. Es un veterano del Ejército; hombre de la mayor confianza. No observó nada anormal esa noche. Hay que tener en cuenta que la niebla era muy espesa.

—Suponiendo que Cadogan West hubiese querido penetrar esa noche en el edificio fuera de las horas de trabajo, ¿no es cierto que habría necesitado tres llaves para llegar a los planos?

—Así es. La llave de la puerta exterior, la llave de las oficinas y la llave de la caja.

—¿Quién tenía esas llaves además de sir James Walter y usted?

—Yo no disponía de las llaves de las puertas, sino de la de la caja.

—¿Era sir James hombre de hábitos ordenados?

—Sí, creo que sí. Por lo que se refiere a esas tres llaves, creo que las guardaba en el mismo llavero en que yo se las había visto muchas veces.

—¿Y se lo llevaba a Londres?

—Así lo afirmaba.

—¿Y usted no se separaba nunca de su llave?

—Nunca.

—De modo, pues, que si West ha sido el culpable tenía por fuerza que poseer un duplicado. Y, sin embargo, no se le encontró al cadáver. Otro punto: si un empleado de estas oficinas hubiese querido vender los planes, ¿no le habría sido más sencillo sacar una copia de los mismos que no el apoderarse de los originales, como lo hicieron?

—El copiar los planos de manera tan eficaz habría exigido grandes conocimientos técnicos.

—Me imagino que tanto sir James como usted o Cadogan poseían esos conocimientos técnicos.

—Está claro que los poseíamos. Pero no trate usted, míster Holmes, de involucrarme a mí en el asunto. ¿Qué adelanta con esta clase de especulaciones?; además, los planos originales se encontraron encima de West?

—Lo digo porque resulta verdaderamente extraño que corriese con los riesgos de sustraer los planes originales pudiendo haber sacado tranquilamente copias que le habrían servido igual para el caso.

—Desde luego que es raro; sin embargo, lo hizo.

—Cuantas pesquisas se llevan a cabo en este asunto nos ponen al descubierto algo inexplicable. Vamos a otra cosa: faltan todavía tres de los planos. Son, según tengo entendido, los más esenciales.

—En efecto, así es.

—¿Quiere decir que cualquiera que posea esos tres planos, aunque no tenga los siete que faltan, estaría en condiciones de construir el submarino *Bruce-Partington?*

—Yo he informado en ese sentido al Almirantazgo. Pero hoy he vuelto a repasar los planos y ya no estoy seguro. En uno de los planos devueltos están dibujadas las válvulas dobles con las guías ajustables automáticamente. Los extranjeros no podrían construir el submarino hasta que no inventen por sí mismos ese dispositivo. Naturalmente podrían vencer pronto semejante dificultad.

—Pero los tres planos que faltan son los más importantes.

—Sin duda alguna.

—Si usted me lo permite, haré un recorrido por las oficinas. No creo que tenga que hacerle ninguna otra pregunta.

Holmes estudió la cerradura de la caja fuerte, la puerta de la habitación y los postigos de hierro de la ventana. Parecía un reconocimiento cotidiano, sin embargo, cuando bajamos al jardín que daba a una de las ventanas, su interés se acrecentó. Inició un atento reconocimiento y quedó absorto cuando se detuvo detenidamente en un arbusto de laurel; algunas de sus ramas parecían haber sido torcidas o quebradas. Las examinó cuidadosamente con su lente de aumento y examinó luego algunas huellas borrosas y confusas que habían dejado en el suelo. Por último, pidió al oficial primero que cerrase los postigos de hierro, y me hizo notar que no encajaban bien en el centro y que cualquiera podía ver desde fuera lo que pasaba en el interior.

—Todas estas indicaciones no han sido notificadas antes, y por tanto llevamos un retraso de tres días. Quizá no signifique nada, pero también pudiera darse el caso contrario. Bueno, Watson, yo no creo que Woolwich pueda dar de sí más de lo que ha dado. Aquí, hemos escudriñado hasta el último detalle. Vamos a ver si se nos dan mejor las cosas en Londres.

Sin embargo, antes de abandonar la estación de Woolwich, tuvimos la ocasión de añadir un nuevo dato también de interés. El empleado de la taquilla pudo informarnos con absoluta seguridad de que había visto a Cadogan West —al que conocía muy bien de vista, la noche del lunes, y que se había trasladado a Londres en el tren de las ocho y cuarto de la noche con destino al Puente de Londres. No iba nadie más con él, y tomó un billete de tercera. Al taquillero le llamaron la atención su nerviosismo y su estado de ánimo un tanto alterado. Le temblaban de tal modo las manos, que incluso tuvo mucha dificultad para recoger las vueltas; de hecho, el mismo empleado tuvo que ponérselas en la mano. Consultamos el horario, y constatamos que aquel era el primer tren que podía tomar West, después de abandonar a su novia a eso de las siete y media.

Después de media hora de silencio, dijo de pronto Holmes:

—Tenemos que reconstruir la historia, Watson. Hasta ahora, todo los datos que hemos encontrado en general, nos conlleva a nuevos hechos que analizar; tan pronto como descubrimos algo, nos topamos con otro que abordar. Paso que damos hacia adelante no nos sirve para otra cosa que para cambiar de criterio y volver a empezar. Sin embargo, hemos realizado algunos progresos apreciables... En términos generales, nuestras investigaciones en Woolwich han sido contrarias a Cadogan West: pero los indicios de la ventana quizá se presten a una hipótesis más favorable. Supongamos, por ejemplo, que se le hubiese acercado para hacerle proposiciones algún agente extranjero. Quizá lo hizo poniendo por delante determinadas condiciones que le impedían dar parte de lo ocurrido, pero que, sin embargo, lograron influir en el curso de sus pensamientos de la manera que hemos visto por las palabras a su prometida. Perfectamente. Supongamos ahora que, cuando se dirigía al teatro con su novia, distinguió a ese mismo agente que marchaba en dirección a las oficinas. Era hombre impetuoso, rápido para tomar sus resoluciones. Lo sacrificaba todo por el deber. Siguió al hombre, llegó a la ventana, presenció la sustracción de los documentos y salió en persecución del ladrón. De esa manera salvamos la dificultad de que nadie que estuviera en condiciones de sacar copias de los planos, robaría los originales. Tratándose de una persona ajena a las oficinas, no tenía más remedio que sustraer los originales. Hasta ahí la hipótesis está dentro de la lógica.

—Y después, ¿qué?

—Ahí es donde empiezan las dificultades. Cualquiera tiene que pensar, que la reacción de Cadogan West, tan pronto como presenció el robo, sería la de echar mano al canalla y dar la alarma. ¿Por qué no lo hizo? ¿No cabría la posibilidad de que la persona que se apoderó de los planos fuera un funcionario de categoría superior a la suya? Eso explicaría la conducta de West. ¿No podría ser también que ese funcionario superior le hubiese dado esquinazo en medio de la niebla y que West saliese inmediatamente para Londres, a fin de llegar antes que él a sus habitaciones, dando por supuesto que sabía dónde estaba su residencia? La situación tuvo que ser a la fuerza muy preocupante, para dejar como dejó a su novia abandonada en medio de la niebla y para no haber hecho ninguna tentativa con objeto de ponerse en comunicación con ella. Al llegar aquí nuestras pistas se desvanecen. Existen por otro lado, serias contradicciones en cualquiera de las dos hipótesis, y un gran abismo de incertidumbre en cuanto a la colocación del cadáver de West en el techo de un coche del ferrocarril metropolitano, con siete planos en el bolsillo. El instinto me empuja a trabajar desde este momento por el otro extremo. Si Mycroft nos ha enviado las direcciones que le pedí, quizá podamos elegir en ellas nuestro hombre y seguir dos pistas, en lugar de una sola.

* * *

Como era de presumir, en Baker Street nos estaba esperando una carta. Se había enviado como correo urgente, siendo un mensajero del Gobierno, el emisario. Holmes echó un vistazo a la carta, y luego me la pasó a mí. Decía así:

> «La morralla es abundante, pero hay muy pocos capaces de acometer un negocio de tal envergadura. Los únicos dignos de ser tomados en consideración son: Adolph Meyer, del número 13, Great George Street, Westminster; Louis La Rothière, de Campden Mansions, Notting Hill, y Hugo Oberstein, número 13, Caulfield Gardens, Kensington. De este último se sabe que se hallaba en Londres el lunes y que se ha ausentado posteriormente. Me es muy grato que esté en tus manos la investigación. El Gabinete espera tu informe definitivo con la mayor preocupación. Se han hecho desde la más alta cúpula apremiantes llamamientos. Toda la fuerza del Estado estará dispuesta a apoyarte en caso de necesitarlo.
>
> »Mycroft.»

—Me temo que en un asunto como el que nos traemos entre manos, no nos va a servir de nada ni los soldados de la reina ni los caballos de la corona.

Holmes había extendido encima de la mesa su gran plano de Londres y estaba completamente inclinado encima del mismo, muy concentrado. De ponto, con sorpresa, dijo:

—Vaya, vaya, las cosas van, por fin, acercándose hacia nosotros. ¡Por mi vida, Watson, que aún tengo confianza en que nos vamos a salir con la nuestra!

Y me palmeó en el hombro, en un estallido entusiasta.

—Voy a salir. Se trata nada más que de un reconocimiento. No emprenderé nada serio sin llevar a mi lado a mi leal camarada y biógrafo. Quédese aquí. Con toda probabilidad, estaré de vuelta dentro de algunas horas. Si se agobia en la espera, tome papel y pluma, e inicie su relato de cómo en una memorable circunstancia, tuvimos la ocasión de salvar a nuestro país.

Aquel optimismo se reflejó hasta cierto punto en mi propio ánimo, porque sabía perfectamente que para apartarse de su habitual seriedad de maneras hacía falta que hubiese razones con mucho peso que despertasen su júbilo. Esperé lleno de impaciencia su regreso durante toda aquella tarde de noviembre. Por fin, y poco después de las diez, llegó un mensajero con una carta que decía:

> «Estoy cenando en el restaurante Goldini, Gloucester Road Kensington. Venga tan pronto como sea posible para compartir la cena. Traiga consigo los siguientes utensilios: una llave de mecánico, una linterna sorda, un escoplo y un revólver.
>
> »S. H.»

Era un extraordinario arsenal muy apropiado para que un ciudadano respetable anduviese con semejantes utensilios por las calles londinenses en una noche tan espesa. Guardé todo convenientemente en mi gabán y me dirigí derecho a la dirección que se me había dado. Allí estaba mi amigo, sentado a una mesita redonda, cerca de la puerta del restaurante italiano.

—¿Ha cenado usted ya? Pues entonces, acompáñeme en el café y la copa. Pruebe uno de los cigarros del propietario. No son tan venenosos como parecen. ¿Trajo las herramientas?

—Las tengo aquí, en mi gabán.

—Magnífico. Voy a darle un ligero esbozo de lo que he descubierto, con algunas indicaciones de lo que vamos a emprender. Para empezar, Watson, que no le quepa ni la menor duda que efectivamente, el cadáver de ese joven fue colocado encima del techo del tren. Creo que ya estaba claro desde el momento en que dejé establecido que el cadáver había caído del techo del tren y no del interior de uno de los vagones.

—¿No podrían haberlo dejado caer desde alguno de los puentes?

—Yo diría que eso es imposible. Si usted se fija en los techos de los coches, verá que son ligeramente curvos, sin barandilla de ninguna clase en los bordes. Podemos, pues, afirmar con seguridad que el cadáver fue colocado allí.

—Pero ¿cómo es posible semejante cosa?

—Esa era la pregunta a la que era preciso contestar. Pues bien, únicamente de una manera podía hacerse. Ya sabrá usted que en algunos puntos del West End, el ferrocarril subterráneo corre a cielo abierto entre túnel y túnel. Yo conservaba un recuerdo confuso de haber visto ventanas por encima de mi cabeza en algunos de mis viajes por el metropolitano. Supongamos que el tren se detuviese debajo de alguna de esas ventanas: ¿qué dificultad había en colocar un cadáver encima del techo?

—Parece sumamente improbable.

—Tenemos que echar mano otra vez del viejo axioma de que, cuando fallan todas las demás posibilidades, la verdad tiene que estar en la única que permanece de pie, por muy poco probable que sea. Aquí han fallado todas las demás posibilidades. Pues bien, cuando descubrí que el más importante de los agentes internacionales, el que acaba de ausentarse de Londres, vive en una casa de pisos, cuyas ventanas dan a la línea del ferrocarril subterráneo, me entró tal alegría, que le asombré a usted con mi súbita frivolidad.

—Vamos, ¿de modo que fue eso?

—Sí, así es. Míster Hugo Oberstein, del número trece, Caulfield Gardens, se convirtió en mi objetivo. Empecé mis operaciones en la estación de Gloucester Road, en la que un empleado muy servicial se prestó a caminar conmigo por la vía, permitiéndome comprobar las siguientes conjeturas, una es que las ventanas de la escalera interior de Caulfield Garden dan a la línea. La otra, sin duda, todavía más fundamental es: que, debido a la intersección de uno de los ferrocarriles mayores, es frecuente que los trenes del subterráneo tengan que detenerse durante algunos minutos en aquel sitio precisamente.

—¡Estupendo, Holmes! ¡Ya es suyo el problema!

—No tanto, Watson, no tanto. Avanzamos, pero la meta está todavía lejos. Después de reconocer la parte posterior de Caulfield Gardens exploré la delantera y pude advertir que aquel individuo se ha dado a la fuga definitivamente. La casa es espaciosa, y me ha parecido observar que las habitaciones del piso superior están desamuebladas. Oberstein vivía allí con un único ayuda de cámara, que será probablemente algún cómplice que goza de toda su confianza. Es preciso que tengamos muy presente que Oberstein ha marchado a un lugar de Europa para dar salida a su botín, pero no como un fugitivo. No tiene motivos para temer una orden de detención, siendo quien es, y con toda probabilidad, no creo que pueda imaginar, que un detective aficionado, le vaya a hacer una visita domiciliaria. Y eso es precisamente lo que ahora estamos a punto de llevar a cabo.

—¿No habría modo de conseguir una orden judicial para introducirnos en su casa, con un margen más amplio de legalidad?

—Sería difícil obtenerla nada más que con las pruebas con las que ahora disponemos.

—¿Y qué esperamos sacar de esa visita?

—No sabemos la clase de correspondencia que podemos encontrar allí.

—No me gusta la cosa, Holmes.

—Usted, mi querido compañero, quedará de centinela en la calle. Yo me encargaré de la parte criminal. No es momento de pararse ahora. Piense en la carta de Mycroft, en el Almirantazgo, en el Consejo de ministros, en la alta personalidad que espera noticias. Es preciso que vayamos.

Mi respuesta fue ponerme en pie y decir:

—Tiene razón, Holmes. Es preciso ir.

Holmes se puso rápidamente en pie y me estrechó la mano.

—Estaba seguro de que no se echaría usted atrás en el último instante.

Eso me dijo, y yo descubrí durante un instante en sus ojos algo que se acercaba a la ternura, sentimientos nada habituales en una personalidad tan especial como la suya, ausente de emociones fáciles y anodinas. Un momento después había vuelto a ser el hombre tan funcional y práctico como de costumbre.

—Desde aquí hasta allí hay casi un kilómetro, pero no tenemos prisa. Vayamos caminando. No deje caer ninguna de las herramientas, por favor. El que lo detuviesen como tipo sospechoso nos acarrearía una complicación lamentable.

Caulfield Gardens era una de esas hileras de casas de fachadas embotadas, con columnas y pórtico, que en el West End de Londres constituyen un producto tan característico de la época media victoriana. En la casa de al lado parecía que hubiese una fiesta de niños, porque el alegre runrún de las voces infantiles y el estrépito del piano llenaban la noche. La niebla seguía envolviéndolo todo y nos cubría con sus sombras amigas. Holmes encendió su linterna y proyectó su luz sobre la maciza puerta.

—El problema es serio —dijo—, porque, además de estar cerrada con llave, tiene puesto el cerrojo. Quizá sea más fácil introducirnos por el patio. En caso de que aparezca algún agente de Policía, tenemos allí un magnífico arco de puerta. Así podremos darnos protección ambos recíprocamente.

Unos momentos después nos encontrábamos los dos en el patinejo del sótano. Apenas habíamos tenido tiempo de meternos en la parte más sombría del mismo, cuando oímos entre la niebla de la acera, encima de nosotros, los pasos de un agente de Policía. Cuando su ritmo, a palo lento, dejó de escucharse, Holmes se puso a trabajar en la puerta del patinejo. Se inclinó varias veces, forzando como pudo la puerta, hasta que cedió, provocando un chasquido seco. Nos lanzamos inmediatamente al oscuro pasillo, cerrando a nuestras espaldas la puerta. Holmes inició la aventura, subiendo por la escalera acaracolada y sin alfombra. Su pequeño foco de luz mediante la linterna sorda, me guiaba.

—Ya estamos en el lugar oscuro, Watson. Ésta debe de ser.

Abrió la ventana de par en par y, al hacerlo, llegó hasta nosotros un rumor apagado, áspero, que fue encrespándose con firmeza hasta convertirse en un huracán, y que así formaba al paso de un tren que cruzó por delante de nosotros y se perdió en la oscuridad. Holmes barrió con la luz de su linterna el antepecho de la ventana. Tenía una espesa capa de hollín de las locomotoras que pasaban, pero la negra superficie estaba como raspada y borrosa en algunos sitios.

—Vea usted dónde apoyaron el cadáver... ¡Mira, Watson!, ¿Qué es esto? No cabe duda de que es una mancha de sangre.

Holmes me mostraba unas débiles manchas descoloridas a lo largo del marco de la ventana.

—Y aquí también, en la piedra del escalón. La prueba es completa. Esperemos aquí hasta que se detenga un tren.

No tuvimos que esperar mucho. El tren siguiente rugió, como el anterior, desde dentro del túnel, pero acortó la marcha al salir a cielo abierto, y acto seguido se detuvo, entre rechinamientos de frenos, debajo mismo de donde estábamos. Desde el antepecho de la ventana hasta el techo de los vagones no había ni un metro de distancia. Holmes cerró suavemente la ventana, y dijo:

—Hasta aquí tenemos la prueba que estábamos buscando. ¿Qué piensa de esto, Watson?

—Que es una obra maestra. Jamás rayó usted a tanta altura.

—Ahí no puedo estar de acuerdo con usted. Desde el momento en que concebí la idea de que el cadáver había estado en el techo del tren, idea que nada tiene de abstracta, todos lo demás era inevitable. Si no fuera por los grandes intereses en juego, el asunto, hasta ahora, sería insignificante. Lo difícil es que todavía tenemos por delante un gran trecho. Pero tal vez, descubramos en este lugar algo relevante que nos sirva de ayuda.

Llegamos a lo alto de la escalera de la cocina y entramos en las habitaciones del primer piso. Una de ellas estaba destinada a comedor, severamente amueblada, pero que no contenía nada de interés. La segunda era un dormitorio, también escaso de interés. La otra habitación ofrecía mejores perspectivas, y mi compañero se dispuso a realizar un trabajo sistemático. Por todas partes se veían en ella libros y papeles, y era evidente que se empleaba para despacho. Holmes revolvió rápida y metódicamente el contenido, uno tras otro, de los cajones y armarios, pero su rostro severo no llegaba a iluminarse con el más leve resplandor de un éxito. Al cabo de una hora seguía estando en la misma situación que cuando había empezado.

—Este perro astuto ha hecho desaparecer sus huellas —dijo al fin—. No ha dejado nada que pueda servir de base para una acusación. Ha destruido o se ha llevado su correspondencia peligrosa. Ésta es nuestra última probabilidad.

Lo decía por una pequeña caja de hojalata que tenía encima de la mesa de escritorio. Holmes la abrió, ayudándose de un pequeño cincel. Había en el interior varios rollos de papel cubiertos de números y de cálculos, sin nota alguna que indicase a qué se referían. Las frases *presión del agua* y *presión por pulgada cuadrada* apuntaban una posible relación con un submarino. Holmes los tiró con impaciencia a un lado. Lo único que quedaba por examinar, era un sobre que contenía algunos pequeños recortes de periódico. Los echó sobre la mesa y pude ver enseguida por la expresión anhelante de su rostro que se habían despertado sus esperanzas.

—¿Qué es esto, Watson? ¡Eh! ¿Qué es esto? El comprobante de una serie de mensajes publicados en la sección de anuncios de un periódico. Es la columna de anuncios varios del *Daily Telegraph*, a juzgar por el papel y por el tipo de letra. Angulo superior derecho de una página. No hay fechas, pero los mensajes se clasifican por sí mismos. Éste debe de ser el primero: «Esperaba noticias más pronto. Convenidas las condiciones. Escriba con todos los detalles a la dirección de la tarjeta.—*Pierrot.*» Viene a continuación: «Demasiado complicado para descripción. Tiene que darme informe completo. Dinero dispuesto contra mercancías.—*Pierrot.*» Y ahora éste: «Asunto apremia. He de retirar ofrecimiento de no cumplirse contrato. Señale entrevista por carta. La confirmará por anunción.—*Pierrot.*» Y por último: «Lunes noche después de las nueve. Solo nosotros. No desconfíe. Pago inmediato a la entrega de mercancías.—*Pierrot.*» ¡Un registro completo, Watson! ¡Ay, si pudiéramos llegar hasta el corresponsal que está en el otro extremo!

Holmes se quedó ensimismado, tamborileando con los dedos encima de la mesa; por último, se puso enérgicamente en pie.

—Bien, quizá no sea tan difícil, después de todo. Aquí ya no nos queda nada que hacer, Watson. Creo que podríamos dirigirnos en coche hasta las oficinas del *Daily Telegraph*, para dar así un digno remate a las tareas de un día afortunado.

* * *

Mycroft Holmes y Lestrade, a los que Holmes había citado, vinieron a visitarnos al día siguiente después del desayuno, y Sherlock Holmes les hizo el relato de nuestras incursiones del día anterior. Al oír la confesión de nuestro allanamiento de morada, el detective profesional movió la cabeza y dijo:

—Nosotros, los del Cuerpo de Policía, no podemos hacer esas cosas, Holmes. No es de extrañar que consiga resultados superiores a los nuestros. Pero cualquier día de estos irán demasiado lejos y se encontrarán usted y su amigo con serias dificultades.

—¡Por Inglaterra, nuestros hogares y una mujer hermosa! No pretendo condecoraciones, ni pasar a la historia como mártires de nuestro país, pero a veces hay que superar la misma autoridad para hacer justicia señor. ¿Y a ti que te parece Mycroft?

—¡Magnífico, Sherlock! ¡Admirable! Pero ¿cómo vas a emplear toda esta información?

Holmes echó mano al *Daily Telegraph* que estaba doblado encima de la mesa.

—¿No han visto ustedes el anuncio que hoy ha insertado *Pierrot*?

—¡Cómo! ¿Otro más?

—Sí. Oigan estas palabras: «Esta noche. A la misma hora. Mismo lugar. Dos golpes. De absoluta necesidad. Va en ello su propia seguridad.—*Pierrot.*»

—¡Por mi vida que..., que si contesta al anuncio, ya es nuestro! —exclamó Lestrade.

—Es lo mismo que pensé yo cuando lo puse. Creo que si les viniera bien a ustedes acompañarnos a Caulfield Gardens, quizá nos encontraríamos un poco más cerca de una solución.

* * *

Una de las más extraordinarias virtudes de Sherlock Holmes era su capacidad para maniobrar su cerebro de toda actividad, e incluso era capaz de entretener su mente en medio de una encrucijada importante, hacia cosas más livianas. En ello se plasmaba su absoluta seguridad cuando veía algo claro, era irreemplazable. Recuerdo que durante todo aquel día memorable se enfrascó en una monografía que tenía empezada sobre *Los motetes polifónicos,* de Lassus. Yo, en cambio, carecía por completo de esa facultad de diversión, y el día, como es de suponer, me resultó interminable.

Durante todo el día no pude disimular la exaltación de mis nervios. La extraordinaria importancia nacional de lo que allí se jugaba, la expectativa de las altas autoridades al respecto, la índole directa del experimento que íbamos a llevar a cabo, todo me producía un respeto tal, que no pude concentrarme en otra cosa en todo el día. Cenamos cosas muy livianas y ligeras, y luego cuando emprendimos la tarea, sentí un alivio infinito, pues es lo que estuve aguardando durante todo el tiempo. Lestrade y Mycroft se reunieron con nosotros en la estación de Gloucester Road, el lugar que propusimos para la cita. La noche anterior habíamos dejado abierta la puerta del patinejo de la casa de Oberstein, y como Mycroft Holmes se negó en redondo, indignado, a trepar por la barandilla, Sherlock y yo no tuvimos más remedio que introducirnos en la casa y abrir la puerta del vestíbulo. A eso de las nueve de la noche estábamos todos nosotros sentados en el despacho, esperando pacientemente a nuestro hombre.

Transcurrió una hora y luego otra. Cuando dieron las once, las acompasadas campanas del gran reloj de la iglesia parecieron que redoblaban nuestras propias esperanzas. Lestrade y Mycroft estaban inquietos, se movían nerviosos en sus asientos, y todos en general, no parábamos de mirar el reloj a cada instante. Holmes permanecía callado, pero sereno, con los párpados medio cerrados, pero con todos sus sentidos alerta. Alzó la cabeza con un respingo súbito, y dijo:

—Ahí llega.

Por delante de la puerta se habían oído los pasos furtivos de un hombre que cruzaba. Poco después se oyeron en sentido contrario. Luego, se percibió cómo se arrastraban sus pies a cada paso, con golpes secos, cada vez más cerca. Holmes se levantó indicándonos que siguiésemos sentados. La luz del vestíbulo era muy tenue. Abrió la puerta exterior, y después que una negra figura pasó por delante de él, la cerró y aseguró. ¡Por aquí!, le oímos decir, y un instante después aparecía ante nosotros nuestro hombre. Holmes le había seguido de cerca, y cuando el desconocido se dio media vuelta, dejando escapar un grito de sorpresa y de alarma, él le sujetó por el cuello de la ropa, y le retorció de un empujón a la habitación. Antes que hubiese recobrado el equilibrio, se cerró la puerta y Holmes apoyó en ella su espalda. Aquel hombre miró con ojos espantados a su alrededor, se tambaleó y cayó al suelo sin sentido. Con el golpe se le desprendió el sombrero de anchas alas, la bufanda que le tapaba la boca se le cayó, y quedaron al descubierto la barba rubia y sedosa y las facciones hermosas y delicadas del coronel Valentine Walter.

Holmes lanzó un silbido de sorpresa, y dijo:

—Esta vez, Watson, puede calificarme en su relato de burro completo. No era este el pájaro que yo esperaba.

—Pero ¿quién es él? —preguntó Mycroft ansiosamente.

—El hermano más joven del difunto sir James Walter, jefe del Departamento de submarinos. Sí, sí; ya veo hacia qué lado se inclinan las cartas. Ya vuelve en sí. Creo que lo mejor sería que dejasen que le interrogue.

Habíamos transportado hata el sofá el cuerpo caído en el suelo. Nuestro preso acabó por incorporarse, miró en torno suyo con expresión de espanto, y se pasó la mano por la frente como el que no puede creer que le esté ocurriendo lo que veía. Luego preguntó:

—¿Qué significa esto? Yo vine a visitar a míster Oberstein.

—Coronel Walter, se sabe ya todo —dijo Holmes—. Lo que sobrepasa mi comprensión es cómo un caballero inglés ha podido tener este tipo de conducta tan deleznable. Estamos al tanto de toda su correspondencia y de sus relaciones con Oberstein. Y también de las circunstancias en que halló la muerte el joven Cadogan West. Permítame que le aconseje, que no pierda más de lo que ha perdido, el mínimo de dignidad que corresponde a su status. Por lo menos, más le valdría su arrepentimiento y confesara al respecto. Hay todavía algunos detalles que sólo podemos saberlos de los labios de usted.

El coronel Walter gimió y hundió la cabeza entre las manos. Nosotros esperábamos, pero él guardó silencio. Holmes le dijo:

—Puedo asegurarle que sabemos todo lo esencial. Sabemos que le urgía el dinero; que sacó usted un molde de las llaves que tenía su hermano; que se puso usted en correspondencia con Oberstein, y que le contestaba a sus cartas mediante anuncios insertados en las columnas del *Daily Telegraph.* Sabemos que usted se dirigió a las oficinas el lunes por la noche, aprovechando la niebla, y que el joven Cadogan West le vio y le siguió, porque tenía alguna razón para sospechar de usted. Le vio cuando usted estaba robando, pero le fue imposible dar la alarma, no constándole que no había ido por encargo de su hermano para llevarle los planos. West, abandonando todos sus asuntos particulares, como buen ciudadano que era, marchó detrás de usted oculto en la niebla y no le perdió la pista hasta que usted llegó a esta misma casa. Entonces intervino y usted, coronel Walter, agregó al crimen de traición el más terrible aún de asesinato.

—¡Yo no le maté! ¡No le maté! ¡Juro ante Dios que no le maté! —gritó nuestro desdichado preso.

—Pues, entonces, cuéntenos de qué manera encontró Cadogan West su muerte antes que colocasen su cadáver encima del techo de un coche del ferrocarril.

—Se lo contaré. Le juro que se lo contaré. En lo demás que ha referido, sí que intervine. Lo confieso. Fue como usted dice. Yo tenía que pagar una deuda contraída en la Bolsa. Me era indispensable el dinero. Oberstein me ofreció una gran cantidad de dinero para paliar mis deudas. De esa forma podría salvarme de la ruina. Pero en lo que se refiere al asesinato, soy tan inocente como usted.

—¿Qué fue, pues, lo que ocurrió?

—Él venía sospechando de mí, y me siguió. Yo no me percaté hasta que llegué a esta puerta. La niebla era muy espesa y no se distinguía a tres metros de distancia. Yo había llamado mediante dos golpes distintivos, y Oberstein había acudido a la puerta. Entonces, el joven se abalanzó hacia nosotros, y preguntó qué íbamos a hacer con los planos. Oberstein llevaba siempre encima una porra corta. Al intentar West inmiscuirse en el tema y meterse por la fuerza en la casa, Oberstein le golpeó en la cabeza. El golpe fue mortal. Murió antes de cinco minutos. Allí quedó tendido en el vestíbulo, y nosotros nos quedamos sin saber qué hacer. De pronto se le ocurrió a Oberstein la idea de los trenes que se detenían debajo mismo de su ventana. Pero antes examinó los planos que yo le había llevado. Me dijo que los esenciales eran tres, y que tendría que quedarse con ellos. «No puede usted quedarse con ellos —le dije—. Si no son devueltos a Woolwich se armará un jaleo espantoso.» «Es preciso que me quede con ellos —me contestó—, porque son de un tipo técnicamente preciso, que es imposible sacar copias en tan escaso tiempo.» «Pues entonces es necesario que esta noche sean devueltos todos», le dije yo. Él meditó un momento y de pronto exclamó que ya había encontrado la solución, diciéndome: «Me guardaré tres. Los demás se los meteremos en el bolsillo a este joven. Cuando se descubra todo el asunto se lo cargarán a él.» Yo no veía otra solución, y por eso obramos como él indicó. Esperamos media hora en la ventana hasta que se detuvo un tren. La niebla era tan espesa que no podía verse nada, y ninguna dificultad tuvimos en bajar el cadáver de West hasta el techo del tren. Mi intervención en el asunto terminó ahí.

—¿Y qué me cuenta de su hermano?

—Mi hermano no dijo una palabra, pero en una ocasión me había sorprendido con sus llaves, y creo que sospechaba. Leí en sus ojos que sospechaba. Como ya ustedes saben, no volvió a levantar cabeza.

Reinó el silencio en la habitación. Mycroft Holmes fue quien lo rompió:

—¿Y por qué no repara usted el daño que ha hecho? Con ello aliviaría su conciencia y quizá su castigo.

—¿Y qué clase de reparación puedo ofrecer?

—¿Dónde se encuentra Oberstein con los planos?

—Lo ignoro.

—¿No le dio alguna dirección?

—Me dijo que si le escribía al hotel Du Louvre, en París, quizá le llegasen las cartas.

—Pues entonces, aún está usted en situación de reparar un mal —dijo Sherlock Holmes.

—Haré todo cuanto esté en mi mano. No es precisamente cariño lo que siento por ese individuo, que ha sido mi ruina y la causa de todos los males.

—Aquí tiene papel y pluma. Siéntese a esa mesa y escriba lo que le dicte. Ponga en el sobre la dirección que le dijo. Perfectamente. Escribamos ahora la carta: «Querido Señor: Refiriéndome a nuestra transacción, habrá usted observado, sin duda y ahora, que falta en ella un detalle esencial. Dispongo de un dibujo con el cual quedará completa. Sin embargo, esto me ha ocasionado una molestia especial, y no tengo más remedio que pedirle un nuevo adelanto de quinientas libras. No quiero confiarlo al correo, ni aceptaré nada como no sea oro o billetes. Habría ido a visitarle fuera de Inglaterra, pero el que yo saliese en esta ocasión del país llamaría la atención. Por consiguiente, espero encontrarme con usted en la sala de fumar del hotel Charing Cross, el sábado al mediodía. Billetes ingleses u oro únicamente. Recuérdelo.» Esto producirá efecto, y mucho me sorprendería si no nos entregase a nuestro hombre.

* * *

¡Y nos lo entregó! Es asunto que pertenece ya a la memoria histórica; a esa historia secreta de una nación que suele ser con frecuencia mucho más íntima e interesante que sus relatos públicos. Oberstein, ansioso de completar el golpe maestro de toda su vida, acudió al reclamo, y pudo ser encerrado con seguridad durante quince años en un presidio de Inglaterra. Le fueron encontrados en su maleta los inconmensurables planos del submarino *Bruce-Partington,* que él había puesto a subasta en todos los centros navales de Europa.

El coronel Walter falleció en la cárcel antes que se cumpliese el segundo año de su condena. En cuanto a Holmes, volvió reconfortado a su monografía sobre *Los motetes polifónicos,* de Lassus, que posteriormente fue impresa para su puesta en circulación para los especialistas, los cuales opinan, que su riguroso estudio constituye un estudio historiográfico y de primera calidad en aras de la musicología. Después, al cabo de unas semanas, me enteré casualmente que Holmes, después de pasar un día en Windsor, regresó con un precioso alfiler de corbata rematado con una extraordinaria esmeralda como incrustación. Cuando le pregunté su origen, pues me extrañaba que invirtiera en tales tesoros, me contestó que era una ofrenda por parte de una generosa dama, en respuesta a un particular encargo que hubo desempeñado con empeño, valentía y destreza. Nada más añadió al asunto. Por supuesto, bien se puede adivinar la identidad de aquella dama, y no cabe la menor duda, que aquel alfiler con esmeralda incluida, sería un recordatorio fiel para mi amigo, de nuestras aventuras respecto a los planos del submarino *Bruce-Partington.*

5

La aventura del detective moribundo

Mistress Hudson, patrona de Sherlock Holmes, era una mujer de inmensa paciencia. No solamente veía uno de los pisos de su casa invadido a todas horas por infinidad de individuos extraños y frecuentemente personajes poco comedidos, sino que también su notable inquilino del primer piso, se hacía notar por su desmedida excentricidad y su particular forma de vida, que por fuerza tenía que poner, sin albergar duda alguna, a prueba su paciencia. Holmes era un caballero, pero a veces, su falta de aseo cuando se entregaba a algún tema serio, su consagración a la música en los momentos más cruciales y a unas horas intempestivas, sus prácticas de tiro con el revólver en momentos poco apropiados, sus comprobaciones empíricas a través de experimentos científicos poco comunes, y en ocasiones hasta malolientes, y en definitiva, el entorno de violencia, peligro, propios por otro lado de un detective, todo ello, era un sinfín de motivos, que hacían de Holmes, un inquilino cuando menos extraño, en el contexto londinense. Por otro lado, no sería justo si no resaltara buenos atributos de la parte que compensaba su parte más oscura, como sus valores, totalmente altruistas, en lo que se refiere a su dedicación profesional, así como su generosidad exagerada para todo. De hecho, siempre pagó con generosidad desmedida su alquiler, y durante los años que estuve con él, soy testigo de ello. Estoy seguro que durante todo este tiempo, hubiera pagado por lo menos dos casas teniendo en cuenta la cantidad de dinero que gastaba en su alquiler.

La dueña de la pensión sentía por Holmes el más profundo respeto, y jamás se atrevía a llevarle en nada la contraria, por molestos que fuesen sus actos. Le tenía cariño, por otro lado, porque Holmes demostraba una gentileza y una cortesía extraordinarias en su trato con las mujeres. Sentía desagrado y desconfianza hacia el sexo, pero se mostraba siempre, en todas sus facetas, como un perfecto caballero inglés. Era además consciente en cuanto al afecto que ella le profesaba; en una ocasión, escuché con gran interés el relato que ella me hizo cuando vino a visitarme durante el segundo año de mi vida matrimonial, en otras circunstancias por supuesto, contándome el estado de ánimo tan precario en el que se encontraba mi amigo, viviendo en esa coyuntura solitaria de ese tiempo.

—Está moribundo, doctor Watson —me aseguró—. Desde hace tres días está cada vez más débil, y si sigue así, dudo mucho que pueda recuperarse y sobrevivir una semana más. Y tiene una personalidad tan fuerte, que no es conveniente que llame a un médico. Pero esta mañana, cuando me fijé cómo se le saltaban los huesos de la cara y cómo me miraban sus enormes y saltones ojos febriles, no he podido soportarlo más. «Con su permiso o sin su permiso, míster Holmes, voy ahora mismo en busca de un médico», le he dicho, y él me ha contestado: «¡Pues entonces, llame a Watson!» Yo que usted, señor, iría a visitarle cuanto antes, porque de no ser de otra manera, le aseguro que se va a arrepentir, no le encontrará ya con vida.

Aquello me dejó horrorizado, porque nada sabía de su enfermedad. No necesito decir que me apresuré a ponerme la chaqueta y el sombrero, y salimos rápidamente a visitarle. Cuando íbamos en coche con destino a Baker Street, le pedí que me diese más detalles.

—Es muy poco lo que puedo decirle, señor. Estuvo trabajando en la solución de un caso allá, en Rotherhite, en una avenida cerca del río, y ha venido de allí enfermo. Se acostó el miércoles por la tarde y no ha vuelto a levantarse. En estos tres días no ha pasado por su boca ni alimento ni bebida alguna.

—¡Válgame Dios! ¿Por qué no llamó usted a un médico?

—Porque él no me lo consintió, señor. Ya sabe usted cómo es de dominante y terco. No me atreví a desobedecerle. Pero poco le queda ya de este mundo, y así se dará cuenta en cuanto le ponga la vista encima.

Presentaba, desde luego, un espectáculo doloroso. En medio de aquella luz tan tenue de un día brumoso de noviembre, la habitación del enfermo resultaba un lugar lóbrego; pero lo que más escalofríos me produjo en lo más íntimo de mis entrañas, fue aquella cara moribunda y marchita que fijó en mí su mirada desde su lecho. Tenía en sus ojos el brillo de la fiebre, sus dos mejillas estaban enrojecidas, y lo que más me impresionó, fue las negras postillas que sobresalían de sus labios. Había adelgazado mucho, y sus delgadas manos se retorcían encima de la colcha; y su voz, era casi de ultratumba, carrraspeaba y era casi espasmódica. No se inmutó cuando entré en la habitación, pero al verme brotó en sus ojos un relámpago de reconocimiento.

Watson, parece que hemos caído en una mala época —dijo con su voz débil, pero con cierto regocijo propio de su carácter, entre lo discreto e irónico que resumía su sentido del humor, y que quitaba importancia a la gravedad de su estado de salud con cierta despreocupación.

—¡Mi querido compañero! —exclamé, intentando acercarme a él.

—¡Atrás! ¡Atrás inmediatamente! —gritó con la aguda voz de mando que yo recordaba en él únicamente en sus momentos de crisis—. Watson, si usted se acerca, daré orden de que le echen de la casa.

—¿Por qué?

—Porque ese es mi deseo. ¿No le basta con eso?

Sí, tenía razón mistress Hudson. Era ahora más dominante que nunca. Sin embargo, daba pena contemplar su agonía.

—Mi única intención era serle útil —le dije a manera de explicación.

—¡Exactamente! Y como más útil puede serme es haciendo lo que yo le digo.

—Desde luego, Holmes.

Mi amigo suavizó la aspereza de sus maneras, y me preguntó, jadeando para respirar:

—¿Se ha enojado usted?

¡Pobre hombre! ¿Cómo me iba a enojar teniéndole delante de mí en un apuro semejante?

—Lo hago velando por usted, Watson —carraspeó.

—¿Velando por mí?

—Yo sé lo que me pasa. Se trata de una enfermedad de los culis de Sumatra; una dolencia acerca de la cual los holandeses saben más que nosotros, aunque hasta ahora poco han adelantado en su tratamiento. Una sola cosa es segura, que es una enfermedad infaliblemente mortal y horriblemente contagiosa.

Hablaba ahora con energía febril, y sus largas manos se crispaban y respingaban como indicándome que me alejase.

—Es contagiosa por simple contacto, Watson. Como le digo, por simple contacto. Manténgase usted a distancia y no pasará nada.

—¡Dios santo, Holmes! ¿Se imagina usted que una consideración de esa clase tiene peso alguno para mí en momentos como el de ahora? Si se tratase de un desconocido, no constituiría obstáculo para mi intervención, ¿y se imagina que me impedirá cumplir con mi deber tratándose de tan querido amigo?

Nuevamente me adelanté, pero él me rechazó con una mirada de ira furiosa.

—Yo hablaré a condición de que usted no se mueva de donde está. De lo contrario, deberá usted salir de la habitación.

Es tan sincero el respeto que profeso hacia los valores tan extraordinarios de Holmes, que siempre he sucumbido a sus deseos, incluso en los momentos, en que menos le he entendido. Pero en este preciso momento, se habían disparado en mi intelecto un profundo sentido de protección hacia mi colega, un instinto casi profesional, y en aquella habitación, en su compañía, la de un amigo y un enfermo, era yo el que mandaba.

—Holmes, usted no es en esta ocasión usted mismo —le dije—. Un enfermo es como un niño, y como a un niño le trataré. Que le guste o que no le guste me es indiferente, yo examinaré sus síntomas, y le daré el tratamiento que corresponda.

Me dirigió una mirada venenosa, y me dijo:

—Si no hay más remedio, que me atienda un médico. Pero, al menos, que sea alguien de mi confianza.

—¿Es que no la tiene en mí?

—La tengo, sin duda alguna, en su amistad. Pero la realidad es la realidad, Watson, y después de todo, usted no es más que un médico general con experiencia muy limitada y de condiciones mediocres. Resulta doloroso tener que hablar de este modo, pero usted no me ha dejado otra alternativa.

Yo me sentía herido dolorosamente.

—Holmes, un comentario como el que acaba de pronunciar no le honra a usted para nada, y demuestra con absoluta claridad el estado en que se encuentran sus nervios. Pero si usted no tiene confianza en mí, no le impondré por fuerza mis servicios. Permítame que haba venir a Jasper Meek o a Penrose Fisher, o a cualquier otro de los mejores médicos de Londres. Pero es preciso que venga alguien para atenderle, y no tengo intención de cambiar de opinión. Si piensa de verdad que voy a permanecer aquí para presenciar su muerte sin prestación de ayuda por mi parte, o sin traer a alguien que se la preste, entonces es que no sabe quién soy yo.

—Watson, yo sé que su intención es buena y sus sentimientos honrados —dijo Holmes, dejando escapar algo que era mitad sollozo, mitad gemido—. ¿Tendré que demostrarle su propia ignorancia? ¿Qué sabe usted, dígame, de la fiebre Tapanuli? ¿Qué sabe usted de la podredumbre negra de Formosa?

—Jamás oí hablar de la una ni de la otra.

—Watson, en el Oriente se dan muchos casos de enfermedades, existen infinidad de enfermedades patológicas que no puede ni imaginarse.

Después de cada frase hacía alto para reanudar sus palabras, pues le faltaba la energía suficiente en su organismo.

—He aprendido muchísimo durante algunas investigaciones que hice recientemente y que tienen un aspecto médico-criminal. En el transcurso de una de ellas contraje esta enfermedad. Nada puede usted hacer.

—Quizá no, pero conozco casualmente al doctor Ainstree, que es la mayor autoridad actual sobre enfermedades tropicales, y que se encuentra en Londres precisamente. De nada le servirán sus consideraciones, Holmes. Me voy en este mismo instante para buscar a ese doctor.

Me di media vuelta resueltamente, dirigiéndome hacia la puerta. ¡Jamás he experimentado sorpresa como aquella! El moribundo, en un instante, y dando un salto de tigre, se había interpuesto en mi camino. Oí el vivo chasquido de una llave que giraba en la cerradura. Un momento después, Holmes había retrocedido, tambaleándose, hasta su cama, agotado y jadeando después de tan tremendo estallido de energía.

—Watson, no podrá quitarme la llave a la fuerza. Lo tengo en la trampa, amigo mío. Aquí está usted, y aquí seguirá hasta que yo quiera otra cosa. Y de corazón, no deseo que se disguste —todas estas cosas lo decía en breves frases entrecortadas y jadeando terriblemente para tomar aliento—. Ya sé que por encima de todo quiere mi bien y que pueda recuperarme. Desde luego, lo sé y de ello estoy bien seguro. Le dejaré que se salga con la suya, pero tiene que darme tiempo para fortalecerme. Ahora no, Watson, ahora no. Son las cuatro. A las seis podrá usted marcharse.

—Su actitud es muy temeraria, Holmes.

—Le pido dos horas, Watson. Le prometo que podrá marcharse a las seis. ¿No quiere usted esperar?

—Por lo que veo, no tengo más remedio.

—Así es, en efecto, Watson. Gracias, no necesito ayuda para arreglarme las ropas. Le agradecería que se mantuviera a distancia. Y ahora, Watson, me gustaría imponerle una condición. Usted irá en busca de ayuda, pero no se la pedirá a ese doctor del que habló, sino a la persona que yo elija.

—Así se hará, desde luego.

—Me alegra escuchar sus palabras, las primeras razonables que por lo pronto ha pronunciado usted desde que entró en esta habitación, Watson. Ahí encontrará usted algunos libros. Yo estoy algo agotado, y necesito descansar. Watson, reanudaremos nuestra conversación a las seis.

Pero estaba escrito que la reanudaríamos mucho antes de esa hora y en circunstancias lamentables que me produjeron una sorpresa no muy agradable, y tampoco inferior a la que me había producido el salto de Holmes hasta la puerta. Yo llevaba algunos minutos contemplando la figura retorcida que se desdibujaba alrededor de la cama. Holmes tenía la cara casi cubierta con las sábanas y parecía estar dormido. Entonces, incapaz de sentarme y de ponerme a leer, me puse a pasear lentamente por la habitación, fijándome en los retratos de criminales célebres con que estaban adornadas todas sus paredes. Por último, paseando sin saber dónde dirigirme, me acerqué a la repisa de la chimenea. Desparramados encima de ella se veían cartuchos de revólver, pipas, tabaqueras, jeringuillas, cortaplumas y otras menudencias. En medio de ellas, me llamó la atención un minúsculo estuche de marfil blanco y negro. Alargué mi mano para verlo más de cerca cuando...

Holmes dejó escapar un grito espantoso, un alarido que pudo escucharse desde la calle. Al oír aquel chillido horrible me corrió por la piel un escalofrío y se me erizaron los cabellos. Al darme vuelta, distinguí la expresión sobresaltada de mi amigo, con unos ojos enloquecidos que fijamente me miraban. En ese instante me quedé paralizado con el estuche en la mano.

—¡Déjelo donde estaba! ¡Déjelo ahora mismo, Watson, ahora mismo, le digo!

Su cabeza cayó para atrás sobre la almohada y dejó escapar un profundo suspiro de alivio al ver que yo volvía a colocar el estuche encima de la repisa de la chimenea.

—Watson, me molesta ver que tocan mis objetos. Ya sabe usted que no hay cosa que más me moleste. Me está usted poniendo nervioso y no puedo aguantar más. Parece un médico, capaz de sacar a un paciente de quicio como para que lo lleven a un manicomio. Siéntese, hombre, y déjeme descansar.

Aquel incidente volvió a herirme y a descomponer casi la poco paciencia que me quedaba. Holmes estaba irascible y exageraba todo sin motivos, pero lo que más me molestaba era la agresividad de sus palabras, que nada tenían en común a su habitual educación, que le caracterizaba. Sin duda padecía un trastorno severo, pues si no, no puede explicarse aquel mal carácter. La ruina de un alma noble, es la más lamentable de todas las ruinas. Permanecí sentado y sometido a un triste desaliento, y así estuve hasta que transcurrió el tiempo convenido. Pareció que él hubiese estado mirando el reloj lo mismo que yo, porque apenas habían dado las seis cuando se puso a conversar con la misma actitud que antes.

—Veamos, Watson —me dijo—. ¿Lleva usted alguna moneda suelta en el bolsillo?

—Sí.

—¿Algunas monedas de plata?

—Bastantes.

—¿Cuántas tiene?

—Tengo cinco.

—¡No bastan, no bastan! ¡Qué gran desdicha, Watson! Sin embargo, aunque no sean bastantes, métalas en su bolsillo de reloj. Y coloque todas las demás monedas sueltas en su bolsillo izquierdo del pantalón. Gracias. De esa forma estará usted más equilibrado.

Aquellas eran cosas absurdas, previas al ingreso en un manicomio. Parecía que sintiera frío, y nuevamente dejó escapar un sonido que era mitad tos, mitad sollozo.

—Ahora, Watson, encienda el gas, pero tenga muchísimo cuidado, tiene que estar al mínimo. Watson, yo le suplico que tenga cuidado. Gracias, así está muy bien. No, no hace falta que eche las cortinas. Y ahora, tenga la amabilidad de colocar algunas cartas y periódicos encima de esta mesa, al alcance de mi mano. Gracias. Ponga ahí una parte de todos aquellos desperdicios que hay encima de la repisa de la chimenea. ¡Magnífico, Watson! Aquí hay unas tenacillas para el azúcar. Por favor, agarre con ellas el estuche de marfil y colóquelo aquí, entre los papeles. ¡Perfectamente! Y ahora puede ir usted en busca de míster Culverton Smith, del número trece de Lower Burque Street.

A decir verdad, ya no tenía ni ganas ni deseos de avisar a ningún médico, y el delirio de Holmes era tan patente, que me aterrorizaba la idea de dejarle solo. Sin embargo, para mi sorpresa, el estaba ansioso por la llegada del doctor, de la misma forma que horas antes rechazaba aquella idea, ahora por el contrario, deseaba consultar cosas concretas a ese profesional de la medicina.

—En mi vida he oído este nombre —le dije.

—Es muy posible, mi bueno de Watson. Quizá le sorprenda si le digo que la persona que está mejor documentada en esta enfermedad no es un médico, sino el dueño de una plantación. Míster Culverton Smith es un residente muy conocido de Sumatra y se encuentra ahora visitando Londres. El estallido de la epidemia en su finca, que está lejos de todo auxilio médico, le obligó a estudiarla por sí mismo, con resultados muy positivos. Es una persona muy metódica, y si yo traté de impedir que usted se pusiese en camino antes de las seis, es porque sabía perfectamente que no le encontraría en su despacho. Si usted pudiera convencerle para que viniera hasta aquí y ponga a nuestro servicio su gran conocimiento de esta enfermedad, cuyo estudio ha constituido una de su más honda preocupación, no me cabe la menor duda de que él podría ayudarme.

Yo reproduzco las observaciones de Holmes con su significado textual, sin intentar reproducir los jadeos y agarrotamientos de manos con los que intercaló sus frases, indicando de ese modo el dolor que sufría. Durante las pocas horas que había estado acompañándole, su aspecto exterior había empeorado. Aquellas manchas rojas febriles eran ahora más pronunciadas, los ojos parecían que se desencajaban de la cara por momentos, estaban más brillantes, más febriles todavía. Y de sus sienes caía un sudor frío, daba la sensación que se trataba del punto culminante de su agonía. Afortunadamente no perdió facultad mental ninguna y se expresaba con la misma lucidez de siempre, hasta el extremo de volver hacer imperar sus indicaciones.

—Cuéntele exactamente el estado en que me dejó —me dijo—. Intente describirle exactamente la impresión impregnada en su cerebro: la de un moribundo, la de un delirante moribundo. La verdad es que ya no sé por qué razón no es todo el mar una plataforma sólida de ostras, atendiendo a lo prolíficas que son. ¡Pero estoy delirando! ¡Es curioso percibir cómo el cerebro es consciente de su propio funcionamiento! ¿Qué era lo que yo decía, Watson?

—Me estaba usted dando instrucciones y notificándome lo que quiere que le diga a míster Culverton Smith.

—¡Ah!, sí, lo recuerdo. Mi vida depende de ello. Razone, y si es necesario suplique para que venga Watson. No tenemos él y yo lo que se dice una relación muy cordial. Tenía un sobrino, descubrí que jugaba sucio y así se lo hice saber a su tío. El problema vino cuando el muchacho falleció con una muerte horrible. Desde entonces me guarda rencor. Sé que es difícil pero intenté mediar por mí con delicadeza. Si tiene que rogar, suplicar, o ponerse de rodillas, hágalo querido Watson. ¡Él puede salvarme; sólo él!

—Lo traeré en un coche, aunque tenga que meterlo a la fuerza en el mismo.

—No hace falta que usted haga todo ese esfuerzo. Puede convencerle perfectamente para que venga, pero usted regresará antes que él. Póngale alguna disculpa para no venir en su compañía. No lo olvide, Watson. Estoy seguro de que no fallará. Usted no me falló jamás. No hay duda de que existen enemigos naturales que limitan el crecimiento de los demás.

Usted y yo, Watson, podemos estar orgullosos de nuestra amistad, pero... ¿se verá la humanidad aplastada por las ostras? ¡No, no; sería horrible! Usted se las arreglará para explicarle a él todo lo que piensa.

Me marché de allí moralmente destrozado; no podía asimilar el trastorno cerebral de mi amigo que en tantas ocasiones mereció el calificativo de intelecto prodigioso. Y ahora, aquel personaje chapurreaba lo mismo que un niño tonto, lo mismo que un loro, lo mismo que un perturbado mental. Me había entregado la llave, y temeroso de que hiciera alguna locura, como encerrarse por dentro, me la guardé inmediatamente. La señor Hudson no paraba de llorar, estaba profundamente entristecida y me esperaba en el pasillo. Cuando salí del piso, oí en mis espaldas la voz insondable y profunda de Holmes, que cantaba yo no sé qué canción delirante. Una vez en la calle, y cuando yo silbaba llamando a un coche de alquiler, se me acercó un hombre.

—¿Cómo está míster Holmes? —me preguntó.

Era un viejo conocido, el inspector Morton, de Scotland Yard, vestido de paisano.

—Está muy enfermo —le contesté.

Me miró de una manera muy extraña. Después de presenciar el estado delirante de Holmes, me encontraba bastante desorientado, así que no presté más atención a aquel individuo, pues necesitaba cuanto antes ponerme en contacto con Culverton Smith. Sin embargo, quedó en mi mente fijada, la cara de aquel señor, que me pareció entrever en su semblante un cierto júbilo al escuchar mi afirmación en relación a la salud de mi compañero.

—Algo había oído decir a ese respecto —me contestó.

Había llegado el coche de alquiler; así que me despedí rápidamente del inspector de Scotland Yard.

La calle de Lower Burque era uno de los más elegantes y majestuosas de todo el área central de Londres. Se situaba entre Notting Hill y Kensington, y los edificios que allí se levantaban, hacían honor a la fama de riqueza y estilo de aquella zona. La casa ante la que se paró el cochero, ofrecía un aspecto de respetabilidad ancestral, con detalles ornamentales propios del viejo estilo, como su verja de hierro de estilo antiguo, su maciza puerta de dos hojas y sus brillantes adornos de bronce. Todo era un alarde de solemnidad primorosa, y del mismo modo apareció ante mis ojos el despensero mayor, que me atendió gentilmente en medio de todo un sensacional espectáculo, y en el que se reflejaba asimismo la luminosidad de una bombilla eléctrica encendida en uno de los lados de la entrada.

—Sí, míster Culverton Smith está en casa. ¡Doctor Watson! A su disposición, señor, le subiré su tarjeta.

Por lo visto, mi humilde nombre y mi insignificante título no impresionaron mucho a míster Culverton Smith. Oí a través de la puerta, a medio abrir, una voz chillona, petulante y con cierta arrogancia expresiva.

—¿Quién es ese individuo? ¿Qué es lo que quiere? Válgame Dios, Staples, ¿cuántas veces le he dicho ya que no quiero que me molesten en mis horas de estudio?

El despensero no perdió los papeles ni por un instante, e inició un cúmulo de explicaciones tranquilizadoras con una contundencia absoluta.

—Bueno, Staples, no quiero recibirle. No puedo aceptar que se me interrumpa de esa manera en mi trabajo. No estoy en casa. Dígaselo. Dígale que si tiene verdadero empeño en hablar conmigo, venga por la mañana.

Nuevamente se oyó el suave susurro.

—Bien, bien, dele usted ese mensaje. Que venga por la mañana, o que no venga nunca. No se me puede poner trabas en mis tareas.

Me acordé de Holmes retorciéndose en su lecho de enfermo, y contando quizá los minutos hasta que yo le llevara el remedio para socorrerle. Aquella no era ocasión para entrar en ridículas ceremonias. Su vida dependía de la rapidez de mis reacciones. Antes que el despensero, profesional de las disculpas, me transmitiera el mensaje, le empujé suavemente hacia un lado con mi brazo y me metí en la habitación.

Un hombre se levantó del sillón en que estaba recostado junto al fuego, lanzando un fuerte grito de ira y discordia. Lo que vi fue una ancha cara amarilla, de contextura ordinaria y grasienta, y gruesa papada; sus ojos eran sombríos, grises y amenazadores, y me traspasaban con su mirada por debajo de las cejas tupidas y rubias; la cabeza, alta y calva, tenía un gorrito de terciopelo, coquetamente ladeado sobre su curva color de rosa. El cráneo era de enorme capacidad, y, sin embargo, al mirar el cuerpo en que se asentaba, observé con asombro que era el de un hombre pequeño y enclenque, con los hombros y la espalda contorsionados, como si siendo niño hubiese padecido raquitismo.

—¿Qué es esto? —gritó con voz alta y chillona—. ¿Por qué entra usted así en mi propia casa? ¿No le mandé decir que le recibiría mañana por la mañana?

—Lo siento mucho —le contesté—, pero se trata de un asunto que no puede demorarse. Míster Sherlock Holmes...

El nombre de mi amigo produjo un efecto extraordinario en el hombrecito. Desapareció en el acto de su cara la expresión de ira. Sus facciones se pusieron tensas y en alerta.

—¿De modo que viene usted de parte de Holmes? —me preguntó.

—Acabo de estar con él.

—¿Y qué le ocurre a Holmes? ¿Cómo se encuentra?

—Está mortalmente enfermo. Por esta razón he venido.

Aquel hombre me indicó una silla, y volvió a sentarse en la suya. Al hacerlo, percibí en el espejo que había encima de la repisa de la chimenea, una mirada de soslayo en la cara de este hombre. Tuve la sensación que tenía una sonrisa malévola y odiosa. Pero hizo un esfuerzo para convencerme de que lo que yo había visto en realidad era alguna contracción nerviosa, porque un instante después se volvió hacia mí con expresión de auténtico interés en su cara.

—Lamento esas noticias —me dijo—. Yo conozco únicamente a míster Holmes por algunos asuntos que hemos tenido entre manos, pero tiene mis más sinceros respetos a propósito de su talento y de su carácter. Él es aficionado a estudiar hechos criminales, lo mismo que yo lo soy en cuanto al estudio de ciertas enfermedades. Para él, los maleantes; para mí, los microbios. Ahí tiene usted mi suplicio —prosiguió, apuntando hacia una hilera de botellas y de jarras colocadas encima de una mesa lateral—. Algunos de los peores criminales del mundo están ahora cumpliendo condena entre esos cultivos gelatinosos.

—Precisamente míster Holmes desea verle para requerir de sus conocimientos específicos. Tiene en usted depositada gran confianza y una magnífica opinión, y piensa sinceramente que usted es el único hombre de Londres que puede serle útil en su enfermedad.

El hombrecito dio un respingo, y resbaló su silla que por casualidad no se cayó al suelo.

—¿Por qué? —me preguntó—. ¿Por qué piensa míster Holmes que yo puedo serle útil en su enfermedad?

—Por el conocimiento que usted tiene de las enfermedades tropicales, concretamente de los virus incubados en Oriente.

—Pero ¿por qué piensa que su enfermedad es de las que proceden del Oriente?

—Porque sus investigaciones profesionales le llevaron a trabajar entre marineros chinos, allá en los muelles.

Míster Culverton Smith sonrió complacido, diciendo:

—¡Ah, vamos!, se trata de eso, ¿verdad? Yo confío en que la enfermedad no será tan grave como usted supone. ¿Cuántos días lleva enfermo?

—Unos tres días.

—¿Delira?

—De cuando en cuando.

—¡Bueno...! La cuestión parece cosa seria. Constituiría una inhumanidad no hacer caso de su llamamiento. A mí me irrita, doctor Watson, cualquier interrupción en mis tareas, pero este caso es, sin duda, una excepción. Iré con usted enseguida.

Me acordé de las instrucciones de Holmes, y le dije:

—Yo tengo que acudir a otra cita.

—Muy bien. Iré solo. Tengo anotada la dirección de míster Holmes. Puede usted contar conmigo; estaré allí dentro de media hora a lo sumo.

Entré en el dormitorio de Holmes con el corazón desfallecido. Me temía, y con razón, que hubiese ocurrido lo peor en mi ausencia. Pero se me quitó un enorme peso de encima al ver que había mejorado mucho en aquel intervalo. Su aspecto seguía siendo tan cadavérico como antes, pero había desaparecido todo rastro de delirio y se expresaba con voz débil, es cierto, pero con una viveza y lucidez superiores, incluso, a las que eran en él corrientes.

—Qué, ¿habló usted con él, Watson?

—Sí; va a venir.

—¡Estupendo, Watson, estupendo! Es usted el mejor de los mensajeros.

—Quería venir conmigo.

—Eso no habría resultado, Watson. Así lo acordamos. ¿Preguntó qué enfermedad era la mía?

—Le hablé de los chinos del East-end.

—¡Perfectamente! Bien, Watson, ha hecho usted todo lo que un buen amigo podía hacer. Ahora puede salir si lo desea, querido amigo.

—Me gustaría quedarme para oír su opinión, Holmes.

—¡Claro que sí! Pero tengo razones para suponer que su opinión sería mucho más sincera y concreta si él está solo. Watson, detrás de la cabecera de mi cama hay sitio suficiente.

—¡Mi querido Holmes!

—Me temo que no hay otra alternativa, Watson. Esta habitación no se presta a ocultar nada, lo cual es una ventaja, porque de ese modo no es probable que se despierten sospechas en él. Pero ahí donde le digo, sí que creo que podría esconderse —súbitamente se incorporó con suma atención—. Ahí se oyen las ruedas, Watson. ¡Rápido, hombre, no se demore! Y ocurra lo que ocurra, no se mueva; ocurra lo que ocurra, ¿me oye? ¡No hable! ¡No diga nada! Limítese a escuchar, haciéndose todo oídos.

Y, de pronto, desapareció aquel súbito ápice de energía, y sus palabras, con sensato razonamiento y elocuente convencimiento, se fueron apagando hasta convertirse en el confuso y aturdido runruneo de una persona a punto de expirar.

Desde el escondite en que tan rápidamente me había ocultado, oí los pasos en la escalera, seguidos de los ruidos y de la puerta del dormitorio. Luego, con gran sorpresa, se produjo un largo silencio, quebrado únicamente por los jadeos y la pesada respiración del enfermo. Yo me imaginaba a nuestro visitante de pie junto a la cama y mirando desde su altura al enfermo. Por último, cesó de reinar el extraño silencio.

—¡Holmes! —gritó Smith en el tono de insistencia que se emplea para despertar a una persona dormida—. ¡Holmes! ¿Me oye usted, Holmes? —oí leves golpecitos, como los empleados para saludar efusivamente a un conocido.

—¿Es usted, míster Smith? —cuchicheó Holmes—. No estaba seguro que usted efectivamente viniera.

El visitante se echó a reír y dijo:

—Me lo imagino. Y, sin embargo, aquí me tiene. ¡Brasas de fuego, Holmes, brasas de fuego!

—Ha sido usted muy bondadoso, muy generoso de su parte. Admiro mucho su erudición respecto a mis dolencias.

Nuestro visitante dijo en tono de mofa:

—¿De veras? Es usted, por suerte, el único en Londres que afortunadamente es capaz de apreciarlo. ¿Sabe usted qué es lo que le ocurre?

—Lo mismo que a él —dijo Holmes.

—¿Ah, sí? ¿Reconoce los síntomas?

—Demasiado bien.

—Pues bien, Holmes, no me sorprendería que fuese así. No me sorprendería que fueran los mismos. Mala perspectiva le acompaña entonces. El pobre Víctor, que era un muchacho joven, fuerte y enérgico, murió al cuarto día. Es, desde luego, un hecho insólito, encontrarse con un caso así justo en el corazón de Londres, una enfermedad característica del Lejano Oriente, y precisamente una enfermedad acerca de la cual, soy de los pocos que la conoce con profundidad. Es una singular coincidencia, Holmes. Usted demostró ser muy inteligente descubriendo un suceso, pero muy poco caritativo con los demás.

—Yo sabía que era usted quien lo había hecho.

—¿Ah, sí? ¿Lo sabía usted? Bien, pero no pudo demostrarlo. Pero ¿qué me dice usted de su papel actual, al venir reptando para pedirme ayuda en cuanto se ha encontrado en apuros, después de haber hecho circular informes sobre mí en ese sentido? ¿Verdad que no se imaginaba llegar a esta situación?

Oí la respiración fatigosa, carraspeante, del enfermo.

—¡Déme el agua! —exclamó jadeando.

—Amigo mío, está usted en la recta final, pero no quiero que se vaya sin haber mediado unas palabras con usted. Es la única razón por la que le doy agua. ¡Bueno, no la derrame! Ya está bien. ¿Me comprende lo que le digo?

Holmes gimoteó:

—Haga lo que pueda por mí. Lo pasado, pasado. Yo borraré esas palabras de mi cabeza, juro que las borraré. Cúreme, y lo olvidaré todo.

—¿Qué es lo que olvidará?

—Todo lo de la muerte de Víctor Savage. Hace un momento que vino usted poco menos que a reconocer que fue usted el autor. Pero lo olvidaré.

—Puede usted olvidarlo o recordarlo, como le plazca. Yo no he de verle a usted en el banco de los testigos. Sí, fue otro cofrecito cincelado, mi buen Holmes, se lo aseguro. Me importa muy poco que sepa usted cómo murió mi sobrino. No es de él de quien estamos tratando. Es de usted.

—Sí, sí.

—El individuo que vino en mi busca, no recuerdo su nombre, me dijo que había usted contraído la enfermedad entre los marineros del East-end.

—Es la única explicación racional al estado en que me encuentro.

—Usted está orgulloso de su cerebro, Holmes, ¿verdad que sí? Usted se tiene por inteligente, ¿no es así? Por esta vez tropezó con alguien más inteligente que usted. Veamos, Holmes, haga memoria. ¿No se le ocurre alguna otra manera por la que haya podido contraer la enfermedad?

—No tengo fuerzas para discurrir. Se me fue la inteligencia. ¡Por amor de Dios, ayúdeme!

—Sí, le ayudaré. Le ayudaré a comprender cuál es su situación y de qué manera se metió en ella. Me gustaría que lo supiese antes que muera.

—Déme algo que me alivie este sufrimiento.

—Duele, ¿verdad? Sí, los colis solían chillar cuando se acerca el fin. Me imagino que es como un calambre.

—Sí, sí, es un calambre.

—Bien; por lo menos, me oye usted lo que le digo. ¡Escúcheme, pues! ¿No recuerda que ocurriera algo insólito o por lo menos singular, justo en el momento en que ha notado los síntomas?, ¿hace unos días tal vez?

—No, no; no creo haber recibido nada...

—Piénselo otra vez detenidamente.

—Estoy demasiado enfermo para pensar.

—Bien, yo le ayudaré. ¿No recibió usted nada por correo?

—¿Por correo?

—¿Un estuche, por ejemplo?

—¡Me voy a desmayar..., me muero!

—¡Escuche, Holmes! —se oyeron varias sacudidas, como se intentara despejar al moribundo a base de leves azotes, los cuales, me inquietaron hasta el punto de agarrarme a la cabecera de la cama para no moverme del sitio—. Es preciso que me oiga. Me oirá, quiera o no. ¿Recuerda un estuche, una especie de cofrecito de marfil? Llegó el miércoles. Usted tuvo forzosamente que abrirlo, ¿lo va recordando?

—Sí, sí, lo abrí. Tenía dentro un resorte en punta. Alguna broma...

—No era broma, como usted puede comprobar en estos momentos; ¡por mi vida que lo comprobará! ¡Estúpido! Usted se lo ganó a pulso y ahí tiene la conclusión. ¿Quién le pidió que se cruzara en mi camino? Si me hubiera dejado en paz, yo no le habría hecho ningún daño.

—Ahora recuerdo —jadeó Holmes—. ¡El resorte! Me hizo sangre. Es ese cofrecillo que hay encima de la mesa.

—¡Es mismo, sabe Dios! Y bien puede salir de esta habitación dentro de mi bolsillo. Y con ello desaparece hasta el más leve retazo de prueba en mi contra. Pero ahora ya sabe usted la verdad, Holmes, y ya puede morirse sabiendo quien ha sido el autor de su muerte. Sabía usted demasiado acerca de la muerte de Víctor Savage, y por tanto tuve que actuar para que usted corriera la misma suerte. Holmes está acabado, y muy cerca del fin. Voy a sentarme aquí, y le veré morir.

La voz de Holmes se había ido apagando hasta convertirse en un cuchicheo casi inaudible.

—¿Qué dice? —preguntó Smith—. ¿Qué dice..., que abra el gas? Ya. Me imagino que las sombras empiezan a envolverle, ¿no es así? Bueno, encenderé del todo el gas, y así podré presenciar su agonía —cruzó la habitación y la luz del gas se hizo de pronto muy viva—. ¿Qué otra cosilla puedo hacer en su favor, amigo mío?

—Darme un cigarrillo y una cerilla.

Estuve a punto de gritar de júbilo y de asombro. Holmes hablaba con voz natural, quizá un poco débil, pero era la voz que yo conocía. Hubo un largo silencio, y yo tenía la sensación de que Culverton Smith permanecía inmóvil y mudo de asombro, mirando a su interlocutor.

—¿Qué significa todo esto? —le oí preguntar finalmente, con voz seca y todo estridente.

—Significa que para representar un papel, no hay mejor fórmula que vivirlo intensamente —dijo Holmes—. Le aseguro que durante el espacio de tres días no he probado bocado alguno ni he bebido nada, excepto el vaso de agua que usted misma tuvo la amabilidad de servirme. Pero lo que mayor trabajo me ha costado es la abstinencia del tabaco. ¡Por fin, aquí hay algunos cigarrillos! —oí el raspado de una cerilla—. Así está mucho mejor. ¡Creo percibir unos pasos! Sí, efectivamente, son los pasos de un amigo, puedo reconocerlos.

Se oyeron pasos fuera, se abrió la puerta, y surgió el inspector Morton.

—Todo está en regla, y aquí tiene a su hombre —dijo Holmes.

El funcionario hizo las advertencias usuales, y agregó:

—Queda usted detenido bajo la acusación de haber asesinado a una persona llamada Víctor Savage.

—Y podía usted haber añadido…, y bajo la tentativa de asesinato de Sherlock Holmes —comentó mi amigo sonriendo—. Y ahora le diré, inspector, que el señor Culverton Smith, gentilmente colaboró con las autoridades, ahorrando el trabajo a uno inválido, aquí un servidor, y fue él mismo el que dio la señal, abriendo la llave del gas para iluminar la habitación. Por cierto, el detenido lleva en el bolsillo del lado derecho de su chaqueta, un estuche de marfil, y supongo que no tendrá inconveniente en dárselo. Gracias, yo, si fuese usted, lo manejaría con cautela. Lo puede colocar aquí. Será útil para el juicio.

De repente el señor Culverton se resistió a entregarse como si tal cosa, y hubo un forcejeo entre ambos, al que siguió un grito de dolor. El inspector dijo:

—Lo único que conseguirá usted es lastimarse. ¿Quiere permanecer tranquilo? —se oyó el ruido metálico de las esposas al cerrarse.

—¡Bonita trampa! —exclamó con tono de mofa una voz chillona—. Usted es el que se sentará en el banquillo de los acusados, usted y no yo. Usted me pidió auxilio para curarle y así lo hice, tanto que olvidé nuestras diferencias, y sintiendo caridad por usted vine a socorrerle. Y ahora mentirá, afirmando cuanto a él le venga en gana para corroborar sus infames sospechas. Puede usted mentir como guste, Holmes, porque mi palabra sigue siendo tan buena como la suya.

—¡Santo Dios! —exclamó Holmes—. Me había olvidado por completo de él. Querido Watson, le debo mil disculpas. ¡Y pensar que se me había pasado completamente por alto! No necesito presentar a míster Culverton Smith, porque tengo entendido que ya se han conocido esta misma tarde. ¿Tiene usted abajo el coche? Iré tras ustedes en cuanto me vista, porque es muy posible que les sea de utilidad en la Comisaría.

Mientras se arreglaba, se reconfortó Holmes con un vaso de clarete y algunos bizcochos.

—Nunca me ha sentado mejor un aperitivo. El ayuno al que me he sometido, ha sido desde luego un verdadero suplicio, y estos menesteres me están proporcionando en estos momentos un placer inexplicable; realmente lo estoy disfrutando como nadie. Era absolutamente esencial que mistress Hudson se sintiese afectada por la realidad de mi enfermedad, puesto que era ella la que tenía que producir en usted esa misma impresión, y usted, a su vez, en ese hombre. No se molestará usted por ello, ¿verdad, Watson? Supongo que será consciente que no es usted muy apto para disimular. Tiene usted infinidad de virtudes, pero hay que reconocer que como le digo, disimula muy mal. Por tanto, si usted hubiera sabido lo que me traía entre manos, no hubiera sido capaz de inmpresionar a Smith, y no hubiéramos llevado a cabo todo este teatro. Conociendo yo lo vengativo de su carácter, estaba completamente seguro de que él haría acto de presencia aquí, para recrearse con su obra.

—Pero ¿y su aspecto, Holmes; su rostro cadavérico?

—Tres días de ayuno absoluto no son como para que una persona pueda lucir belleza, Watson. Por lo demás, no hay nada para cuya curación no baste con una esponja. Con una capa de vaselina en la frente, belladona en los ojos, rojo en los pómulos y costras de cera de abeja alrededor de los labios, es posible conseguir una impresión muy satisfactoria. En varias ocasiones he pensado escribir una monografía sobre el tema de la simulación de enfermedades. En cuanto a la conversación, es lo más fácil. Disimular el delirio no es complicado, lo único que hace falta es hablar a intervalos de cosas tan absurdas como ostras, o de cualquier tema desconocido.

—Pero ¿por qué razón no me consintió que me acercase a usted, desde el momento en que no había ningún peligro de infección?

—¿Es posible que me lo pregunte, querido Watson? ¿Se imagina usted que yo no siento ningún respeto hacia sus conocimientos como médico?

En ningún caso y jamás he dudado de su astuto buen criterio, y no creo que pasaría por alto, por muy débil que pareciera, ninguna alteración en mi pulso y ninguna anomalía en cuanto a mi temperatura corporal. No sería difícil engañarle a usted a una distancia de cuatro metros, pero hubiera sido imposible engañarle si usted me hubiera reconocido atendiendo a un criterio médico. Y si no hubiera sido así, dudo mucho que Smith llegara hasta mi lecho. No, Watson, yo no quería que nadie tocase el cofrecito. Si usted lo mira de costado, verá el sitio en donde el agudo resorte tiene que saltar, lo mismo que el colmillo de una víbora, en el momento de abrirlo. Fue mediante algún dispositivo parecido, lo que le ocurrió al pobre Savage, que se interponía entre ese monstruo y la devolución de una propiedad. Ya sabe usted que yo recibo por correo una gran variedad de objetos y que tomo mis precauciones en cuanto a los paquetes que recibo. Sin embargo, comprendí claramente que si yo simulaba que ese hombre había conseguido el fin que se proponía, quizá lograse obtener de él por sorpresa una confesión. He llevado hasta el fin esta simulación con toda la minuciosidad de un verdadero artista. Gracias, Watson. Se lo digo porque tiene usted que ayudarme a ponerme la chaqueta. Creo que cuando hayamos terminado en la Comisaría no estará de más el que comamos en el restaurante de Simpson algún plato exquisito algo más nutritivo que estos bizcochitos.

6

La desaparición de lady Frances Carfax

¿Y por qué precisamente turco? —preguntó Sherlock Holmes, mirando fijamente a mis botas.

Yo estaba en aquel momento recostado en un sillón de respaldo de rejilla, y mis pies, que se dejaban entrever, habían atraído su atención.

—No, no; se trata de calzado inglés —contesté algo sorprendido—. Lo compré en Latimer's, de Oxford Street.

Holmes sonrió con acusada expresión de paciencia, y añadió:

—¡El baño! ¡Hablo del baño! ¿Por qué un baño turco que relaja y que además no es precisamente barato, es sustancialmente más saludable que cualquier otro?

—En mi caso lo he tomado, porque en estos últimos días me sentía sofocado y tenía dolores reumáticos. El baño turco es un remedio efectivo, y en medicina así está comprobado, que altera positivamente al organismo, y más que alterar, lo que hace es purificar; en otras palabras, es una forma de vitalizar nuestro sistema. Y por cierto, Holmes, estoy seguro de que la relación que pueda existir entre mis botas y un baño turco es cosa por completo evidente para alguien como usted, una persona de gran inteligencia, capaz de deducir relaciones difíciles de ver para otra persona a primera vista. Sin embargo, me gustaría que me explicara, una vez más, cómo ha sido capaz de encontrar esa relación.

—El encadenamiento de mi razonamiento no es muy complicado en este caso, Watson —dijo Holmes, con una chispa de malicia en los ojos—. Pertenece a la misma categoría elemental de deducciones de la que yo pondría un ejemplo si le preguntase con quién compartió usted esta mañana el coche.

—No admito que un nuevo ejemplo pueda considerarse como una explicación —le contesté con alguna aspereza.

—¡Bravo, Watson! Es una censura muy elocuente y lógica la que me hace. Responder con otra pregunta no me honra desde luego. Le explicaré mi razonamiento. Empecemos por el primero: el coche. Fíjese en que tiene algunas salpicaduras de barro en la manga y en el hombro izquierdo de su chaqueta. Si usted hubiese ido sentado en el centro de un «*hansom*» no tendría probablemente salpicaduras de barro, o de tenerlas las tendría, con seguridad, simétricas. Por consiguiente, no cabe duda de que usted iba sentado a uno de los lados. Igualmente resulta evidente que iba acompañado por alguien.

—En efecto, así es.

—Una completa mediocridad mi descubrimiento, ¿no es cierto?

—Pero ¿qué hay de las botas y el baño?

—Igualmente infantil. Usted tiene la costumbre de atarse las botas de una manera determinada. En esta ocasión, he observado que se las ha atado con un doble lazo algo complicado, lo cual, no es habitual en usted. Por consiguiente, usted se quitó las botas. ¿Quién se las ató? O bien fue un zapatero, o bien fue el botones de la casa de baños. Sería un poco raro pensar que haya acudido a una zapatería, porque sus botas están casi nuevas. ¿Qué nos queda entonces? El baño. ¿Verdad que parece ridículo? Sin embargo, a pesar de ello, el baño turco ha cumplido una finalidad.

—¿Cuál fue?

—Usted me acaba de decir que lo tomó porque necesitaba relajarse. Permítame que le apunte la idea de conseguir ese gusto. ¿Qué le parecería, mi querido Watson, un viaje a Lausanne, con billetes de primera y todos los gastos pagados como dos príncipes?

—¡Estupendo! ¿Por qué lo pregunta?

Holmes se recostó en su sillón, y sacó su libro de notas, diciéndome:

—Se trata de una mujer, una mujer que viene a ser la más inofensiva y que, sin embargo, se convierte inevitablemente en un incitante para el crimen en otras personas. Dispone de medios de fortuna suficientes para trasladarse de un país a otro y de un hotel a otro. Aunque también, se oculta con la misma frecuencia en un laberinto de sitios variopintos y casas de pensión. Mucho me temo que le haya ocurrido alguna desgracia a lady Frances Carfax.

Sentí alivio al verle descender súbitamente de los temas generales a uno concreto. Holmes consultó sus notas, y agregó:

—Lady Frances viene a ser la única superviviente de la descendencia directa del difunto conde de Rufton. Ya recordará usted que las propiedades pasaron a la línea masculina. Esa mujer quedó con recursos limitados, pero propietaria de algunas alhajas de plata española de antigua procedencia, y de un valor artístico incalculable. De la misma forma, heredó una cantidad específica de brillantes magistralmente tallados, los cuales tienen además un valor personal muy sentido. De hecho, se negó en rotundo dejarlos en depósito a su banquero, y los lleva siempre consigo. Esta lady Frances constituye una figura muy singular; es una mujer muy bella, todavía con los encantos de una edad mediana, y, sin embargo, ha venido a ser, por yo no sé qué extraña casualidad, el último resto del naufragio de lo que hace solo veinte años era una espléndida flota.

—¿Y qué es entonces lo que le ha ocurrido?

—¡Ah ¿Qué es lo que le ha ocurrido a lady Frances? ¿Vive o ha muerto? He ahí nuestro problema. Es mujer de costumbres infalibles y durante espacio de cuatro años, entre otras costumbres, ha estado en contacto, mediante el envío de cartas, con miss Dobney, una vieja institutriz, retirada desde hace mucho tiempo y que reside en Camberwell. Esta mujer, miss Dobney es precisamente la que me ha consultado el tema. Lleva cinco semanas sin recibir de ella ninguna noticia. La última carta estaba escrita en el hotel National, de Lausanne. Y lo que parece es que lady Frances se ausentó de allí sin dejar dirección alguna. La familia se muestra muy preocupada y, como son gente extraordinariamente rica, están dispuestos a no reparar en ningún gasto si logramos esclarecer el asunto.

—¿No hay otra fuente de información aparte de miss Dobney? Con seguridad que tendría otros corresponsales.

—Hay uno cuyos datos no fallan, Watson. Su Banco. Las señoras solas tienen que vivir, y sus cuentas corrientes bancarias son como diarios abreviados de su vida. El banco de esa señora es el de Sylvester. He repasado su cuenta. El penúltimo cheque fue para pagar la cuenta del hotel en Lausanne, pero era por una cantidad importante, y es probable que pagara el resto en mano. Después, no se ha girado más que un cheque.

—¿A quién y dónde?

—A miss Marie Devine. No existe dato alguno que permita concretar dónde fue extendido. Se cobró en el Crédit Lyonnais de Montpellier hará menos de tres semanas. La cantidad fue de cincuenta libras.

—¿Y quién es esta miss Marie Devine?

—También lo he investigado. Miss Marie Devine era la doncella de lady Frances Carfax. No hemos podido concretar todavía qué razón tuvo para extender a su favor ese cheque. Pero no me cabe duda de que las pesquisas que haga usted lo pondrán muy pronto en claro.

—¡Las pesquisas que haga yo!

—Durante su excursión a Lausanne por razones de salud. Ya sabe usted que no es posible que yo me ausente de Londres mientras el viejo Abrahams sienta un terror tan mortal como de ser asesinado. Además, en general, es mucho mejor y más prudente que yo no abandone el país. Scotland Yard creo que me necesita y en mi humilde opinión, entre otras cosas porque últimamente hay una enorme expectación en un ambiente de crimen muy sospechoso. Vaya, pues, usted, mi querido Watson, y si mi humilde consejo puede serle útil, ya sabe que por dos peniques por palabra, puede utilizar el telégrafo para ponerse en contacto conmigo.

* * *

Dos días después me encontraba yo en el hotel National de Lausanne, donde era objeto de toda clase de cortesías por parte de míster Moser, el distinguido gerente del hotel. Según él me informó, lady Frances había residido allí por espacio de varias semanas. Había acaparado durante su estancia, toda la atención de la gente de allí, y tuvo una muy buena acogida por todo el mundo. Su edad rondaba los cuarenta años. Seguía siendo hermosa, y debió, sin duda, de ser en su juventud una mujer realmente atractiva. Míster Moser desconocía su patrimonio, e ignoraba completamente que ella fuera propietaria de unas joyas tan valoradas. De lo que sí se percató, gracias a la servidumbre doméstica que trabajaba allí, es que el baúl de la señora, que tuvo en el hotel durante su estancia, estuvo en todo momento misteriosamente cerrado. En cuanto a la señorita Marie Devine, doncella de lady Frances, gozaba de las mismas simpatías que su señora. Estaba comprometida con uno de los jefes de camareros del hotel, y no hubo dificultad alguna en conseguir su dirección. Era la siguiente: número 11, *rue* de Trajan, Montpellier. Con toda la información, puse todo por escrito, convencido de la importancia que tiene la disciplina de ir confeccionando un diario para todo mi cometido.

Había en la súbita desaparición, un gran misterio. Ninguno de los datos con los que contaba podía explicar la marcha rápida de aquella dama. Vivía muy feliz en Lausanne. Existían toda clase de razones para creer que tenía el propósito de permanecer durante mucho más tiempo en sus lujosas habitaciones, desde las que se divisaba el lago. Y, sin embargo, se había ausentado dando aviso con un único día de anticipación, lo que le acarreó el inútil gasto de una semana de alquiler. Únicamente Jules Vibart, el novio de aquella doncella, fue capaz de apuntar una posible razón, al relacionar lo súbito de aquella marcha con la llegada al hotel, un par de días antes, de un hombre alto, moreno, barbudo. «*Un sauvage; un veritable sauvage*», exclamó Jules Vibart. Aquel hombre se alojaba en algún otro lugar de la ciudad. Fue visto mientras hablaba con gran entusiasmo con la señora, mientras paseaban por el lago. Después, fue de visita al hotel, pero la señora se negó a recibirle. Se trataba de un inglés, pero no quedó registrado su nombre. La señora abandonó el hotel inmediatamente después. Jules Vibart, y lo que era más importante, la novia de Jules Vibart, creían que aquella visita y la marcha del hotel no eran únicamente una simple coincidencia, aunque desconocían el motivo.

Así acabó el primer capítulo de mis investigaciones. El segundo estuvo orientado a averiguar el paradero desconocido al que se dirigió lady Frances Carfax cuando se ausentó de Laussane. Esa desaparición era un misterio y venía a confirmar la idea de que se había marchado con el propósito de lograr que alguien perdiese su rastro. De no ser así, ¿por qué razón no había consentido que se pusiese en la etiqueta de su equipaje el nombre de Baden? Tanto ella como el equipaje llegaron al balneario renano dando un rodeo. Aquel destino lo averigüé por medio del gerente de la oficina local de Cook. Marché, pues, a Baden, después de enviar a Holmes un relato de todo lo que había descubierto y de recibir en contestación un telegrama con un elogio con tintes humorísticos.

No me fue difícil seguir en Baden su pista. Lady Frances había permanecido por espacio de dos semanas en el Englischer Hof. Estando allí había trabado relación con un misionero que procedía de Suramérica, el doctor Shlesinger, y con su señora. Al igual que les ocurre a muchas solteras, lady Frances buscaba consuelo y morada en la vida espiritual y la religión. Se sintió profundamente impresionada por la notable personalidad del doctor Shlessinger, y por el hecho de que estuviese convaleciendo de una enfermedad contraída en el ejercicio de sus deberes apostólicos. Había ayudado a mistress Shlessinger a cuidar de aquel misionero, ahora convaleciente. Éste se pasaba el día, según el gerente, tendido en una meridiana en la terraza, teniendo a cada lado a una dama que se ocupaba de él. Trabajaba en preparar un mapa de Tierra Santa, haciendo referencia especial del reino de los madianitas, acerca del cual estaba escribiendo un estudio. Finalmente, gracias a la mejora de su salud y a una grata recuperación, él y su esposa regresaron a Londres, y lady Frances les acompañó en el viaje. Eso ocurrió hacía tres semanas, y el gerente no había vuelto a saber nada. En cuanto a Marie, la doncella, se había marchado algunos días antes hecha un torrente de lágrimas, después de informar a las otras doncellas del hotel de que no volvería a servir a nadie. Antes de ausentarse, el doctor Shlessinger había pagado las facturas de todos.

—A propósito —me dijo el dueño del hotel, antes de terminar la conversación—, no es usted el único amigo de lady Frances Carfax que se ha interesado últimamente por su paradero. Hará más o menos una semana que se acercó por aquí un individuo con ese mismo objeto.

—¿Se identificó con su nombre? —le pregunté.

—No; pero creo que era inglés, aunque de un tipo poco corriente.

—¿Una especie de salvaje? —pregunté, atando cabos.

—Exactamente. Ese calificativo retrata perfectamente su apariencia. Era un individuo corpulento, barbudo, que causa la impresión de que se encontraría mejor en un lugar diferente, como una granja turística en vez de un hotel elegante. Me pareció incluso un hombre de gran dureza e impetuoso, nada recomendable para provocar una ofensa.

Empezaba ya a definirse el misterio; de la misma manera que se van viendo más claras las figuras cuando se levanta la niebla, así se presentaba el panorama. Teníamos una señora respetable perseguida de ciudad en ciudad por un individuo de un perfil siniestro e implacable. Ella le temía, pues, de otro modo no habría huido de Lausanne. Él insistió en su persecución y, más pronto o más tarde, daría con ella. ¿Habría dado ya con su paradero? ¿Era ese el secreto de su prolongado silencio? ¿No eran capaces aquellas buenas personas que la acompañaban de defenderla de la violencia o del chantaje de este otro individuo? ¿Qué horrible propósito, qué complicado cálculo se ocultaba tras aquella persecución tan larga? Ése era el problema que yo tenía que resolver.

Escribí a Holmes explicándole la rapidez y la seguridad con que había sabido llegar a la raíz del problema. Su contestación fue un telegrama en el que me pedía que le describiese cómo era la oreja izquierda del doctor Shlessinger. La idea que Holmes tiene acerca del humor es particular, sorprendente, y, en ocasiones, molesta. Así que me hice el desentendido ante aquel chiste tan poco apropiado para el momento. Más aún, yo me encontraba ya en Montpellier, lugar al que me había dirigido en busca de la doncella Marie, cuando me llegó el telegrama en cuestión.

No tuve dificultad alguna en dar con la antigua criada, y de enterarme de todo cuando ella supo decirme. Era una mujer abnegada, y si se había apartado de su señora había sido porque estaba segura de que la dejaba en buenas manos, y porque la separación era de todos modos inevitable teniendo en cuenta su propia boda inminente. Me confesó con dolor que su señora había dado muestras de cierta irritabilidad de temperamento durante su estancia en Baden, y que en cierta ocasión había llegado incluso a someterla a un interrogatorio, como si sospechase de su honradez.

Por aquella razón, aquel ligazón de antes, se había quebrado un poco, de tal manera que su separación no fue tan dolorosa como debía haber sido. Lady Frances le había regalado cincuenta libras como obsequio de boda. Marie, al igual que yo, miraba con profundo resentimiento al desconocido que había obligado a su señora a ausentarse de Lausanne. Ella le había visto con sus propios ojos en el paseo público, a orillas del lago, agarrar a su señora por la muñeca con gran violencia. Era un hombre de aspecto feroz y terrible. Creí que si lady Frances había aceptado el que los Shlessinger la acompañasen a Londres había sido por miedo a aquel hombre. Lady Frances no había hablado nunca del asunto a su doncella, pero ella había llegado a la conclusión de que su señora vivía en un estado permanente de tensión y de nervios. Había llegado hasta ese punto en su narración, cuando súbitamente, saltó de la silla y exclamó, con el rostro desencajado de sorpresa y de temor:

—¡Fíjese! ¡Esa mala persona la persigue todavía! Ahí tiene al hombre mismo del que le estaba hablando.

Por la ventana abierta de la sala pude ver a un hombre corpulento y asalvajado, de revuelta barba negra, que paseaba lentamente por el centro de la calle, examinando con gran atención la numeración de las casas. Era evidente que él, lo mismo que yo, venía siguiendo la pista de la doncella. Me dejé llevar por el impulso del momento, salí corriendo y me acerqué a él, diciéndole:

—Usted es inglés.

—¿Y a usted que le importa? —me contestó.

—¿Me podría usted decir cómo se llama?

—No, no quiero decírselo —me respondió, muy resuelto.

La situación era embarazosa, pero, a veces, el camino directo es el mejor.

—¿Dónde se encuentra lady Frances Carfax? —le pregunté.

Se me quedó mirando atónito.

—¿Qué ha hecho usted de ella? ¿Por qué la viene persiguiendo? ¡Insisto en que me conteste! —le dije.

Aquel individuo dejó escapar un bramido de furor y saltó sobre mí lo mismo que un tigre. Yo he sabido defender mi terreno en muchos combates, pero aquel hombre tenía una garra de hierro y el furor de un demonio. Me apretaba la garganta, y ya estaba yo a punto de perder el conocimiento, cuando surgió de una taberna que había enfrente un obrero francés mal afeitado, vestido con camisa azul, empuñando una garrota, y asestó a mi asaltante un golpe fuerte en el antebrazo, que le obligó a soltar su presa. Permaneció unos momentos bufando de ira, dudando aún de si no debería reanudar su agresión. Y entonces, mirándome con una mueca de rabia, se alejó de mí, y penetró en la casita de la que yo acababa de salir. Me volví para dar las gracias a mi salvador, que permanecía junto a mí, en la calzada y que me dijo:

—Bien, Watson. ¡Vaya lío que ha armado usted! Estoy creyendo que lo mejor que podría hacer es regresar conmigo a Londres en el expreso de la noche.

Una hora después, Sherlock Holmes, con su vestimenta y estilo habitual, se hallaba sentado en mi habitación particular del hotel. La explicación que me dio de su aparición tan súbita y oportuna fue la simplicidad misma. Al gozar ya de cierta libertad para ausentarse de Londres, decidió salir a mi encuentro en la población a la que parecía evidente que yo me iba a trasladar. Permaneció esperando para que yo apareciese, aunque antes se disfrazó, intentando imitar a un obrero de la zona.

—La verdad es, mi querido Watson, que ha llevado usted a cabo una investigación que ha rayado toda ella a gran altura. De momento, no me siento capaz de recordar ninguna tontería que usted haya dejado de hacer. Lo que ha conseguido como resultado de sus procedimientos ha sido dar la alarma por todas partes sin haber logrado descubrir nada.

—Es muy posible que usted no lo hubiese hecho mejor —le contesté con recelo.

—Aquí no hay lugar para un *es posible,*porque, en efecto, lo he hecho mejor. Tenemos de compañero de usted en este hotel al honorable Philip Green, y quizá él, nos sirva de punto de arranque para lanzarnos a una investigación que tenga más éxito. Aquí está él de nuevo.

Habían subido en una bandeja una tarjeta y a la tarjeta siguió el mismo rufián barbudo que me había atacado en la calle. Pegó un respingo cuando me vio, preguntando:

—¿Qué significa esto, míster Holmes? Recibí su tarjeta y he acudido. Pero ¿qué tiene que ver ese hombre en este asunto?

—Es mi viejo amigo y asociado, el doctor Watson, que colabora con nosotros en este asunto.

El desconocido me tendió su manaza curtida por el sol, con algunas frases de disculpa.

—Espero no haberle provocado ningún daño. Cuando usted me acusó de haber hecho algún perjuicio a esa mujer, perdí el control de mí mismo. La verdad es que llevo algún tiempo en el que no soy un ser responsable. Mis nervios están tensos como alambres. Pero es que la situación me sobrepasa, y estoy nervioso. Lo que yo quisiera saber en primer lugar, míster Holmes, es cómo diablos ha llegado usted a enterarse de mi existencia.

—Mantengo relación con miss Dobney, la que fue institutriz de lady Frances.

—¡Ya! ¡Aquella encantadora Susan, la de la cofia! La recuerdo bien.

—Y ella le recuerda a usted. Fue antaño, antes que usted se decidiese a marchar a Suráfrica.

—Bueno, ya veo que usted conoce toda mi historia. No tengo por qué ocultarle nada. Le juro, míster Holmes, que no hubo jamás en este mundo hombre que amase a una mujer con un amor más sincero que el que yo sentía por Frances. Yo era un mozalbete impulsivo e inconsciente, lo sé; pero el alma de ella era de gran pureza, limpia, transparente. No era capaz de soportar ningún ápice de rudeza. Así que, cuando se enteró de las cosas que yo había hecho, no quiso tener ya el menor trato conmigo. Y, sin embargo, ella me amaba..., ahí tienen ustedes lo asombroso del caso; me amaba lo bastante para permanecer soltera, únicamente por amor a mí, durante todos los santos días de su vida. Pasaron los años, yo me hice rico en Barberton, y entonces pensé que quizá podría dar con su paradero para tranquilizar su ánimo. Me enteré de que seguía soltera. Y cuando topé con ella en Lausanne, hice todo cuanto estuvo en mi mano. Creo que ella empezó a suavizarse, pero es mujer de firme voluntad, y cuando volví a visitarla había desaparecido de la ciudad. Le seguí la pista hasta Baden y supe posteriormente que estaba aquí su doncella. Yo soy hombre rudo, y cuando el doctor Watson me habló de aquella manera, perdí por un momento el dominio de mí mismo. Pero díganme, por amor de Dios, qué ha sido de lady Frances?

—Eso es lo que nos hemos propuesto descubrir —contestó mi amigo con gravedad—. ¿Quiere darme su dirección en Londres, míster Green?

—Basta que se dirijan al hotel Langham.

—¿Me permite entonces que le recomiende que regrese allí y que esté a mano por si tuviésemos necesidad de usted? No deseo fomentar falsas esperanzas, pero puede usted tener la seguridad de que se hará todo cuanto humanamente sea posible hacer para que nada le ocurra a lady Frances. Nada más puedo decir por el momento. Le dejo esta tarjeta a fin de que pueda mantenerse en contacto con nosotros. Y ahora, Watson, si quiere usted hacer su maleta, yo telegrafiaré a mistress Hudson para que nos espere mañana y así tenga bien repleta la despensa para servir a dos hambrientos viajeros, que regresarán mañana a las siete y media.

* * *

Cuando llegamos a nuestras habitaciones de Baker Street nos esperaba un telegrama que Holmes leyó lanzando una exclamación de interés, y que luego me tiró hasta donde yo estaba. Procedía el telegrama de Baden, y su texto era: «Con una muesca o desgarrón.»

—¿Qué quiere decir esto? —le pregunté.

—Lo quiere decir todo —me contestó Holmes—. Recordará usted aquella pregunta sin importancia aparente que yo le hacía respecto a la oreja izquierda de este sacerdotal caballero. Usted no contestó a ella.

—Me había marchado ya de Baden y no podía averiguarlo.

—Exactamente, y por eso envié otro telegrama duplicado al gerente del Englischer Hof, y ésta es su respuesta.

—¿Qué es lo que se dice en ella?

—Nos descubre, mi querido Watson, que tenemos que hacer frente a un hombre terriblemente astuto y peligroso. El reverendo doctor Shlessinger, misionero de Suramérica, no es otro que el *Santo Peter,* uno de los granujas con menos escrúpulos que ha cometido gran cantidad de fechorías en Australia. Su habilidad particular consiste en seducir a mujeres solteras y viudas, valiéndose de sus sentimientos caritativos y sus necesidades espirituales al lado de los religiosos. La que aparece como su esposa es una inglesa, cuyo verdadero apellido es Fraser y colaboradora suya. La índole de sus tácticas me hicieron sospechar de la verdadera personalidad del personaje, y el detalle de la oreja, característica esencial para reconocerle, se lo produjeron de un mordisco en una riña ocurrida en un establecimiento de bebidas de Adelaida. Esta pobre mujer se encuentra en un fatal peligro, a manos de tan infernal pareja, que no se detendrá ante nada. Es una suposición muy probable la de que esté ya muerta. Caso contrario, la tienen reducida a confinamiento y por ello, no puede escribir ni a miss Dobney ni a sus otras amistades? Existe además la posibilidad que ni siquiera haya llegado a Londres, o que haya estado de paso, si bien lo primero es improbable, porque no resulta cosa fácil para los extranjeros hacerle ninguna jugarreta a las autoridades internacionales; y también la última suposición resulta inverosímil, porque ¿dónde van a encontrar estos canallas otro lugar más propicio para retener a una persona, privándola de la libertad de movimientos? Todas las sospechas se inclinan a que ella se encuentra en Londres; pero como por ahora no disponemos de información suficiente como para afirmar categóricamente su secuestro en la capital, únicamente nos queda seguir buscando pistas con el propósito de aglutinar cuanto antes hipótesis más certeras. Más tarde me iré dando un paseo hasta Scotland Yard y charlaré con mi amigo Lestrade.

Pero ni la Policía oficial, ni siquiera la reducida aunque eficaz organización de Holmes, consiguieron esclarecer el misterio. Las tres personas a las que nosotros buscábamos habían desaparecido entre los infinitos habitantes londinenses igual que si nunca hubieran existido. Se publicaron anuncios y fracasaron. Se siguieron pistas, que desembocaron en nada. Se registraron infructuosamente todos los focos de alto grado de criminalidad del entorno de Shlessinger, y no se consiguió nada. Se puso vigilancia a sus antiguos cómplices, pero éstos evitaron todo contacto con él. Y, de pronto, tras una semana de espera que pareció eterna, apareció una pista. En la casa de Bevington, de Westminster Road, fue empeñado un pendiente con un pequeño esbozo, muy tradicional en la orfebrería española. El que lo empeñó era un individuo muy grande, completamente afeitado, y con un particular estilo, como si fuera un clérigo. Se acreditó debidamente, dando nombre, apellidos y dirección, todos falsos. El prestamista no se había fijado en la oreja, pero la descripción correspondía sin duda a Shlessinger.

Por tres veces había venido en busca de noticias nuestro barbudo amigo de Langham, y la última vez, cuando aún no había transcurrido una hora de aquella novedad, vino de nuevo. Llevaba ropas cómodas y anchas, le holgaban mucho de su cuerpo voluminoso, y en su cara, se pudo apreciar una expresión de impaciencia. «¡Si por lo menos me encargasen ustedes hacer algo!» Ésta era su queja constante. Holmes podía por fin complacerle.

—Ha empezado a empeñar las joyas. Ahora conseguiremos apoderarnos de él.

—¿Quiere decir que lady Frances ha sufrido algún daño?

Holmes movió la cabeza con mucha gravedad.

—Suponiendo que ha estado confinada hasta ahora, es evidente que no les es posible devolverle su libertad sin acarrear con ello su propia ruina. Tenemos que prepararnos para lo peor.

—¿Y qué puedo hacer yo?

—¿Le conoce a usted de vista esa gente?

—No.

—Pudiera ser que en adelante operasen con otro prestamista. En tal caso tendríamos que volver a empezar. Por otra parte, el prestamista actual ha pagado una buena cantidad de dinero, estando al margen de otras preguntas y curiosidades, así que si necesita dinero contante, es probable que vuelva a esa casa de Bevington. Yo le daré a usted una carta para estos señores y éstos le permitirán que monte guardia dentro de su establecimiento. Si acude el individuo, usted le seguirá hasta su casa. Pero no hay que cometer ninguna indiscreción y, sobre todo, no hay que recurrir a la violencia. Si no se compromete a lo establecido, por su honor y su amada, le aconsejo que no se involucre en la investigación. ¿Queda lo suficientemente claro? —El hombre aprobó.

El honorable Philip Green —digamos de paso que era hijo del célebre almirante de ese nombre que mandó durante la guerra de Crimea la flota del mar de Azof— no nos trajo noticia alguna por espacio de dos días. Al atardecer del tercer día, entró corriendo en nuestra habitación, pálido, tembloroso, lleno de emoción hasta límites insospechados, y gritó:

—¡Ya es nuestro! ¡Ya es nuestro!

Era tal su agitación que no lograba expresar con coherencia sus ideas. Holmes le extendió su mano con ánimo de tranquilizarle y le refirió algunas palabras con el mismo propósito, diciéndole:

—Bueno, dígamos ahora lo que ha descubierto.

—Ella vino hará solo una hora. En esta ocasión fue la mujer, pero el pendiente que trajo era el de la otra oreja. Es una mujer alta, pálida, con ojos de hurona.

—¡Ella misma! —exclamó Holmes.

—Después de salir de la casa de empeño, la seguí, caminando hasta Kennigton Road y allí me mantuve a sus espaldas. De pronto se metió en una tienda. Míster Holmes, pero era muy extraño, señor, se metió en una funeraria.

Mi compañero pegó un respingo.

—¿Y qué? —preguntó inquieto, y así lo delataba su tono de voz, como anhelante de alguna noticia más esclarecedora.

—Hablaba a la mujer que atendía detrás del mostrador. Yo también entré y le oí decir a ella: «Es tarde», o alguna otra frase en este sentido. La de la tienda se disculpó diciendo: «Lo hubieran traído ya de ser de medidas corrientes, pero va a llevar más tiempo me temo, sus medidas no son precisamente ordinarias. Las mujeres dejaron de hablar, y de repente me miraron. Fue entonces cuando intenté preguntar algunos datos.

—Lo hizo usted fenomenal. ¿Qué ocurrió luego?

—Salió la mujer, pero yo me había escondido en un portal. Ella advirtió algo, en mi opinión, porque miró a su alrededor, y luego llamó a un coche y se metió en él. Tuve la buena suerte de conseguir otro coche y la seguí. Se apeó, por último, en el número treinta y seis de Poulney Square, en Brixton. Yo pasé por delante, dejé mi coche en la esquina de la plaza y me puse a vigilar la casa.

—¿Vio usted a alguien?

—Todas las ventanas estaban a oscuras, con excepción de una de la planta baja, pero tenía bajada la cortinilla y no pude divisar nada. Estaba yo allí, preguntándome qué debería hacer a continuación, cuando se detuvo ante la puerta un camión cerrado en el que iban dos hombres. Se apearon, sacaron un extraño artículo del mismo y lo colocaron en el escalón superior de la puerta del vestíbulo. Míster Holmes, creo que se trataba de una caja fúnebre.

—¡Ah!

—Estuve a punto de precipitarme dentro de la casa. Habían abierto la puerta para que entrasen los hombres con su carga. Era aquella mujer la que había abierto la puerta, pero creo que me reconoció desafortunadamente. Al percatarse, a mi entender, hizo un movimiento extraño y desapareció, cerró la puerta de un fuerte golpe y no volví a percatarme de su presencia. Me acordé de usted y aquí me tiene.

—Ha hecho usted un trabajo excelente —dijo Holmes, a medida que escribía algunas notas en una cuartilla de papel—. No podemos operar dentro de la ley sin un mandamiento, y el mejor servicio que puede usted hacer a la causa es llevar esta carta a las autoridades y conseguir uno. Quizá tropiece con alguna dificultad, pero yo creo que debería bastar con la venta de las joyas. Lestrade se cuidará de todos los detalles.

—Pero, mientras tanto, ellos pueden asesinarla. ¿Qué significado pude tener la caja de muerto y a quién puede estar destinada si no es a ella?

—Míster Green, nosotros haremos todo lo que esté de nuestra parte. No perderemos ni un instante. Déjelo en nuestras manos. Y ahora, Watson —agregó, al ver que nuestro cliente se alejaba a toda prisa—, él pondrá en funcionamiento otras cosas indispensables. Nosotros, por otro lado, intentaremos esforzarnos todo lo que podamos; y debemos seguir nuestra propia línea de acción. Yo veo la situación tan desesperada que justifica los procedimientos más extremos. No podemos perder un instante en dirigirnos a Poulney Square.

Cuando pasábamos a toda velocidad con los caballos por delante del edificio del Parlamento y por los alrededores de Westminster, Holmes, al mismo tiempo me comentó una serie de cosas:

—Tratemos de reconstruir la situación. Estos canallas, mediante un sucio engaño, han conseguido traer hasta Londres, a esta desdichada mujer, después de apartarla de su fiel doncella. Si ha escrito alguna carta, ellos la han interceptado. Alquilaron, valiéndose de algún cómplice una casa amueblada. Una vez dentro, ella se encuentra secuestrada e inmovilizada, y al mismo tiempo se han apoderado de sus valiosas joyas, que constituían desde el primer momento su finalidad. Han empezado ya a vender una parte de las mismas, lo cual, piensan que no habrá obstáculo alguno para vender el resto, puesto que carecen de razones para pensar que alguien se interesa en la suerte de la dama. Es obvio, que saben perfectamente que cuando liberen a esta mujer, no tendría escrúpulos para hacer una denuncia. Por tanto, la dama no puede recobrar la libertad. Pero tampoco pueden mantenerla eternamente bajo llave y cerrojo. De modo, pues, que la única solución que tienen es la del asesinato.

—El razonamiento parece muy claro.

—Vamos ahora a seguir otro tipo de razonamiento, Watson, cuando se toman en cuenta dos tipos de razonamientos aparentemente antagónicos, hay que acudir al consenso, y por tanto, buscar un tercero en un punto de intersección, en el que ambos se aproximan a la verdad. Procederemos ahora partiendo, no de la dama, sino del féretro, y argumentaremos hacia atrás. El incidente demuestra, mucho me temo, que esa dama ha muerto. Parece también que se la enterrará con todas las de la ley, con certificado médico y demás comprobantes oficiales. Si la dama hubiese sido asesinada espontáneamente, hubiera sido enterrada de una forma brutal, en un hoyo abierto en el jardín de la parte trasera de la casa o algo parecido. Sin embargo, aquí todo ocurre de una manera natural y normal. ¿Qué quiere decir todo esto? Desde luego, que han provocado su fallecimiento, pero de una manera muy premeditada; incluso han llegado a engañar al médico, simulando una muerte natural. Se trata, tal vez, de un envenenamiento. Sin embargo, ¡qué extraño resulta que la hayan dejado examinar por un médico, a menos que éste sea un cómplice, cosa que resulta muy difícil de creer!

—¿Y no habrán podido falsificar un certificado médico?

—Todo es peligroso, Watson, muy peligroso. No, no creo que hayan hecho semejante cosa. ¡Pare, cochero! Esta es seguramente la agencia del empresario de pompas fúnebres, porque acabamos de cruzar por delante de la casa de préstamos. ¿Quiere usted entrar, Watson? Su apariencia despierta confianza. Pregunte a qué hora será mañana el entierro de Poulney Square.

La señora del mostrador me contestó sin vacilar que era a las ocho de la mañana.

—Ya ve usted, Watson, que la cosa no tiene misterio y que todo está en perfecta regla. De un modo u otro, ellos han cumplido con la formalidad oficial y los documentos legales, y están convencidos de que poco tienen que temer. Bien, no queda otro recurso que el de un ataque frontal. ¿Va usted armado?

—Llevo mi bastón.

—Bueno, bueno, nos bastará con ello. «Va tres veces armado quien lucha por una causa justa.» Nos es absolutamente imposible esperar a la Policía o mantenernos dentro de los límites inquebrantables de la ley. Cochero, puede marcharse. Y ahora, Watson, confiemos en nuestra buena estrella, de la misma manera que lo hemos hecho ya en otras ocasiones.

Holmes había llamado con gran firmeza a la puerta de una gran casa oscura que ocupaba el centro de una manzana de Poulney Square. Abrieron inmediatamente y sobre el fondo del vestíbulo débilmente iluminado se dibujó la silueta de una mujer alta.

—¿Qué quieren ustedes? —preguntó con aspereza, mirándonos a través de la oscuridad.

—Quiero hablar con el doctor Shlessinger —dijo Holmes.

—Aquí no vive semejante persona —contestó ella, e intentó cerrar la puerta; pero Holmes había interpuesto su pie.

—Bueno, yo quiero ver al hombre que vive en esta casa, y me es exactamente indiferente cómo se llame —señaló Holmes en un tono grave, sereno y con absoluta firmeza.

Ella titubeó, pero de pronto abrió la puerta de par en par y exclamó:

—Bueno, entren ustedes. Mi marido no se asusta de dar la cara a ningún hombre del mundo.

Cerró la puerta a nuestra espalda y nos introdujo en una sala que había a mano derecha del vestíbulo. Al retirarse encendió del todo la llave para iluminar la habitación, y añadió:

—Míster Peters estará aquí dentro de un momento.

Sus palabras resultaron sorprendentemente bien acopladas a la realidad, porque apenas tuvimos tiempo de echar una ojeada por la polvorienta y carcomida habitación, cuando vimos abrirse la puerta y entrar con paso resuelto un hombre corpulento, completamente afeitado y calvo. Su cara era muy ancha y rubicunda, de mejillas colgantes, y tenía un aspecto aperentemente bondadoso a flor de piel, pero con una boca cruel y maligna que borraba esa impresión.

—Caballeros, seguramente que aquí existe algún error —dijo con voz forzada—. Creo que les han debido de dar mal la dirección. Es posible que si preguntasen en otras casas de esta misma calle...

—Basta; no tenemos tiempo que perder —le interrumpió con energía mi compañero—. Usted es Henry Peters, de Adelaida, el mismo que era últimamente el reverendo doctor Shlessinger, de Baden y de Suramérica. Estoy tan seguro de ello como que me llamo Sherlock Holmes.

Peters, como así voy a denominarle de aquí en adelante, dio un respingo y se quedó mirando fijamente a su formidable perseguidor. Luego contestó con frialdad:

—Míster Holmes, esté seguro de que su nombre no me asusta. Cuando la conciencia de una persona está tranquila, no hay manera de hacerle temblar. ¿Qué es lo que desea?

—Quiero saber lo que ha hecho usted de lady Frances Carfax, a la que se trajo engañada desde Baden.

—Me daría usted un gran placer si pudiera enterarme del paradero de esa señora —contestó fríamente Peters—. Esa señora tiene que pagarme una factura de cerca de un centenar de libras y lo único que dispongo para compensar semejante deuda, es un par de pendientes de pacotilla sobre los que el prendero no quiere ni echar un vistazo. Esa mujer se nos pegó a mi esposa y a mí en Baden..., es cierto que en aquel entonces empleaba yo otro nombre, y no hubo modo de esquivar su infatigable presencia durante toda la instancia hasta llegar a Londres. Le pagué la factura del hotel y el billete. Una vez en Londres, nos eludió con facilidad, y como le he dicho, nos dejó en pago de su deuda estas alhajas anticuadas. Míster Holmes, si usted da con ella, quedaré como deudor suyo.

—Estoy resuelto a dar con ella —dijo Sherlock Holmes—. Voy a recorrer esta casa de arriba abajo hasta encontrarla.

—¿Dónde tiene usted la orden de registro?

Holmes sacó a medias del bolsillo su revólver.

—Tendrá que servir éste hasta que llegue otro mejor.

—Pero ¡entonces usted es un vulgar asaltador de hogares!

—Puede usted llamarme así —contestó Holmes—. También mi compañero es un bergante peligroso. Y él y yo vamos a revisar su casa.

Nuestro adversario abrió la puerta y dijo:

—Annie, ve a llamar a un policía.

Oímos por el pasillo un runruneo de faldas de mujer y la puerta de la calle se abrió y se cerró.

—Watson, tenemos muy poco tiempo —dijo Holmes—. Oiga, Peters, si usted intenta estorbarnos, puede estar seguro de que resultará herido. ¿Dónde está la caja de muerto que han traído a esta casa?

—¿Para qué quiere usted esa caja? No vale la pena, porque dentro de ella hay un cadáver.

—Es preciso que yo vea ese cadáver.

—Eso no será con mi consentimiento.

Holmes, con rápida acción, empujó a un lado al individuo y salió al vestíbulo. Frente a nosotros había una puerta a medio abrir. Entramos en aquella habitación. Era el comedor. Encima de la mesa y debajo de un candelabro a medio encender, se hallaba el féretro. Holmes abrió por completo la llave del gas y alzó la tapa de la caja. Allá, muy al fondo de ésta, yacía una figura enjuta. El resplandor de las luces del candelabro se proyectó sobre la cara de una mujer anciana y ajada. Aquella ruina no podía en modo alguno ser la todavía hermosa lady Frances, aunque la hubiesen sometido a cualquier procedimiento de crueldad, hambre o enfermedad. El rostro de Holmes dejó ver su expresión de asombro y también de alivio.

—¡Gracias a Dios! —murmuró—. No es ella.

—Míster Sherlock Holmes, por una vez al menos ha cometido usted un feo error —dijo Peters, que nos había seguido al interior de la habitación.

—¿Quién es la muerta?

—Puesto que no hay más remedio que decírselo, sepa usted que es la vieja niñera de mi esposa y que se llama Rose Spender, a la que descubrimos en la enfermería del asilo de Brixton. La trajimos a casa, llamamos al doctor Horsom, del número trece de Firdank Villas (míster Holmes, no olvide de tomar esa dirección), y ha sido cuidada cariñosamente como se hace entre cristianos. Al tercer día falleció, el certificado dice que de flaqueza senil; pero, como es natural, esa es la opinión del médico, porque usted sabe más que él. Encargamos el funeral a la casa Stimpson y compañía, de Kennington Road, que procederá a enterrarla a las ocho de la mañana. ¿Ve usted en todo ello alguna cosa sospechosa, míster Holmes? Ha cometido usted una torpeza estúpida y lo mejor sería que lo reconociese. Pagaría cualquier cosa por una fotografía de su cara boquiabierta y atónita cuando levantó la tapa del féretro esperando ver a lady Frances Carfax y se encontró con una pobre anciana de noventa años.

La expresión de Holmes era tan impasible como siempre bajo las burlas de su antagonista, pero sus puños apretados traicionaban su viva contrariedad.

—Voy a recorrer su casa —dijo.

—¿De veras? —exclamó Peters, al mismo tiempo que se oían en el pasillo una voz de mujer y fuertes pisadas—. Eso lo vamos a ver enseguida. Por aquí, guardia, hagan el favor. Estos señores se han metido a viva fuerza en mi casa y no consigo desembarazarme de ellos. Dispongo de su ayuda para que abandonen mi casa cuanto antes.

En el umbral de la puerta había un sargento y un agente de policía. Holmes sacó una tarjeta de su tarjetero.

—Aquí tienen mi nombre y mi dirección. Éste es mi amigo, el doctor Watson.

—¡Válgame Dios, señor! Le conocemos a usted muy bien —dijo el sargento—. Pero no puede usted permanecer aquí sin una orden judicial.

—Naturalmente que no. Lo comprendo perfectamente.

—¡Tienen que detener a este individuo! —exclamó Peters.

—Cuando queramos detener a este caballero, sabemos dónde debemos hacerlo —contestó con serenidad el sargento—. Pero, míster Holmes, tendrá usted que retirarse.

—Sí, Watson, tendremos que retirarnos.

Un minuto después volvíamos a estar en la calle. Holmes había recobrado su serenidad, pero yo estaba encendido de ira y de humillación. El sargento había venido detrás de nosotros.

—Lo siento, míster Holmes, pero ésa es la ley.

—Exactamente, sargento; no podía usted proceder de otra manera.

—Me imagino que existían buenas razones para explicar su presencia en esa casa. Si algo puedo hacer yo...

—Sargento, ha desaparecido una mujer y creemos que se encuentra en esa casa. Espero que llegará pronto una orden judicial.

—Pues entonces, míster Holmes, yo vigilaré muy bien a esa gente. Si algo ocurre, le avisaré enseguida.

Habían dado las nueve y nos lanzamos de nuevo fervorosamente sobre la pista. Nos hicimos llevar primero en coche a la enfermería del asilo de Brixton, donde descubrimos que, en efecto, aquella caritativa pareja había ido de visita unos días antes, y que habían reclamado a una anciana cuya cabeza no regía, diciendo que era una antigua criada suya y que habían conseguido el permiso necesario para llevársela a su casa. En el asilo no manifestaron sorpresa alguna al saber que había fallecido.

Desde allí nos dirigimos a visitar al médico. Le habían llamado, encontrándose a una mujer que se moría por motivos de ancianidad, y estando él en la casa falleció, por lo cual había firmado debidamente el certificado de defunción. «Les aseguro que todo ha ocurrido dentro de la más perfecta normalidad y que en ese asunto no existía posibilidad de juego sucio», nos dijo. No había observado en la casa nada que le inspirase sospechas, salvo que le llamó la atención el que personas de aquella categoría no tuviesen ninguna clase de servidumbre. Eso nos dijo, y de allí no pasó, el doctor.

Por último, llegamos a Scotland Yard. La orden judicial había tropezado con dificultades de trámite. Era inevitable algún retraso. No se conseguiría la firma del magistrado hasta la mañana siguiente. Si Holmes se presentaba alrededor de las nueve, podría ir en compañía de Lestrade para presencia el registro. De esa manera acabó el día, salvo que nuestro amigo el sargento vino a visitarnos a eso de la medianoche para decirnos que había visto luces en las ventanas de la gran casa envuelta en la oscuridad, pero que nadie había salido ni entrado en ella. Teníamos que resignarnos y esperar al día siguiente.

Sherlock Holmes se encontraba demasiado irritado como para conversar y demasiado desasosegado para dormir. Le dejé fumando de firme, con sus tupidas y negras pestañas muy contraídas y sus dedos largos y nerviosos tamborileando en los brazos del sillón, mientras daba vueltas en su cerebro a todas las soluciones posibles de aquel misterio. En el transcurso de la noche le oí varias veces merodear por la casa. Por último, momentos después de haberme despertado por la mañana, Holmes se precipitó en mi habitación. Vestía su batín, pero su cara pálida y ojerosa me dio a entender que no había dormido en toda la noche.

—¿A qué hora es el entierro? A las ocho, ¿verdad? —me preguntó ansiosamente—. Son las siete y veinte. ¡Válgame Dios, Watson! ¿Qué se ha hecho del entendimiento que Dios me dio? ¡Rápido, hombre, rápido! Es una cuestión de vida o muerte; cien probabilidades de muerte por una de vida. ¡No me lo perdonaré jamás, jamás, si llegamos tarde!

Antes de cinco minutos volábamos en un coche por la calle de Baker. Pero, a pesar de todo, eran las ocho menos veinticinco cuando cruzamos por delante del *Big Ben,* y daban las ocho cuando corríamos a toda velocidad por Brixton Road. Pero también otras personas se habían retrasado. Diez minutos después de la hora, la carroza fúnebre seguía frente a la puerta de la casa, y en el momento mismo en que nuestro caballo sudoroso se detenía, apareció en el umbral la caja del muerto, llevada por tres hombres. Holmes se abalanzó y les cortó el camino gritando, al mismo tiempo que ponía la mano en el pecho al que iba delante:

—Vuelvan atrás. ¡Vuelvan atrás ahora mismo!

—¿Qué diablos busca usted? —le preguntó otra vez Peters—. ¿Dónde está su orden judicial? —vociferó furioso, y su roja carota relampagueó por encima de la otra extremidad del féretro.

—La orden está al llegar y este féretro permanecerá en la casa hasta que llegue.

Lo autoritario de la voz de Holmes produjo efecto en los hombres que transportaban el féretro. Peters había desaparecido de pronto en el interior de la casa y ellos obedecieron las nuevas órdenes.

—¡Rápido, Watson, rápido! ¡Aquí hay un destornillador! —gritó Holmes en cuanto volvieron a colocar el féretro encima de la mesa—. Aquí tiene usted otro, hombre. ¡Habrá para usted un soberano si quitan la tapa antes de un minuto! ¡No haga preguntas y trabaje! ¡Magnífico! ¡Otro y otro más! ¡Ahora tiren para arriba todos juntos! ¡Ya cede! ¡Ya cede! ¡Ya está, por fin!

Tirando todos simultáneamente, arrancamos la tapa del féretro. Al hacerlo, salió de su interior un olor a cloroformo que daba mareos y resultaba irresistible. Dentro de la caja había un cuerpo con la cabeza envuelta por completo en algodón en rama, que había sido empapado con el narcótico. Holmes arrancó el algodón y dejó al descubierto la cara estatuaria de una mujer de rostro bello y espiritual, de edad mediana. En el acto pasó el brazo por debajo del cuerpo y la incorporó hasta dejarla sentada.

—¿Ha muerto, Watson? ¿Queda todavía vida en ella? ¡Ojalá nos hayamos llegado demasiado tarde!

Por espacio de media hora pareció que, en efecto, habíamos llegado demasiado tarde. Entre el ahogo del encierro y los vapores venenosos del cloroformo, lady Frances parecía haber traspasado el punto límite desde el cual no es posible volver. Hasta que, por último, a fuerza de respiración artificial, inyecciones de éter y todos los recursos que puede ofrecer la ciencia, un aleteo de vida, un temblor de los párpados, un ligerísimo vaho sobre el espejo, nos demostró que la vida volvía lentamente. Delante de la casa se había detenido un coche. Holmes, apartando las cortinillas, miró hacia el exterior, y dijo:

—Aquí está Lestrade con la orden. Se encontrará con que los pájaros han volado. Y aquí —agregó, al oír en el pasillo unos pasos fuertes y precipitados— está alguien que tiene mejor derecho para cuidar a esta dama que el que tenemos nosotros. Buenos días, míster Green; creo que lo mejor será que traslademos cuanto antes de aquí a lady Frances. Mientras tanto, puede seguir adelante el funeral y la pobre anciana que sigue dentro de la caja puede ir sola a su último lugar de descanso.

* * *

—Mi querido Watson —me dijo Holmes aquella noche—, si usted desea agregar este caso a sus crónicas, puede hacerlo únicamente como ejemplo del eclipse temporal que pueden sufrir incluso las inteligencias más equilibradas. Esos deslices son comunes a todos los mortales y la grandeza estriba en reconocerlos y repararlos. A este elogio modificado sí que me creo hasta cierto punto acreedor. Toda la noche estuve obsesionado con el pensamiento de que yo no sé dónde, pero en algún lugar, se me había presentado una clave, una frase extraña, alguna observación curiosa, y que yo no la había puesto de lado con demasiada facilidad. De pronto, de una manera súbita, en la claridad gris de la mañana volvieron a mi recuerdo aquellas palabras. Eran las que había dicho la empleada del empresario de pompas fúnebres y que Philip Green nos había repetido. Ella había dicho algo como «que ya podría estar aquí, pero ha llevado más tiempo por ser de medidas fuera de lo corriente». Se refería al féretro, que era de medidas fuera de lo corriente. Esas palabras sólo podían querer significar que la caja tenía medidas especiales. Y eso, ¿por qué? ¿Por qué? Y de pronto me acordé de la anchura de los costados y de la mujercita cuyo seco cadáver estaba en el fondo. ¿Por qué un féretro tan espacioso para un cuerpo tan pequeño? ¡Para que quedase sitio a fin de meter otro cadáver! Ambos serían enterrados con un solo certificado. Todo ello era clarísimo, de no haberse oscurecido la luz de mi propio entendimiento. Lady Frances sería enterrada a las ocho. Nuestra única probabilidad estaba en detener el féretro antes que saliese de la casa. Teníamos sólo una remotísima probabilidad de encontrarla con vida, pero no dejaba de ser una probabilidad, según se vio por el resultado. Esa pareja no había cometido hasta ahora, que yo sepa, ningún asesinato. Era posible que en el último instante reculasen ante un acto de violencia. Podían enterrarla sin que quedase rastro alguno de la forma en que había encontrado la muerte, e incluso si exhumaban el cadáver, aún les quedaba cierta probabilidad. Yo tuve la esperanza de que esas consideraciones se impusiesen en su decisión. Puede usted reconstruir con bastante exactitud la escena. Usted vio el antro horrible en el que habían tenido encerrada a la pobre mujer durante tanto tiempo. Se precipitaron dentro y la dominaron gracias al cloroformo; luego la bajaron al comedor, vertieron todavía más cloroformo dentro de la caja para asegurarse contra la posibilidad de que despertase, y después atornillaron la tapa. Es una idea ingeniosa, Watson. Resulta nueva para mí en los anales del crimen. Si nuestros amigos los ex misioneros escapan de las garras de Lestrade, aún espero oír hablar de episodios brillantes en su futura carrera.

7

La aventura del pie del diablo

Al relatar de vez en cuando algunas de las experiencias curiosas y de los recuerdos interesantes que van asociados a mi larga e íntima amistad con Sherlock Holmes, me he encontrado constantemente dificultado en mi tarea por su propia aversión a la publicidad. Su espíritu misántropo y burlón aborrecía todo lo que fuesen el reconocimiento popular y no había nada que le divirtiese tanto, al final de un caso terminado con éxito, como el traspasar a algún funcionario de policía, sus propios méritos, y oír con sonrisa de mofa el coro general de felicitaciones equivocadas. Fue, en efecto, esta actitud de mi amigo, y no la falta de material interesante, lo que en los últimos años me ha obligado a exponer ante el público muy pocos relatos. El participar yo en algunas de sus aventuras constituyó para mí un privilegio que me imponía discreción y reserva.

Teniendo esto en cuenta, fue grande mi sorpresa al recibir el pasado martes un telegrama de Holmes —porque mi amigo no escribió jamás cuando le bastaba con enviar un telegrama—. El de ahora estaba redactado en los siguientes términos: «¿Por qué no les relata el horrible caso de Cornish, que es el más extraordinario de cuantos yo he manejado?» No tengo ni idea el motivo por el que de repente recordara aquel caso, y mucho menos las razones por las que de forma caprichosa le impulsó a desear que yo lo relatase; pero, antes que otro telegrama pueda venir a cancelar el anterior, me he apresurado a rebuscar las notas que me proporcionan detalles exactos del caso y a exponer su historia ante mis lectores.

Fue durante la primavera del año 1897, cuando la férrea constitución de Holmes dejó ver algunos síntomas de que iba cediendo ante la dureza constante de un trabajo del género más agotador, agravado quizá por imprudencias cometidas de cuando en cuando por él mismo. El doctor

Moore Agar, de Harley Street, cuya dramática presentación a Holmes quizá cuente algún día, instó terminantemente durante el mes de marzo a que el célebre detective particular abandonase todos sus casos y se entregase a un completo descanso, si es que quería evitar un trágico desenlace. Sin embargo, Holmes, no atendía con premura y celo, el cuidado de su propia salud, por el que en otras palabras, no se tomaba, ni el más mínimo interés. Es obvio que su concentración mental se dirigía únicamente a sus temas preferidos, y muy por encima de sus necesidades corporales. Pero afortunadamente, ante la amenaza de quedarse descalificado de forma permanente para el trabajo, se logró finalmente que buscara un cambio total de aires y de panorama. Fue entonces cuando nos encontramos de nuevo juntos a principios de primavera, en una casita aislada próxima a la bahía de Poldhu, en uno de los extremos más remotos de la península de Cornish.

El sitio era muy especial, y era especialmente saludable para el estado de ánimo de mi gran amigo. Desde las ventanas de nuestra casita enjalbegada de blanco, y que se ubicaba en lo alto de una meseta repleta de verdor, dominábamos todo el siniestro semicírculo de la bahía de Mounts, la vieja trampa de barcos veleros, con su orla de negros acantilados y arrecifes barridos por el oleaje, en los que encontraron la muerte innumerables hombres de mar. Cuando sopla el viento del Norte, sus aguas son tranquilas y apacibles, y parecen invitar a las embarcaciones sacudidas por la tormenta a buscar dentro de ella descanso y protección.

De pronto se produce un súbito giro del viento, sopla la alborotada galerna del Suroeste, es arrancada el ancla, se presenta la playa a sotavento, y llega la última batalla entre las escamas afiladas de las olas del mar. El marinero prudente cuida de permanecer alejado de aquel sitio, trampa mortífera de los escarceos del mar.

Los alrededores de la casa por el lado de tierra adentro eran tan sombríos como por el lado del mar. Es aquella una región de páramos ondulantes, solitarios y de color pardo, y lugar en el que las reminiscencias arquitectónicas de la historia, aparecen de vez en cuando con formas de torres de iglesia en las que los fieles hacen acto de presencia todavía hoy, ejemplificando las costumbres y tradiciones de un fantástico mundo rural que apenas somos testigos en la ciudad. Aquellos lugareños dan vida al enorme compendio monumental que el arte nos dejó como legado del pasado: montículos de piedra, altares de nuestros antepasados, religiosa mente incinerados, siluetas prehistóricas que resumen la herencia de ritos y batallas de tradición milenaria, y así toda una amalgama del testimonios de tiempos pasados, que sin duda, excita la curiosidad de cualquier viajero de la zona. El embrujo y misterio del lugar, con su atmósfera siniestra de lugares ya olvidados, era un estímulo para la imaginación de mi amigo, que invertía una gran parte de su tiempo en largos paseos y solitarias meditaciones por la paramera. También había despertado su atención el antiguo idioma céltico de Cornwall; y así, estuvo divagando, extendiéndose a lo largo del abanico cultural de la historia antigua, entre caldeos, fenicios y correspondientes enclaves comerciales, así como sus respectivos utensilios propios de sus pueblos y recursos naturales. Había recibido una remesa de libros sobre lenguas y dialectos antiguos así como de hechos históricos de la historia antigua, y cuando más imbuido se encontraba con tales lecturas, de pronto, y muy a pesar mío, nos encontramos repentinamente, en aquella región de ensueños, sumidos en un gran problema de un suceso ocurrido en nuestro propio entorno. Era del todo dramático, y para mi mayor desdicha, cosa que no ocurría en la persona de Holmes, encantado de discernir sobre un nuevo caso, era infinitamente un suceso más misterioso que cualquiera de aquellos otros ocurridos en la ciudad londinense. Nuestra vida sencilla y nuestros hábitos pacíficos y sanos, se vieron interrumpidos violentamente, y nosotros, precipitados en medio de una serie de acontecimientos que produjeron la mayor excitación, no sólo en la región de Cornwall, sino por todo el oeste de Inglaterra. Quizá sean muchos mis lectores, que conserven algún recuerdo de lo que en aquel entonces se llamó «el suceso trágico de Cornwall», aunque el relato que llegó hasta la prensa londinense fue por demás imperfecto. Ahora, a los trece años del suceso, daré al público los verdaderos detalles de este asunto inconcebible.

He dicho ya, que la zona tenía infinidad de torres y campanarios que determinaban la situación de las aldeas que salpicaban aquella parte de Cornwall. La más próxima de todas era la de Tredannick Wartha, en la que las casitas de un par de centenares de habitantes se apiñaban alrededor de una iglesia antigua y cubierta de moho. El vicario de la parroquia, el padre Roundhay, era aficionado a la arqueología, y por aquella razón, había trabado Holmes relación con él. Era hombre de edad mediana, voluminoso y afable, y disponía de amplios conocimientos de erudición local. Habíamos tomado por invitación suya el té en la vicaría, y allí habíamos entablado también relación con míster Mortimer Tregennis, caballero independiente, que contribuía a aumentar los escasos recursos del clérigo, alquilándole habitaciones en su casa, espaciosa y destartalada. El vicario, que era soltero, se había alegrado de poder llevar a cabo un arreglo de esa clase, aunque no tenía mucho en común con su inquilino, que era un hombre delgado, enjuto, llevaba gafas, y tenía cierta inclinación de espalda que daba la impresión de una verdadera deformidad física. Recuerdo que, en el transcurso de nuestra breve visita, el vicario se mostró afable y hablador, mientras que su inquilino se mantuvo extrañamente reservado; su cara revestía una expresión tristona, ensimismado con sus propios pensamientos, absorto en sus reflexiones y que, por tanto, mirando a otro lado, parecía no estar presente en nuestra conversación.

Tales fueron estos dos hombres que entraron de una manera brusca en nuestra salita un martes, dieciséis de marzo, poco después de haber desayunado y mientras fumábamos juntos, como preámbulo para nuestra diaria excursión por la paramera.

—Míster Holmes —dijo el vicario, con voz muy agitada—, durante la noche pasada ha ocurrido algo muy desagradable. Se trata de algo inaudito. Tenemos que considerar como un don especial de la Providencia el que usted se encuentre casualmente aquí, porque es usted, de toda Inglaterra, el hombre que precisamente necesitamos.

Yo miré absorto al rostro del vicario, con ojos muy poco amistosos; pero Holmes se quitó la pipa de la boca y se incorporó rápidamente de su silla lo mismo que un viejo sabueso que oye el grito de «¡Pieza a la vista!» Les indicó con un gesto que se acercaran para tomar asiento en el sofá, y nuestros visitantes obedecieron, sentándose a ambos lados. Míster Mortimer Tregennis era más reservado que el clérigo, pero los movimientos nerviosos de sus delgadas manos y el brillo de sus negros ojos demostraban que compartían una emoción común.

—¿Hablaré yo, o quiere hablar usted? —preguntó el vicario.

—Bueno, puesto que es usted quien ha hecho el descubrimiento, con independencia de lo que se trate, y puesto que el vicario conoce los hechos de forma secundaria, quizá sea mejor que hable usted —dijo Holmes.

Yo me fijé en el clérigo, que se había vestido a toda prisa, y en su inquilino, vestido como lo exigían las buenas formas y sentado junto a aquél, y no pude menos de divertirme con la sorpresa que esa sencilla deducción de Holmes les había contrariado sus planes. El vicario dijo:

—Quizá sería mejor que yo dijese primero algunas palabras, y luego usted dirá si quiere oír los detalles de boca del míster Tregennis, o en cualquier caso, desplazarnos hasta el lugar mismo en el que ha acaecido el misterioso suceso. Siendo así, permítame que le diga que este amigo nuestro pasó la velada de la última noche en compañía de sus dos hermanos, Owen y George, y su hermana Brenda, en la casa que tienen en Tredannick Wartha, que está situada cerca de la antigua cruz céltica que hay en el páramo. Se separó de ellos poco después de las diez de la noche, cuando ellos quedaron jugando a las cartas alrededor de la mesa del comedor, en excelente estado de salud y de ánimo. Como es muy madrugador, esta mañana marchó antes de desayunar, paseando en esa misma dirección, y fue alcanzado por el coche del doctor Richards, que le explicó que acababan de llamarle con la máxima urgencia para que acudiera a Trendannick Wartha. Como es natural, míster Mortimer Tregennis se unió con él en la misma dirección. Cuando llegaron a Tredannick Wartha se encontró con algo sórdido e increíble. Sus dos hermanos y su hermana seguían sentados alrededor de la mesa, exactamente como estaban la noche anterior, con las cartas extendidas delante de ellos. Las velas habían ardido hasta el fondo mismo del hueco de los candelabros. La hermana estaba recostada en su silla, muerta, mientras que los dos hermanos estaban sentados a uno y otro lado de ella, riendo, gritando y cantando, en estado de demencia y locura absoluta. Ahí estaban los tres, la hermana muerta y los otro dos comportándose con un estado de trastorno mental jamás visto, ambos tenían en sus rostros una expresión de total espanto, una convulsión de terror que daba miedo mirar. No se advertía señal alguna de que en la casa hubiese nadie, además de mistress Poster, la anciana cocinera y ama de llaves, que declaró haber dormido profundamente y no haber oído ruido alguno durante la noche. Nada había sido robado ni tocado, y no existe en absoluto explicación alguna de cuál pudo ser la visión espantosa que mató de miedo a una mujer y enloqueció a dos hombres hechos y derechos. Ahí tiene usted, míster Holmes, en pocas palabras la situación, y si usted puede ayudarnos a ponerla en claro, habrá realizado una gran obra.

Yo confié en que me las arreglaría para inducir a mi compañero para que tomara las cosas con tranquilidad, que constituía el objetivo de nuestra excursión; pero bastó una mirada a su rostro, en absoluta tensión, y a sus cejas contraídas, para comprender qué vana era mi esperanza. Holmes siguió sentado y en silencio unos momentos, cavilando unos instantes sobre aquel extraño suceso que sin duda, le eximiría del exceso de calma de la temporada anterior, finalmente dijo:

—Me ocuparé de ese asunto. Así, a primera vista, produce la impresión de ser de índole muy excepcional. ¿Ha estado usted allí, míster Roundhay?

—No, míster Holmes. Míster Tregennis me vino con el relato a la vicaría, y yo me trasladé rápidamente aquí para consultar con usted.

—¿A qué distancia se encuentra la casa en la que ha ocurrido tan extraña tragedia?

—A cosa de dos kilómetros tierra adentro.

—Pues entonces iremos caminando juntos. Pero, antes de ponernos en camino, tengo que hacerle algunas preguntas, míster Mortimer Tregennis.

Éste había permanecido en silencio durante todo el rato, pero yo me había fijado en que, si bien es cierto que dominaba su emoción, era ésta todavía mayor que la del clérigo, al que no afectaba directamente. Míster Mortimer permanecía sentado, con el rostro pálido y estirado; clavaba en Holmes su mirada anhelante, mientras sus delgadas manos se entrelazaban convulsivamente. Sus labios pálidos temblaban escuchando el relato del espantoso suceso de que había sido víctima su familia, y en sus negros ojos parecía reflejarse una parte del horror de la escena.

—Pregúnteme lo que guste, míster Holmes —contestó, anhelante—. Me cuesta hablar de ello, pero yo le contestaré a lo que usted precise.

—Hábleme de la noche pasada.

—Pues bien, míster Holmes: yo cené allí, tal como ha dicho el vicario, y George, mi hermano mayor, propuso después que jugásemos una partida al *whist.* Nos sentamos como a las nueve, y cuando yo me levanté para marcharme eran las diez y cuarto. Se quedaron alrededor de la mesa, alegremente reunidos como es natural entre reuniones familiares.

—¿Quién le abrió la puerta para salir?

—Como mistress Porter se había acostado, abrí la puerta yo mismo, y la cerré después de salir. La ventana de la habitación en que se encontraban ellos estaba cerrada, pero la cortinilla no estaba bajada. Esta mañana no advertí ningún cambio ni en la puerta ni en la ventana, ni observé tampoco nada que me induzca a pensar que dentro de la casa haya estado alguna otra persona ajena al hogar. Y, sin embargo, allí estaban mis hermanos enloquecidos de terror, y Brenda encajada en el sillón, con la cabeza colgando, todo ello era un espectro de horror. Mientras yo viva no podré borrar de mi imaginación el cuadro que ofrecía aquel cuarto.

—Los hechos, tal cual los expone, son, desde luego, por demás extraordinarios —dijo Holmes—. Doy por supuesto que usted no tiene teoría alguna que los explique.

—Míster Holmes, es cosa del demonio. ¡Cosa del demonio! —exclamó Mortimer Tregennis—. Este tipo de cosas no es producto de lo terrenal. Algo entró en aquella habitación que borró en sus cerebros la luz de la razón. ¿Qué artilugio humano es capaz de semejante cosa?

—Si se trata de un asunto que está más allá de lo humano, me temo que esté también por encima de mis posibilidades —dijo Holmes—. Pero antes de asentarse en este tipo de especulaciones que nos lleve a una teoría tal, es preciso agotar todas las explicaciones de la mano de lo racional. Usted, míster Tregennis, se encuentra, según tengo entendido, apartado en cierto sentido de su familia, ya que ellos viven juntos y usted tiene habitaciones por separado, ¿no es así?

—Así es, míster Holmes, aunque nuestras diferencias son cosa del pasado, y completamente terminadas. Éramos una familia de mineros de estaño, que vivía en Redruth, pero vendimos nuestras pertenencias a una compañía, y nos retiramos con el dinero suficiente para ir viviendo. No negaré que en lo relativo al reparto del dinero hubo sus más y sus menos, y la cosa nos mantuvo distanciados durante algún tiempo; pero olvidamos nuestras diferencias, y ahora nos llevábamos fenomenal y teníamos un rato inmejorable.

—Volviendo de nuevo a la velada que ustedes pasaron juntos, ¿no le ha quedado en la memoria ninguna cosa que pudiera aportar alguna pista sobre la tragedia? Piénselo con cuidado, míster Tregennis, porque cualquier detalle puede servirme de ayuda.

—Nada en absoluto, señor.

—¿Y sus hermanos estaban del buen humor que es habitual?

—Nunca lo tuvieron mejor.

—¿Eran personas de temperamento nervioso? ¿Mostraron en alguna ocasión temores de alguna amenaza, peligro, o algún miedo oculto?

—Nada, nada, señor.

—¿De modo que no tiene usted nada que añadir y que pueda aportarme algo más de información?

Mortimer se quedó meditando con gran seriedad un instante, y dijo, por último:

—Se me ocurre una cosa. Cuando estábamos sentados a la mesa, yo daba la espalda a la ventana, y mi hermano George, compañero mío de juego, quedaba frente a ella. En una ocasión me pareció que miraba con fijación por encima de mi hombro y yo me volví para mirar también. La cortinilla estaba levantada y la ventana cerrada, pero se distinguían los arbustos del campo, y tuve por un instante la sensación de que algo se movía entre aquéllos. No podría siquiera decir si se trataba de algún animal o de algún hombre, pero pensé que algo rondaba por allí. Al preguntarle a mi hermano qué estaba mirando, me explicó que también a él le había producido idéntica sensación. Es todo lo que puedo decir.

—¿Y no volvieron a indagar más en el tema?

—No; aquello lo dejamos pasar como una anécdota más y sin importancia.

—De modo, pues, que cuando usted se marchó, no barruntaba peligro alguno.

—Ninguno en absoluto.

—No me he enterado bien cómo supo usted esta mañana tan temprano lo ocurrido.

—Yo soy madrugador y, por lo general, me doy un paseo antes del desayuno. Apenas había salido esta mañana, cuando el médico me alcanzó en su coche. Me dijo que mistress Porter le había mandado llamar urgentemente a la casa; entonces yo salté dentro del coche, y seguimos viaje. Cuando llegamos allí pasamos a la habitación. Las velas y el fuego debieron de consumirse horas antes y mis hermanos habían permanecido sentados en la oscuridad hasta que amaneció. El médico aseguró que Brenda llevaría muerta al menos seis horas. No se advertía señal alguna de violencia. Estaba desplomada sobre el brazo del sillón con la expresión que he dicho en su cara. George y Owen cantaban retazos de diversas canciones y hacían muecas como si fuesen dos monos grandes. ¡Era un espectáculo horrible! Yo no pude aguantarlo, y el médico estaba blanco como una hoja de papel. Más aún: se dejó caer en una silla como si le hubiera dado un desmayo y casi tuvimos que atenderle a él también.

—Increíble, triste, pero hay que decir que es un asunto increíble —dijo Holmes, levantándose y echando mano a su sombrero—. Creo que lo mejor que podríamos hacer sería acudir sin perder más tiempo a Tredannick Wartha. Confieso que muy pocas veces me he tenido que enfrentar con un problema que a primera vista se presentase más extraño.

* * *

Nuestras gestiones en aquella primera mañana sirvieron muy poco para hacer avanzar en las investigaciones. Se caracterizaron, sin embargo, desde el primer momento por un incidente que produjo en mi ánimo una impresión siniestra. A aquel lugar se llega por un sendero muy estrecho y serpenteante. Cuando avanzábamos por él, oímos el ruido de un coche que venía en dirección contraria a la nuestra, y nos hicimos a un lado para dejarlo pasar. Cuando se cruzó con nosotros, yo tuve la sensación de una extraña visión, la de una cara siniestra y desgarradora, pegada al cristal de la ventanilla y que nos miraba con raras muecas y gesticulaciones. Aquellos ojos que se salían de sus órbitas y aquellos dientes rechinantes pasaron por nuestro lado como una visión espantosa.

—¡Mis hermanos! —exclamó Mortimer Tregennis, que estaba pálido y aquejado de una fuerte impresión—. Se los llevan a Helston.

Seguimos horrorizados con la vista al coche negro, que continuaba su trayecto con fuertes movimientos debido al abrupto terreno. Luego, continuamos el camino hacia la casa de mal agüero en que habían sufrido su desgracia.

Era un edificio espacioso y alegre, era de grandes proporciones, más amplio que una simple casita de campo, y estaba rodeado de un gran jardín que, gracias a la temperatura de la región de Cornwall, tenía abundantes flores primaverales. La ventana del comedor daba a aquel jardín, del cual, según las explicaciones de Mortimer Tregennis, debió de provenir el ser tan espantoso que trastornó las mentes de aquellos hombres con la impresión de horror que les produjo. Holmes caminaba, lento y pensativo, entre los tiestos de flores y plantas que bordeaban la casa, a través de un sendero empedrado. Recuerdo que iba tan absorto en sus pensamientos que tropezó con la regadera y vertió su contenido sobre nuestros pies y sobre el suelo. Dentro de la casa salió a recibirnos la anciana ama de llaves, mistress Porter, autóctona de la región, que atendía a las tareas domésticas de la casa con la ayuda de una doncella más joven. Respondió todas las preguntas sin titubeos y con absoluta contundencia. No oyó nada durante la noche. Sus amos parecían en los últimos tiempos muy animados, y ella jamás les había visto durante el tiempo que llevaba con ellos, tan alegres y condescendientes. Al entrar por la mañana en la habitación y encontrarse con aquella espantosa reunión alrededor de la mesa, se había desmayado. Cuando volvió en sí, abrió la ventana para que entrase el aire fresco de la mañana, y marchó corriendo por el camino vecinal, desde el que envió a un mozo de granja para que avisase al médico. La muerta se hallaba tendida en su cama en el piso de arriba. Hicieron falta cuatro hombres para meter a los hermanos en el coche del manicomio. Ella no se quedaría en la casa ni un día más, y pensaba dirigirse aquella misma tarde a Saint Ives para reunirse con su familia.

Subimos al piso superior y observamos el cadáver. Miss Brenda Tregennis había sido una joven hermosa, aunque era ya más mayor y rondaba una edad madura. Su rostro era moreno, de facciones bien marcadas, y era bella hasta en la muerte, aunque le quedaba todavía un ápice de aquella convulsión de espanto que había sido víctima y la última sensación que tuvo en vida. Desde su dormitorio bajamos al comedor, lugar en que había ocurrido la extraña tragedia. Se veían todavía en el hogar los restos carbonizados de la hoguera de la noche anterior. Encima de la mesa, se encontraban las velas completamente consumidas y las cartas desparramadas. Las sillas estaban ahora adosadas a la pared, pero todo lo demás quedaba tal y como estuvo la noche anterior. Holmes fue de un lado para otro con paso ligero, examinando al detalle la habitación; tomó asiento en varias sillas acercándolas a la mesa y reconstruyendo sus distintas posiciones. Comprobó cuál era la parte del jardín que desde allí se veía; examinó el piso, el techo y el hogar de la chimenea; pero parecía desorientado, pues ni por un momento pude distinguir aquel súbito brillo de ojos y embriagador semblante que le solía caracterizar cada vez que descubría una pista en medio de un caótico encubrimiento.

—¿Cómo es que tenían encendido el fuego? —preguntó una vez—. ¿Solían tener siempre el fuego encendido en una habitación tan reducida y en una estación tan templada como la primavera?

Mortimer Tregennis explicó que la noche era fría y húmeda. Por esa razón encendieron el fuego desde que él llegó.

—¿Qué piensa usted hacer ahora, míster Holmes? —preguntó aquél.

Mi amigo sonrió y me puso la mano en la espalda diciendo:

—Creo, Watson, que reanudaremos las sesiones de tabaco, que con tanta frecuencia y justicia ha censurado usted. Con su permiso, caballeros, nosotros vamos a retornar a nuestra casa de campo, porque no creo que aquí se nos presente ningún otro factor nuevo. Yo meditaré sobre los hechos, míster Tregennis, y si se me ocurre alguna idea, me pondré, desde luego, en contacto con usted y con el vicario. Mientras tanto, buenos días.

Hasta mucho después de nuestro regreso a la casita de Poldhu no salió Holmes de su completa meditación y ensimismamiento. Permaneció asentado en su sillón, con el rostro severamente reflexivo y ascético, como si se tratara de una sesión espiritual. Su rostro, apenas se divisaba por el humo del tabaco, y el resto de sus gestos y atributos en su semblante, creo que son ya harto conocidos: cejas contraídas, frente arrugada, ojos fijos y perdidos en la lejanía... Por último, dejó su pipa y se puso en pie.

—Es inútil, Watson —dijo, echándose a reír—. Salgamos a pasear juntos por las colinas, debemos relajarnos sin más tesón. Es más probable que encontremos artilugios prehistóricos para este problema. Dejar que el cerebro trabaje sin materiales suficientes es como hacer funcionar una máquina a mayor presión que la necesaria. Acaba destrozándose. Aire de mar, sol y paciencia, Watson, y lo demás, ya vendrá.

Y cuando bordeábamos juntos los acantilados, prosiguió:

—Y ahora, Watson, vamos a definir concretamente la realidad de nuestra situación. Afirmemos bien lo que tenemos, que por otro lado es poca cosa lo que sabemos, de manera que, cuando se produzcan nuevos hechos, estemos en situación de encajarlos donde les corresponde. En primer lugar, doy por supuesto que ninguno de los dos, podemos admitir que este caso esté lleno de misteriosas obras demoniacas fruto de factores supranaturales. Empecemos, pues, por borrar por completo esa idea de nuestras mentes. Perfectamente. Nos encontramos con tres personas que han sido dolorosamente arremetidas por algún agente humano, consciente o inconsciente. Ahí pisamos terreno firme. Ahora bien: ¿cuándo ocurrió eso? Es evidente que, teniendo por verdadera la narración que nos han contado, ocurrió inmediatamente después que míster Mortimer Tregennis abandonara la habitación. Ése es un punto muy importante. Se puede presumir que el hecho ocurrió pocos minutos después. Las cartas seguían encima de la mesa. Era más tarde de la hora en que solían acostarse. Y, sin embargo, ellos no habían cambiado sus posiciones respectivas, ni retirado hacia atrás sus sillas. Repito, pues, que el hecho ocurrió inmediatamente después que él se marchase, y no más tarde de las once de la noche pasada... El paso siguiente que tenemos que dar, consiste en comprobar, hasta el punto en que nos sea posible, las andanzas de Mortimer Tregennis después de abandonar la habitación. No parece haber dificultad en averiguarlo, y por otro lado, parecen transparentes las acciones y testimonios de Mortimer. Conociendo como usted conoce mis métodos, se fijaría en mi recurso algo burdo de la regadera, que me permitió obtener una observación completa del pie de ese hombre, y mucho más perfecta de haberla observado utilizando otros métodos. El camino húmedo y arenoso conservó admirablemente su huella. Recordará usted que también anoche tendría los pies húmedos, y no resultaba difícil, después de haber obtenido una huella de muestra, distinguir sus pisadas entre otras y seguir sus huellas. Saqué en consecuencia que ese hombre se había alejado a paso rápido en dirección a la vicaría... Si Mortimer Tregennis desapareció de la escena y, sin embargo, hubo alguna persona extraña en la casa que produjo una terrible impresión cuando jugaban a las cartas, ¿cómo podemos reconstruir esa persona, y de qué manera produjo ella semejante impresión de horror? Podemos eliminar a mistress Porter, que es, evidentemente, inofensiva. ¿Existe alguna prueba de que alguien se metiese furtivamente en el jardín, llegase hasta la ventana y produjese de alguna manera una impresión tan terrorífica que llegara a trastornar las mentes de aquellos que la vieron? La única sugerencia que existe en ese sentido procede del mismo Mortimer Tregennis, el cual dice que su hermano habló de que algo se movía en el jardín. Esto es, desde luego, extraordinario, porque la noche era lluviosa, con mucha niebla, y oscura. La persona que hubiera querido asustar a esa gente se habría visto obligado a aplastar su rostro al cristal mismo para que pudieran verle. Por la parte exterior de la ventana hay una cenefa de flores de un metro de ancha, y en ella no se advierte indicación alguna de que haya sido pisada. Por consiguiente, es difícil imaginarse cómo un personaje extraño pudo primeramente introducirse en la casa, para luego causar tanta impresión sobre aquella gente. Por otro lado, no existe móvil alguno que pueda justificar semejante agresión, que además de extraña, aparece además como complicada. En estas circunstancias, uno es consciente de las dificultades. ¿Qué opina Watson?

—Si algo tienen es que son demasiado evidentes —le contesté yo muy convencido.

—Sin embargo, si dispusiéramos de algunos elementos más, quizá pudiéramos demostrar que esas dificultades pueden vencerse —dijo Holmes—. Yo supongo que tal vez pueda usted encontrar en sus numerosos archivos, Watson, algunos casos tan sombríos como el que ahora tenemos entre manos. Pero por lo pronto, pondremos el caso de lado hasta congelarlo, mientras no tengamos datos más exactos y minuciosos. De hecho, podemos pasar el resto de la mañana para examinar y detenernos en los antecesores del hombre, las reminiscencias neolíticas.

Yo he comentado ya la extraordinaria capacidad de mi amigo para desviar la atención de su mente, pero nunca esa capacidad me ha maravillado tanto como aquella mañana de primavera que pasamos en Cornwall. Durante dos horas estuvo hablando de los celtas, de puntas de flechas y de restos de utensilios de barro y cerámica, con tanta emoción y despreocupación al mismo tiempo, como si nada de lo ocurrido, mermara ni un instante la atención prolongada de Holmes. Así estuvo durante todo el día, hasta que estuvimos aquella tarde de regreso en nuestra casita, no se concentré en otra cosa. Sin embargo, nada más regresar, tropezamos con un visitante que aguardaba nuestro retorno, y que no tardó en hacer que nuestros pensamientos volviesen al asunto que teníamos entre manos. Ni Holmes ni yo teníamos necesidad de que alguien nos dijese quién era el visitante. El cuerpo fornido, la cara de facciones pronunciadas y de profundos surcos entre la piel, sus ojos como vísceras brillantes, su nariz aguileña, su cabellera revuelta que tocaba casi el techo de nuestra casita.

Todo un personaje digno de ver. Y la barba, dorada en los flecos y blanquecina al borde de los labios, fuera de la mancha de nicotina producida por el eterno cigarro, todos estos detalles, en fin, eran tan conocidos en Londres como en África, y únicamente podían asociarse a la fuerte personalidad del doctor León Sterndale, el célebre cazador de leones y también explorador.

Habíamos oído hablar de su estancia en aquel distrito, y en una o dos ocasiones pudimos ver su esbelta figura por los senderos de la paramera. Sin embargo, ni él intentó buscar nuestro trato, ni a nosotros se nos habría ocurrido buscar el suyo, porque era cosa bien sabida y comentario bien manido, que su necesidad de soledad era habitual. Y así pasaba la mayor parte de los intervalos que mediaban entre sus extravagantes viajes, en un pequeño *bungalow* sepultado en el bosque solitario de Beauchamp Arriance. Allí, entre sus libros y sus mapas, llevaba una vida de absoluta soledad, atendiendo él mismo a sus sencillas necesidades y ocupándose aparentemente muy poco de los asuntos de la gente de los alrededores. Por tanto, aquella visita fortuita, constituía en sí una sorpresa, y una grata alegría fue preguntar por Holmes, su tono anhelaba una respuesta, respuesta misteriosa sobre nuestras averiguaciones a propósito de aquel misterioso episodio.

—La Policía del condado es incapaz de hacer nada —le dijo—; pero quizá la experiencia de usted, que es más amplia, le haya sugerido alguna explicación lógica. Al pedirle que usted se confíe a mí, lo hago basándome en que durante las muchas ocasiones en que yo he residido aquí he llegado a tratar mucho a esta familia de Tregennis. Mucho más todavía; podría decir que son primos míos por el lado de mi madre, que es de la región. Por esta razón, todo lo acontecido ha sido para mí una dolorosa impresión, y un desagradable destino. Puedo decirles que yo iba ya camino de África y que me encontraba en Plymouth, pero esta mañana me llegó la noticia, y regresé inmediatamente por si puedo colaborar en las investigaciones.

Holmes arqueó las cejas.

—¿Y ha perdido usted el barco por esa razón?

—Puedo embarcar en el siguiente.

—¡Sí que es en verdad una prueba de amistad!

—Ya le he dicho que eran familia mía, eran mis parientes.

—Sí, primos por la parte de su madre. ¿Y había embarcado ya usted su equipaje?

—En parte, sí, aunque lo principal estaba en el hotel.

—Yo veo. Pero ¿cómo es posible que este suceso haya llegado ya a los periódicos de la mañana de Plymouth?

—No lo leí en los periódicos. Recibí un telegrama.

—¿Me puede usted decir quién se lo envió?

Por la angulosa cara del explorador cruzó una sombra.

—Señor Holmes, es usted muy preguntón.

—Son cosas de mi oficio.

El doctor Sterndale recobró mediante un esfuerzo su serenidad encrespada, y dijo:

—No tengo inconveniente alguno en decírselo. Fue míster Roundhay, el vicario, fue él la persona que me mandó el telegrama y, me ha hecho venir, de todas maneras hubiera venido voluntariamente sin que me lo pidiera.

—Gracias —dijo Holmes—. Contestando a su primera pregunta puedo decirle que no tengo todavía formado criterio claro en este asunto, pero que puedo barajar enormes esperanzas en llegar a una solución. Pronosticar más allá de la realidad, sería prematuro y poco prudente por ahora.

—¿Tendría usted inconveniente en decirme si sus sospechas apuntan en alguna dirección determinada?

—No, no podría hacerle ninguna declaración en ese sentido.

—Pues entonces he perdido el tiempo y no necesito prolongar esta visita.

El célebre doctor salió de nuestra casita muy malhumorado, y Holmes hizo lo propio tan pronto como se fue. Ya no volví a encontrarme con él hasta la noche. Regresó caminando lentamente y con cara de no muy buen humor, lo que me aseguró que no había adelantado mucho en su investigación. Miró un telegrama que le estaba esperando, y luego lo tiró a una rejilla pronunciando:

—Es del hotel de Plymouth, Watson. Me enteré por el vicario del nombre del mismo y telegrafié para tener la seguridad de que el relato del doctor León Sterndale era cierto. Por lo que pude averiguar, pasó allí, efectivamente, la noche, y ha dejado que una parte de su equipaje salga para África, volviendo él aquí para hallarse presente en la investigación. ¿Qué opina de eso, Watson?

—Que ese hombre está profundamente interesado.

—En efecto; profundamente interesado. Existe aquí un argumento, que todavía desconocemos y que podía acercarnos hacia la verdad. Esta cuestión es por lo menos un motivo de alegría Watson. Estoy seguro de que todavía no ha llegado a nuestras manos todo el material. Es posible que en cuanto llegue, dejemos atrás todas nuestras dificultades.

Muy lejos estaba yo de pensar en lo pronto que las palabras de Holmes iban a convertirse en una realidad, o que los nuevos hechos nos abriría una nueva línea de investigación. Y así fue, de repente nos encontramos con extraordinarias fuentes. Me estaba yo afeitando a la mañana siguiente frente a la ventana, cuando oí el alboroto de los cascos de un animal. Al levantar mi vista, descubrí un coche que venía al galope por la carretera. Se detuvo delante de nuestra puerta delantera, y saltó al suelo nuestro amigo el vicario, que avanzó luego apresuradamente por el sendero de nuestro jardín. Holmes se hallaba ya vestido, y él y yo nos apresuramos a bajar a su encuentro.

Estaba tan nervioso nuestro visitante, que apenas podía articular las palabras; pero, al fin, entre jadeos y estallidos, nos hizo un trágico relato, exclamando:

—¡Míster Holmes, estamos poseídos por los demonios! ¡El mismo Satanás se ha apoderado de mi parroquia! ¡Lucifer mismo anda suelto en ella! ¡Hemos sido entregados a sus manos!

Y saltaba de un lado para otro, presa de agitación, convertido en un ridículo párroco, objeto de la superstición mundana. Su rostro y sus ojos estaban desorbitados. Por último, disparó la terrible noticia:

—Míster Mortimer Tregennis ha muerto la pasada noche, con los mismísimos síntomas que el resto de su familia.

Holmes se puso en pie de un salto, tan agitado como nunca pude acertar en sus maneras.

—¿Cabemos los dos en su coche?

—Sí, caben.

—Pues entonces, Watson, dejaremos para más tarde el desayuno. Míster Roundhay, estamos por completo a su disposición. Apresúrese, vamos, hay que darse prisa, antes que se revuelvan allí las cosas.

El inquilino ocupaba en la casa de la vicaría dos habitaciones que formaban por sí mismas una de las esquinas y estaban la una encima de la otra. La de abajo era un espacioso comedor; la de encima, el dormitorio. Las ventanas de ambas daban a un campo cubierto de césped, lugar en el que se jugaba al *croquet*. Habíamos llegado antes que el médico y que la Policía, de manera que todo estaba intacto. Voy a describir la escena tal cual la vimos en aquella brumosa mañana de marzo. Me dejó una gran marca que no se borrará jamás de mi memoria.

Reinaba en la habitación una atmósfera de ahogo agobiante y deprimente. Habría sido aún más intolerable si la criada, que fue la primera en entrar, no hubiese levantado la persiana. Tal vez así lo hizo porque en el centro de la mesa ardía y humeaba una lámpara. El muerto estaba sentado al borde de la mesa, apoyado en el respaldo de la silla, con su fina barbilla orientada hacia adelante, las gafas alzadas hasta la frente, la cara enjuta y morena, levantada y vuelta hacia la ventana, y convulsionada con el mismo rictus de terror que se adivinaba en las facciones de la hermana muerta. Tenía los miembros contorsionados y los dedos retorcidos, como si hubiese muerto en medio de un paroxismo de espanto. Estaba completamente vestido, y parecía que se puso la ropa a toda prisa. Durante la noche se acostó a una hora temprana, y por lo que se puede deducir, debió de sobrevenirle el trágico final en las primeras horas de la madrugada.

Se daba uno cuenta de que bajo las apariencias flemáticas de Sherlock Holmes había una energía al rojo vivo, al ver el cambio que se operó en él desde el instante mismo en que entró en la habitación fatal. Bastó una milésima de segundo para que se pusiera en tensión y alerta, con los ojos brillantes, el rostro rígido y los miembros temblorosos de anhelante actividad. Salió a la pradera, se introdujo por la ventana, y fue de un lado a otro del comedor, luego subió al dormitorio como un sabueso en busca de un rastro por descubrir y olfatear. Siguió buscando pistas, echando primero un vistazo general al dormitorio, y seguidamente, abriendo las ventanas de par en par. No sé lo que se propuso, pero de lo que estoy seguro es que en su cara se reflejaba un estímulo característico de su excitación. Así, sacó el cuerpo hacia fuera por la ventana, indicando con sus afirmaciones, algún esclarecimiento bien reciente. A continuación, bajó corriendo por la escalera, saltó por la ventana abierta del comedor, se tumbó con la cara pegada al suelo y volvió a meterse rápidamente en la habitación. En el transcurso de toda esta representación, me sorprendió su gran agilidad y el poco tiempo que empleó. Examinó con minuciosidad la lámpara, que era vulgar y cotidiana, tomando determinadas medidas en su depósito. Hizo un cuidadoso escrutinio, valiéndose de la lente de aumento, de la tapa de talco que recubría la parte superior del tubo de cristal, recogió algunas cenizas que estaban adheridas a su borde superior y las guardó en un sobre, que metió en su libro de notas. Finalmente, justo en el momento mismo en que hicieron su aparición el médico y la Policía oficial, Holmes llamó personalmente al vicario, hablando con él a un lado aparte, y los tres salimos a la pradera del campo de *croquet.*

—Me alegro de poder afirmar que mi pesquisa no ha sido del todo estéril. Yo no puedo quedarme aquí para hablar del asunto con la Policía; presente al inspector mis saludos y detenga su atención hacia la ventana del dormitorio y hacia la lámpara del comedor. Ambas cosas están llenas de sugerencias, y entre las dos son casi concluyentes. Si la Policía desea concretar más, tendré mucho gusto en recibir a cualquiera de sus miembros en nuestra casa. Y ahora, Watson, creo que podemos emplear nuestro tiempo en actividades varias en otro lugar, y que por añadidura serán más positivas para los dos.

Quizá la Policía sintió cierto resentimiento por la intromisión en el caso de un aficionado, o quizá se entregaron de lleno a la investigación de alguna pista esperanzadora; lo cierto es que nada supimos de ellos en los dos días posteriores. Durante ese tiempo, Holmes estuvo en la casa dedicado a todo tipo de menesteres y disfrutando de cosas hagareñas; y también, se entregó a otras actividades como pasear por el campo en solitario. Cada vez que salía a uno de esos paseos, regresaba al cabo de muchas horas sin hacer el menor comentario sobre dónde había estado. Gracias a un experimento, pude descubrir dónde apuntaba en lo referente a sus investigaciones. Había comprado una lámpara, que era un duplicado de la que ardía la mañana de la tragedia en la habitación de Mortimer Tregennis. La llenó con el mismo petróleo que se usaba en la vicaría y calculó el tiempo exacto que le costaría quemarlo, hizo otro experimento de carácter más complejo, y transcurrido un tiempo, Holmes me explicó lo siguiente:

—Se habrá fijado usted, Watson, en que existe un punto común de coincidencia entre los distintos informes que nos han llegado. Ese punto se refiere al efecto que produjo en ambos casos, la atmósfera imperante en la habitación en el momento en que la primera persona entró en ella. ¿Recuerda que Mortimer Tregennis, al describirnos lo ocurrido en su última visita a la casa de su hermano, contó que el médico había tenido que dejarse caer en una silla cuando entró? ¿Se acuerda usted?... Bueno, si usted no lo recuerda, yo se lo vuelvo a contar. Recordará usted también que mistress Porter, ama de llaves, nos dijo que ella se había desmayado al entrar en el comedor, y que después abrió la ventana. En el segundo caso, el de Mortimer Tregennis, no ha podido usted olvidarse de la horrible atmósfera de ahogo que había en la habitación cuando entramos, a pesar de que la criada había abierto la ventana. Haciendo averiguaciones, he podido informarme que esa criada, después de inhalar ese aire corrupto, se sentía tan mal, que ha tenido que guardar reposo. Reconocerá usted, Watson, que estos hechos son muy significativos. En los dos casos hay pruebas de envenenamiento de la atmósfera del cuarto. También en ambos casos nos encontramos con que ha habido combustión; en uno, el fuego de la chimenea; en el otro, la lámpara. El fuego se necesitaba, pero la lámpara había sido encendida cuando ya era pleno día, como se demostrará comparando el consumo de petróleo. Y ¿por qué? Pues seguramente porque existe alguna relación entre las tres cosas: combustión, atmósfera cargada, y por último, locura o muerte de esos desdichados. La cosa está clara, ¿verdad?

—Así lo parece.

—Podemos, por lo menos, aceptarlo como primera hipótesis para nuestras indagaciones. Si admitimos esta coincidencia y aceptamos que en ambos casos se quemó algo que produjo una atmósfera cargada de extraños efectos tóxicos, partimos ya de mi hecho objetivo. En el primer caso, el de la familia Tregennis, esa sustancia fue colocada en el fuego. Ahora bien, la ventana estaba cerrada, pero es natural que una parte del humo producido, se evacuara chimenea arriba. Es, pues, de suponer que los efectos del veneno fuesen menos extraños que en el segundo, porque en este último caso, no había ningún escape de humos. Así parecen indicarlo los resultados, puesto que en el primer caso únicamente muere la mujer, que es de presumir que era de organismo más sensible, mientras que en los otros dos únicamente produjo una locura transitoria o permanente, lo cual es, sin duda, el efecto primero de choque, que produce la droga. En el segundo caso, el resultado fue completo. De modo, pues, que los hechos parecen ratificar la teoría de un veneno que opera al ser quemado... Es natural que, siguiendo esa cadena de razonamientos, intentara buscar en la habitación de Mortimer Tregennis, algún resto de la sustancia en cuestión. El sitio más adecuado para buscarla era el guardahumos de talco de la lámpara. Allí descubrí, como no podía por menos, cierta cantidad de cenizas escamosas, y alrededor de los bordes, una orla de polvo pardusco que no había sido quemado. Me imagino que observó usted cómo cogí una cantidad de esa sustancia y la metí dentro de un sobre y fue la mitad de esa sustancia.

—¿Por qué la mitad, Holmes?

—Mi querido Watson, yo no debo interponerme en las actividades de la Policía oficial. Mi ética profesional me dicta que no debo interponerme en las investigaciones oficiales. El veneno quedó en el guardahumos de talco, si ellos tienen el ingenio suficiente para encontrarlo. Y ahora, Watson, vamos a encender nuestra lámpara; pero tomaremos antes la precaución de abrir la ventana, a fin de evitar el fallecimiento prematuro de dos miembros de la sociedad, y usted se sentará en un sillón cerca de la ventana abierta, a menos que, como persona de buen sentido, decida usted no intervenir para nada en este experimento. ¿De modo que quiere usted ver qué pasa? Ya estaba yo seguro de que conocía a mi amigo Watson. Yo me colocaré este otro sillón frente al suyo, de manera que ambos estaremos a igual distancia del veneno y mirándonos cara a cara. Dejaremos la puerta entreabierta. Ambos tomaremos la precaución de vigilarnos recíprocamente, para interrumpir el experimento en cuanto los síntomas se hagan excesivos y alarmantes para nuestra seguridad. ¿Está todo claro? Pues entonces, yo saco del sobre el polvo, o lo que de él queda, y lo extiendo encima de la lámpara encendida. ¡Así! Y ahora, Watson, podemos sentarnos y esperar los acontecimientos...

No tardamos mucho en experimentarlo. Apenas había tenido tiempo de sentarme en mi silla, cuando tuve conciencia de un olor espeso, almizcleño, sutil y nauseabundo. En cuanto respiré aquel humo, perdí el control de mi cerebro y de mis sentidos. Una nebulosa espesa y negra formó un remolino delante de mis ojos, y mi imaginación me advirtió que, dentro de esa nube, invisible todavía, podría arrancarme los sentidos en cuanto creciera y se hiciera más voluminosa, y así me acechaba como enemigo terrible, saltando a la palestra los sentimientos más monstruosos y malvados de esta tierra. En el banco de la negra nube, vagaban y nadaban formas difusas, cada una de las cuales era una amenaza y una advertencia de algo que estaba por llegar, la aparición en el umbral de algún morador sanguinario, cuyo suspiro bastaba para hacer estallar mi alma. Los escalofríos de mi cuerpo se alternaban y se apoderaban de mí cada vez más rápido. Tuve la sensación de que mis cabellos se erizaban, que mi boca se abría hasta la saciedad y la lengua se me curtía. Dentro de mi cerebro se interponía un torbellino tal, que forzosamente iba a estallar algo de un momento a otro. Quise gritar, y tuve una confusa sensación, como si en mi conciencia repercutiera un áspero croar, la voz de ultratumba de mi propio yo apartado de este mundo. En el mismo instante, y con un esfuerzo por huir de aquella tremenda situación, abrí un desgarrón en aquella nube de desesperanzas, y vi un instante la cara de Holmes, blanca, rígida, tensa de espanto; la mismísima expresión que yo había visto en las facciones de los muertos. Esa visión fue la que me impulsó a recuperar la cordura y la energía. Salté de mi sillón, me abalancé sobre Holmes, le agarré con mis brazos, y los dos juntos salimos dando bandazos por la puerta. Un instante después nos tiramos sobre el campo cubierto de césped, y permanecimos allí un rato, conscientes únicamente de la luminosidad gloriosa del sol que se iba abriendo camino con fuerza entre la nube infernal de terror que nos había envuelto. Poco a poco se fue diluyendo la nube gris en la que minutos antes nos habíamos sometido, lo mismo que la niebla desaparece de una ladera, hasta que recobramos la paz y la razón, y nos sentamos en la hierba, enjugándonos las frentes pegajosas, y contemplándonos el uno al otro con recelo para tomar nota de los últimos vestigios de la terrorífica experiencia a que nos habíamos sometido.

—¡Por mi vida, Watson, que tengo que darle las gracias y presentarle disculpas! —dijo por último Holmes con voz insegura—. Ha sido un experimento que no estaba jutificado ni en el caso de uno mismo, y doblemente menos en el caso de un amigo. Estoy verdaderamente arrepentido.

—Ya sabe que ayudarle a usted constituye mi mayor alegría y orgullo —le contesté con algo de emoción, porque nunca Holmes se había expresado desvelando tanto su corazón.

Mi amigo volvió a dejarse llevar de la vena medio humorística, medio cínica, de que se servía con las personas que vivían a su alrededor, y dijo:

—Mi querido Watson, somos un par de perturbados mentales y no tenemos remedio; cualquier observador sincero declararía que lo estábamos antes de embarcarnos en tan temerario experimento. Tengo que confesar, que jamás pensé que los efectos fueran tan concluyentes y tan repentinos como me imaginaba —corrió a meterse en la casa, reapareció con la lámpara encendida, manteniéndola a una prudente distancia de su brazo, y luego la tiró a un zarzal—. Tenemos que esperar algún tiempo para que se ventile la habitación. Me imagino, Watson, que ya no tendrá ninguna duda de cómo aconteció la fatal tragedia, las tragedias, quiero decir...

—Absolutamente ninguna.

—Pero la causa sigue tan oscura como antes. Tenemos que inmiscuirnos mucho más en este entramado tan laberíntico y estudiarlo a conciencia. Todavía me parece estar sintiendo en el interior de la garganta ese repugnante producto. Creo que podemos admitir que todo tiende a demostrar que el tal Mortimer Tregennis actuó de criminal en la primera tragedia, aunque haya sido víctima en la segunda. Recordemos primeramente que hubo en la familia un desacuerdo que concluyó en riña, aunque luego acabó en reconciliación. Mortimer Tregennis, tal como yo lo recuerdo ahora, con su cara de listo y sus ojillos brillantes y astutos al socaire de sus gafas, no es hombre al que yo pudiera adjudicar una virtud especialmente orientada al acto de perdonar. Además, de él surgió, recuérdelo usted, la sublime sugerencia de que alguien se movía por el jardín, que descartó por un instante nuestras sospechas de la verdadera causa de la tragedia. Tenía razones suficientes para inducirnos a una equivocación. Por último, si no fue él quien echó al fuego en el momento de retirarse la sustancia venenosa, ¿quién pudo ser? El suceso tuvo lugar inmediatamente después de su salida. Si alguien hubiese entrado, la familia se habría levantado de la mesa. Además, en esta pacífica zona de Cornwall no es habitual que las visitas lleguen después de las diez de la noche. Así pues, nos debemos de someter al sentido común, y todas las pruebas tienden a demostrar la culpabilidad de Mortimer Tregennis.

—¡Pues entonces su muerte ha sido un suicidio!

—Así, a primera vista no es una suposición disparatada. El hombre que tenía grabada sobre su alma la desgracia de su propia familia, no es de extrañar que pudiera ser arrastrado a la autodestrucción completa; a veces los remordimientos son más fuertes que el amor hacia sí mismo. Pero por otro lado, existen, sin embargo, razones de peso en contra de esta suposición. Hay, por suerte, en Inglaterra, un hombre que lo sabe todo, y he dispuesto las cosas de manera que podamos esta tarde oír de sus propios labios el relato de los hechos. ¡Vaya! Llega con antelación: tenga la amabilidad de pasar por aquí, doctor León Sterndale. Hemos estado haciendo dentro de casa un experimento químico que ha dejado nuestra pequeña habitación en detestables condiciones para recibir en ella una visita tan distinguida y de su consideración.

Yo había oído el rechinar de la puerta del jardín, y enseguida surgió en el camino la magnífica figura del explorador africano. Se volvió con cierta sorpresa hacia la rústica glorieta en cuyo interior estábamos sentados.

—Míster Holmes, usted me ha llamado para que acudiera a su casa. He recibido su carta hace una hora, y aquí me tiene, aunque no sé realmente por qué razón he obedecido a su llamamiento.

—Tal vez podamos aclarar un aspecto importante antes que hayamos terminado esta entrevista —dijo Holmes—. Mientras tanto, le agradezco infinitamente su complacencia por haber accedido a venir a mi casa. Usted disculpará esta recepción poco protocolaria, al aire libre; pero la verdad es que mi amigo Watson y yo hemos estado a punto de agregar un capítulo más a lo que los periódicos llaman el suceso trágico de Cornwall. Además, puesto que el asunto del que hemos de tratar le concierne a usted de una manera tan personal, lo mejor es que charlemos en un sitio discreto, lejos de rumores para que no nos molesten.

El explorador se quitó el cigarro de los labios y miró con severidad a mi compañero, diciendo:

—Estoy deseando saber, señor, qué puede contarme que sea de mi incumbencia y que me concierne de forma tan personal como usted manifiesta.

—Tengo que hablar de cómo ha matado a Mortimer Tregennis— le contestó Holmes.

Por un momento me habría gustado llevar armas. El rostro enérgico de Sterndale se volvió de un color rojo oscuro, le relampaguearon los ojos, y aparecieron como síntomas monstruosos en su frente unas poderosas venas cargadas de ira y de violencia. Al mismo tiempo, se abalanzaba hacia mi compañero con los puños apretados. Pero se contuvo, y recobró mediante un violento esfuerzo su serenidad fría y rígida, que daba tal vez una sensación de peligro mayor que su espontáneo arrebato.

—Son tantos los años que llevo viviendo entre salvajes y fuera de la ley —dijo—, que me he acostumbrado a representar la ley yo mismo. Haría usted bien, míster Holmes, en no olvidarlo, porque no deseo hacerle ningún daño.

—Ni yo deseo hacérselo a usted, doctor Sterndale. La prueba más evidente la tiene en que, sabiendo lo que yo sé, le he llamado a usted y no a la Policía.

Sterndale se sentó como si le faltase el aliento, y me atrevería a asegurar que por primera vez en su vida aventurera, se sintió intimidado. No era posible sustraerse a las serenas sentencias que con tanto poder de convicción, salían de la boca de Holmes. Nuestro visitante empezó a murmurar, mientras sus manazas se abrían y se cerraban por efecto de su nerviosismo. Por último, preguntó:

—¿Qué quiere usted decir con esa afirmación? Si trata usted de tirarse un farol, míster Holmes, ha ido usted a buscar para su experimento un hombre poco apto. Dejémonos ya de provocar este juego de palabras. ¿Qué es lo que quiere decir?

—Se lo explicaré, y se lo explicaré porque espero que la franqueza sea correspondida con la franqueza. Lo que yo haga después, dependerá por completo de su respuesta y defensa —le contestó Holmes.

—¿Mi defensa?

—Sí, señor.

—¿Y de qué tengo que defenderme?

—De la acusación de haber matado a Mortimer Tregennis.

Sterndale se enjugó la frente con el pañuelo y dijo:

—Por mi vida, que se pone usted muy pesado. ¿Es acaso su fabulosa capacidad para tirarse faroles la que le proporciona todos sus éxitos?

—En esta ocasión, doctor Sterndale, el que está despistando la conversación es usted y no yo —le contestó Holmes con severidad—. Y para probárselo, voy a enumerarle algunos hechos que sirven de base a mis deducciones. De su regreso desde Plymouth, dejando que una parte de su equipaje siguiese rumbo a África, tengo que decirle que esa cuestión fue un motivo que me hizo comprender que usted era uno de los factores que había que tomar en consideración al tratar de reconstruir este drama.

—Regresé porque...

—Ya recuerdo las razones que me expuso, y que yo considero no muy convincentes y poco precisas. Y aparte de ese detalle, hay otro. Usted vino a visitarme y me preguntó que de quién sospechaba. Me negué a contestar a esa pregunta. Desde aquí marchó usted a la vicaría, esperó allí un rato delante del edificio y, por último, regresó a su casita.

—¿Cómo lo sabe usted?

—Le seguí.

—Yo no vi a nadie.

—Tenga en consideración que siempre que yo le siga le ocurrirá lo mismo. Pasó usted una noche muy intranquila y desasosegada en su casita, y en ese transcurso de la noche, organizó usted planes muy concretos, que pasó a ejecutarlos a primera hora de la mañana. Al salir de su casa, cuando apenas había amanecido, se llenó usted el bolsillo de grava menuda y rojiza que cogió de un montón que tiene junto a la puerta exterior.

Sterndale pegó un violento respingo y clavó una mirada en Holmes.

—Acto seguido, recorrió usted a paso ligero los dos kilómetros de distancia que hay desde su casa a la vicaría. Llevaba usted, dicho sea de paso, esos mismos zapatos a rayas, de tenis, que ahora lleva puestos. Al llegar a la vicaría cruzó usted el huerto y el seto lateral, y llegó hasta debajo de la ventana del inquilino Tregennis. Era ya pleno día, pero ningún movimiento se advertía en la casa. Sacó usted del bolsillo un puñado de grava y lo tiró a la ventana más alta.

Sterndale se puso en pie como movido por un resorte.

—¡Usted es el mismísimo demonio! —exclamó.

Holmes sonrió al escuchar aquel cumplido.

—Tuvo usted necesidad de tirar dos o tres puñados antes que el inquilino se asomase a la ventana. Le pidió usted que bajara. Él se vistió apresuradamente y bajó al cuarto de estar. Usted se introdujo en el mismo por la ventana. Tuvieron ustedes un breve encuentro, una entrevista que duró poco tiempo, durante la cual usted paseó por la habitación. Luego salió usted, cerró la ventana y permaneció en el césped fumando un cigarro y contemplando lo que ocurría. Por último, cuando ya Tregennis había muerto, se alejó usted por donde había venido. Pues bien, doctor Sterndale: ¿cómo justifica usted su conducta, y lo que es peor, qué es lo que le impulsó para actuar así? Le doy mi palabra de que, si usted intenta faltar a la verdad o tomarse la cosa a broma, tomaré medidas más serias al respecto y de una manera definitiva.

Conforme fue escuchando las palabras del hombre que le acusaba, la cara de nuestro visitante fue adquiriendo una palidez cenicienta. Permaneció algún tiempo meditando, con la cabeza oculta entre las manos. De pronto, con un súbito movimiento, sacó del bolsillo del pecho una fotografía y la tiró encima de la mesita rústica que teníamos delante.

—Ahí tiene la razón que me movió a hacerlo.

Se veía en la foto el busto y el rostro de una bellísima mujer. Holmes se inclinó para verla mejor, y dijo:

—Brenda Tregennis.

—Sí, Brenda Tregennis —repitió nuestro visitante—. Desde hace muchos años nos amábamos. Nuestro amor era correspondido mutuamente y teníamos una relación maravillosa. Ahí está el motivo por el que fijé mi residencia entre viaje y viaje en esta región de Cornwall, y que nadie podía entender. Gracias a mi estancia aquí, estaba en contacto con la única persona que quería en este mundo cruel. No podía casarme con ella, porque tengo una esposa, que a pesar de que me abandonó ya hace mucho tiempo, y debido a las ridículas legislaciones británicas, no podía divorciarme. Brenda esperó largos años. Yo esperé largos años. Y hemos esperado para un final así, desastroso y trágico.

Un sollozo espantoso sacudió su fuerte corpachón, y se oprimió la garganta con la mano por debajo de su abigarrada barba. Se dominó haciendo un gran esfuerzo y siguió hablando:

—El vicario lo sabía. Él era parte de nuestro secreto. Él podrá decirle que esa mujer era un ángel sobre la tierra. Cuando murió, el vicario me mandó un telegrama, y volví tan rápido como pude. ¿Qué me importaba el equipaje cuando había fallecido el único amor de mi vida? Ahí tiene usted, míster Holmes, la clave que le faltaba: la del móvil de mis acciones.

—Prosiga —le dijo mi amigo.

El doctor Sterndale extrajo del bolsillo una bolsa de papel y la colocó encima de la mesa. En la parte exterior aparecía este rótulo: *Radix pedis diaboli,* y debajo la etiqueta en rojo de los venenos. Empujó la bolsa hacia mí.

—Tengo entendido que es usted médico, señor. ¿Ha oído hablar alguna vez de este preparado?

—¡Por Dios! ¿Cómo dice, raíz de pie de diablo? No, nunca oí hablar de semejante cosa.

—Con ello no desmerece su saber profesional, porque, según tengo entendido, no existe en toda Europa otra muestra del producto, salvo la que tienen en un laboratorio de Buda. Este producto, todavía no se ha utilizado en ningún laboratorio europeo ni está documentado en los glosarios de toxicología. La raíz tiene la forma de un pie, mitad humano, mitad caprino; de ahí se deriva el nombre fantástico que le puso un misionero de la botánica. En ciertos distritos del oeste de África recurren a ese producto los brujos, empleándolo como veneno para provocar alucinaciones y promover juicios populares. Esta muestra pude conseguirla en el país de los Ubanghi, y en circunstancias además extraordinarias.

Mientras hablaba abrió el paquete y quedó a la vista un montón de polvo como de tabaco, de un color castaño rojizo.

—Bien, ¿y qué más? —preguntó, con actitud severa, Holmes.

—Voy a contarle cómo pasó todo, míster Holmes. Es tanto lo que ya sabe, que me interesa, sin duda, que lo sepa todo. He explicado ya cuáles eran mis relaciones con la familia de los Tregennis. Por amor a Brenda, mantenía trato amistoso con sus hermanos. Hubo en la familia una disputa por cuestión de dinero, y las relaciones de la misma con Mortimer se enfriaron; las cosas parecieron arreglarse más adelante, y yo volví a mantener relación con él, lo mismo que con los demás. Era un individuo astuto, sutil, calculador, y yo observé en él varios detalles que me pusieron en guardia y sentía cierto recelo por su persona; sin embargo, no tenía motivos como para romper un trato cordial... Hará cosa de dos semanas vino a mi casita y yo le enseñé algunas de mis curiosidades africanas; entre otras, este polvo, y le expliqué sus extrañas cualidades: cómo estimula los centros cerebrales que controlan la emoción del miedo, cómo el desdichado indígena al que el sacerdote de la tribu somete, valiéndose del mismo, para la ejecución del juicio, enloquece o muere. Le dije también que la ciencia europea sería incapaz de descubrir la acción del mismo. No me explico de qué manera se apoderó del veneno. Yo no me ausenté ni un momento de la habitación, pero el hecho indudable es que él se las arregló para sustraer cierta cantidad de raíz de pie de diablo. Recuerdo perfectamente que curioseó todas sus propiedades y me preguntó todo acerca del producto. Se informó bien de la cantidad y tiempo para producir los diferentes efectos, pero por supuesto, yo estaba muy lejos de imaginarme que pudiera tener razones personales para ello... No volví a pensar en el asunto hasta que recibí en Plymouth el telegrama del vicario. El miserable de Mortimer había calculado que yo habría embarcado antes que me llegase la noticia, y que permanecería perdido en África durante muchos años. Pero regresé inmediatamente. Evidentemente, desde el momento en que me informaron de todos los detalles del fatal suceso, tuve la seguridad de que había sido empleado mi veneno. Vine a visitarle a usted, por si se le había ocurrido alguna otra explicación del hecho. Pero imposible que hubiese otra. Yo tenía el convencimiento de que Mortimer Tregennis era el asesino; y que, por el interés del dinero, y quizá con la idea de que si se deshacía del resto de sus familiares, muertos o locos, sería nombrado como único administrador y casi único heredero de todos los bienes y patrimonios de la familia Tregennis. Así es cómo sometió a los efectos del polvo a sus hermanos, enloqueciendo a dos de ellos y matando a su hermana Brenda, al único ser humano que yo he amado y que me ha amado. Ese había sido su crimen. ¿Cuál debía ser su castigo?... ¿Recurriría a la institución judicial? ¿Dónde estaban mis pruebas? Yo estaba seguro de la verdad de los hechos, pero ¿conseguiría hacer creer a un Jurado de campesinos una historia tan fantástica? Tal vez lo consiguiese, tal vez no. Pero yo no podía quedarme con las manos en los bolsillos, no, por respeto a mi amada. Yo bramaba pidiendo venganza. Le he dicho antes, míster Holmes, que he vivido una gran parte de mi vida fuera de la ley, llegando a sentirme yo mismo como representante de mi propia ley. Eso ocurrió ahora. Sentencié que él tenía que morir de la misma manera que vilmente había asesinado a Brenda. Y si no, me tomaría la justicia por mi propia iniciativa. No hay en toda Inglaterra hombre para el que la vida tenga menos valor que el que tiene en este momento para mí... Ya se lo he contado todo. Usted mismo ha completado mi relato. Tal y como usted ha dicho, salí a primera hora de mi casita, después de pasar una noche fatal. Ante la dificultad de despertar a ese canalla, ya de antemano, cogí cierta cantidad de gravilla del montón que antes habló usted, y la tiré a la ventana. Bajó y me hizo pasar a la sala por la ventana. Yo le expuse su crimen, añadiendo que había venido como juez y como verdugo. Al ver mi revólver, aquel cobarde y miserable se dejó caer como paralizado en un sillón. Encendí la lámpara, desparramé el polvillo encima, y me quedé en la parte de fuera, frente a la ventana, dispuesto a cumplir mi amenaza de matarle a tiros si intentaba huir de la habitación. No tardó ni cinco minutos en morir. ¡Y qué muerte, por mi vida! Pero mi corazón se mantuvo de pedernal, porque lo que él sufría se lo había hecho sufrir antes a mi inocente y amada Brenda. Esa es mi historia, míster Holmes. Su usted amase a una mujer, quizá habría hecho lo mismo. Piense lo que quiera, estoy en sus manos. Es usted libre de dar los pasos que bien le parezca. Ya le he dicho que no hay entre los vivos, hombre que menos tema a la dama de la muerte.

Holmes permaneció inmóvil y en silencio por espacio de algunos momentos, y, al fin, le preguntó:

—¿Y qué pensaba usted hacer ahora?

—Tenía el propósito de establecerme en África Central, lugar en el que todavía tengo muchas cosas que hacer. Ahí hay mucha labor por delante.

—Pues vaya, y complétela —dijo Holmes—. Yo, por lo menos, no estoy dispuesto a impedírselo.

El doctor Sterndale irguió su figura gigantesca, se inclinó con gravedad, y salió de la glorieta. Holmes encendió la pipa y me alargó la tabaquera diciendo:

—No nos vendría mal para experimentar otro tipo de humo menos venenoso. Creo que estará usted en consonancia con mi actitud, Watson; es un caso en el que yo personalmente creo que no debo intervenir. Hemos investigado de una manera no oficial, y debemos actuar por nuestra propia cuenta. ¿Verdad que usted no denunciaría a ese hombre?

—¡Desde luego que no! —le contesté.

—Yo no he amado nunca, Watson; pero si hubiese amado y la mujer que amara hubiese tenido una muerte así, es posible que obrara de forma semejante que el doctor; nuestro desaforado cazador de leones. ¡Quién sabe! Y ahora, Watson, no quiero hacer una ofensa a su inteligencia explicándole lo que resulta evidente. El punto de arranque de mis pesquisas fue, como ya supondrá, la gravilla que encontré en el antepecho de la ventana. No se parecía en nada a la del jardín de la vicaría. Sólo encontré otra igual cuando mi atención se desvió hacia el doctor Sterndale y hacia su casita. El hecho de que la lámpara estuviese encendida en pleno día y el polvo encontrado, constituyeron los eslabones sucesivos de una cadena que ya estaba bastante clara. Y creo, mi querido Watson, que podemos apartar ya de nuestras mentes este trágico suceso, y volver con la conciencia tranquila al estudio de las raíces caldeas, que es posible señalar con seguridad en la rama del gran idioma céltico que es privativa de Cornwall.

8

Su último saludo en el escenario

El epílogo de Sherlock Holmes

Eran las nueve de la noche del día 2, de un fatídico mes de agosto en la historia del mundo. Ya para entonces podía uno creer que la maldición de Dios se cernía abrumadora sobre un mundo desvirtuado y degenerado, preso de un ambiente corrupto que con pesadumbre arrastraba hasta la voz de la conciencia de cualquier desalmado, mientras el resto, vagaba en una difusa expectativa. Había amanecido, la luz imperaba en todo el horizonte, y sin embargo, en uno de sus lados del lejano Oeste, todavía quedaba un amplio desgarrón, color rojizo, que como ensangrentado parecía cubrir una herida abierta. En lo alto, brillaban un círculo de estrellas todavía sin fusionar en el alba; allá abajo, brillaban en la bahía las luces de los barcos. Los dos célebres alemanes estaban de pie junto al parapeto de piedra que bordeaba el paseo del jardín; tenían a su espalda la casa, edificio bajo, de pesados gabletes, y contemplaban la ancha superficie de la bahía que se extendía al pie del alto acantilado afilado, sobre el que, lo mismo que águila viajera, se había posado Von Bork cuatro años antes. Conversaban con cierta complicidad, como confidentes de pesares y alegrías, posando sus cabezas uno contra otro en una mínima distancia. Incluso con un poco de imaginación, observados desde un ángulo inferior, como uno de esos oscuros cinematográficos de plano contra plano, se observaban las dos puntas encendidas de sus cigarrillos que parecían dos ojos, los ojos enrojecidos de un espíritu maligno, espía de los infiernos.

Hombre con talento era Von Bork, muy distinguido entre todo un montón de agentes abnegados del Kaiser. Y fueron sus grandilocuentes condiciones las que empezaron por recomendarle para desempeñar una misión en Inglaterra, la más importante de todas las que había. Pero desde el momento en que se hizo cargo de la misma, esas innatas condiciones suyas se fueron haciendo cada vez más patentes para la media docena de personas que estaban enteradas de la verdad. Una de esas personas era su actual acompañante, el barón Von Herling, primer secretario de Legación, cuyo imponente coche Benz, de 100 HP, quedó aparcado, cerrando el paso en el camino vecinal, esperando a que su propietario lo volviera a conducir para su retorno a Londres.

—Por lo que yo pude intuir, teniendo en cuenta la marcha de los acontecimientos, creo probable que antes de una semana estará usted de regreso en Berlín —decía el secretario—. Cuando llegue usted allí creo, mi querido Von Bork, que quedará sorprendido del recibimiento que están preparando en su honor. Yo estoy informado de lo que las autoridades más poderosas y las más altas esferas opinan a propósito de su labor en este país.

El secretario era un hombre corpulento, ancho, fornido, de elevada estatura, y se expresaba con la lentitud y pesadez, y también claridad, que habían sido la cualidad más brillante en su carrera diplomática.

Von Bork se echó a reír, y se explicó:

—No es difícil engañar a esa gente. No es posible imaginar unas personas más dóciles y de argumentos tan simplistas.

—No sé qué decir de ellos —contestó el otro, pensativo—. Tienen sorprendentes limitaciones, y uno tiene que aprender a tenerlas en cuenta. Es precisamente su simplicidad aparente lo que constituye una trampa para el extranjero. La primera impresión que a uno le producen es de que son completamente manejables; pero, de pronto, se tropieza uno con algo muy inflexible, uno se percata que ha llegado al fin de sus manipulaciones, y que sería más sensato adaptarse a esa realidad. Por ejemplo, ellos tienen sus convencionalismos insulares que es absolutamente preciso observar y respetar.

—¿Se refiere usted a las buenas formas y demás por ese estilo?

Von Bork suspiró, como quien ha tenido que soportar mucho.

—Me refiero a los prejuicios británicos en todas sus modalidades, que no son pocas. Puedo citar como ejemplo uno de mis mayores tropiezos, y puedo permitirme hablar de tropiezos porque usted está bien al corriente de mis éxitos. Fue a raíz de mi primera visita. Fui invitado a una grata estancia de fin de semana en la residencia campestre de un ministro del Gabinete. Las conversaciones fueron de una indiscreción asombrosa.

Von Bork cabeceó, asintiendo, y dijo secamente:

—Exactamente. Pues bien, envié, como es lógico, a Berlín un extracto de lo que allí se habló. Por desgracia, nuestro buen canciller es un poco burdo en estos asuntos, y me envió un comentario que demostraba que ya estaba al corriente de todo. Como es natural, este acto permitió a los de aquí, señalarme individualmente como informante oficial. No tiene usted idea del daño que aquello me causó. Le aseguro que nuestros huéspedes británicos no se mostraron conmigo nada blandos al respecto. Dos años me costó ir borrando asperezas. En cambio, usted, con esa su postura de deportista...

—No; no lo denomine usted postura. Postura se dice de lo artificial. Mi actitud es del todo natural. Yo soy un *sportman* nato. Soy un deportista sintiéndolo mucho.

—Bien, mejor me lo pone, porque el efecto es todavía mayor. Usted maneja la vela y navega con ellos, caza como ellos, les iguala en todos los juegos, es su adversario en el polo, y su tiro de cuatro corceles se lleva el premio en el Olympia. He oído decir que llega usted hasta boxear con los oficiales jóvenes. ¿Y qué conclusión se saca? Que nadie recele de usted. Es usted *un simpático deportista, un hombre que parece mentira que sea alemán,* un bebedor incansable, hombre de club, juerguista y despistado. Y mientras tanto, esta su tranquila residencia campestre viene a ser el centro de todo lo que se conspira contra Inglaterra, y el caballero-deportista, el individuo del servicio secreto más astuto que hay en Europa. ¡Eso es ser un genio, mi querido Von Bork, eso es ser un genio!

—Me adula usted, barón. Desde luego, puedo afirmar que los cuatro años que he residido aquí, en este país, no han sido estériles. Nunca le he mostrado a usted mi pequeño almacén. ¿Quiere entrar a verlo unos momentos?

La puerta del despacho se comunicaba con la terraza misma. Von Bork la abrió, pasó delante e hizo girar la llave de la luz eléctrica. Después cerró la puerta, una vez dentro, corrió cuidadosamente la pesada cortina encajada en la ventana. Hasta que no terminó de tomar todas las precauciones pertinentes, no volvió su rostro hacia su compañero.

—Una parte de mi documentación no está ya aquí —dijo—. Mi mujer y el servicio doméstico se llevaron ayer la menos importante al marchar a Flushing. Para los demás documentos tendré que reclamar, como es natural, la protección de la Embajada.

—No tema sobre ese aspecto, entre otras cosas porque usted está identificado como miembro del personal de la misma. Ni usted ni su equipaje toparán con ningún obstáculo. Ahora bien, es muy posible que no nos veamos obligados a marcharnos. Sin afirmar nada, es posible que Inglaterra abandone a Francia a su destino. Tenemos una contrapartida muy provechosa, y es que entre ambas no existe tratado alguno que puedan unir sus políticas en las relaciones internacionales.

—¿Y Bélgica?

—Sí, a Bélgica también.

Von Bork movió la cabeza dubitativamente.

—No lo veo claro en este caso. Existe precisamente en relación a Bélgica un tratado. El prestigio de Inglaterra no se recobraría de semejante humillación.

—Pero tendría paz de momento.

—¿Y su honor?

—¡Bah! Vivimos en una era funcional y utilitarista, el honor es cosa pasada del concepto medieval. Además, Inglaterra no está preparada para abordar semejante empresa. Es algo inconcebible, pero lo cierto es que ni siquiera nuestro empréstito especial de guerra de los cincuenta millones, que cualquiera hubiera podido pensar que dejaba al descubierto nuestros propósitos como si los hubiéramos anunciado en la portada del *Times,* ha despertado a la gente de su sesteo. De cuando en cuando le hacen a uno una u otra pregunta. Misión mía es encontrar una respuesta. De cuando en cuando también surge una irritación. Deber mío es suavizarla. Pero le aseguro que, por lo que respecta a lo esencial..., almacenamiento de municiones, preparativos contra el ataque submarino, instalaciones para producir altos explosivos, no se ha hecho nada. ¿Como va a entrar Inglaterra, después de lo que hemos armado en su interior, un zafarrancho del demonio con la guerra civil irlandesa, y con lo que ello conlleva como la furia desatada de su contienda, rompiendo escaparates y otros problemas más serios; ¿cómo piensa que puede concentrarse en otra cosa que no sea arreglar sus propios asuntos internos?

—Tiene que pensar en su porvenir.

—Ese es otro asunto. Yo imagino que en el futuro tendremos proyectos más concretos y planificaciones más severas en relación a Inglaterra, y que los informes conseguidos por usted serán de vital importancia para nosotros. Tarde o temprano, con John Bull, nos las tendremos que ver. Si es en el tiempo presente, estamos preparados, y si las circunstancias lo posponen, le aseguro que también. En todo caso, siempre es una ventaja pelear, tanto si son aliados como si no, pero en ese tema no entro, pertenece a su profesión y es cosa suya. Hoy por hoy, pertenecemos a lo que el destino nos depare..., pero me hablaba usted de su documentación.

Tomó asiento en el sillón. La luz incidía en su cabeza, reflejando su calva, y mientras tanto él daba unas caladas tranquilamente a su cigarro.

En el rincón del fondo de aquella habitación revestida de roble, y en la que se alineaban toda una hilera de libros, colgaba una cortina. Al desplegarla, quedó al descubierto una voluminosa caja fuerte con recuadros de bronce. Von Bork desprendió de la cadena de su reloj una llavecita, y después de manipular durante un rato en la cerradura, abrió de par en par la pesada puerta.

—¡Mire! —dijo, apartándose con una ondulación de la mano.

La luz se extendió de lleno en el interior de la caja fuerte y el secretario de la Embajada contempló, absorto, toda una amalgama de archivadores repletos de documentos en sus interiores. Cada archivador tenía su rótulo correspondiente, y mientras echaba un vistazo, el secretario fue leyendo una larga serie de títulos como los siguientes: *Vados, Defensas de puertos, Aeroplanos, Irlanda, Egipto, Fuertes de Portsmouth, El Canal, Rosyth* y veinte más. Cada división estaba atiborrada de planos y de documentos.

—¡Colosal! —dijo el secretario.

Dejó sobre la mesa su cigarro y aplaudió con sus manos gordinflonas.

—Y todo en cuatro años, barón. No está del todo mal, máxime cuando han sido conseguidos por todo un señor campesino y provinciano, bebedor empedernido, y jinete de afición. Pero la piedra preciosa de mi colección está a punto de llegar y ya tiene allí su lugar reservado.

Al apuntar esta cuestión, dirigió su mirada hacia una de las casillas en las que ya había colgado su rótulo, el de: «Código de señales de la Marina.»

—Pero ahí tiene usted ya una buena cantidad de documentos.

—Anticuados y para tirarlos a la basura, me temo. Yo no sé cómo, pero lo cierto es que el Almirantazgo se ha puesto en guardia y ha cambiado todos los códigos. Ha sido un duro golpe, barón; ha significado el contratiempo mayor de toda mi campaña. Pero gracias a mi libro de cheques y al bueno de Altamont, esta noche quedará todo completamente reparado.

El barón miró su reloj y dejó escapar una exclamación gutural de desencanto:

—¡Vaya! Me temo que tengo que abandonar su grata compañía. Me imagino que será consciente de que en Carlton, todos los asuntos se precipitan ahora a una velocidad increíble, y que todos tenemos que estar en nuestros puestos. Me habría gustado llevar la noticia de su golpe maestro. ¿Le señaló hora Altamont?

Von Bork le alargó un telegrama:

«Llegaré esta noche sin falta y llevaré las bujías nuevas.

»Altamont.»

—¿De modo que bujías?

—Tenga en cuenta que él se hace pasar por un técnico de taller de motores y yo tengo un gran garaje. Todas las cosas que probablemente tendremos que nombrar, llevan en nuestro código el nombre de una pieza de repuesto. Si habla de un radiador, se refiere a un acorazado; si de una bomba de aceite, a un crucero, etcétera. Bujías son los códigos de señales.

—Puesto en Portsmouth al mediodía —dijo el secretario, examinando la línea superior—. A propósito, ¿cuánto le paga?

—Por este servicio concretamente, quinientas libras. Por supuesto, aparte tiene otros honorarios como su propio salario.

—¡Canalla avariento! Estos traidores son gente útil, pero a mí me duele el precio de sangre que se les paga.

—Pues en lo que a mí respecta, nada me duele lo que le doy a Altamont. Trabaja fenomenal. Es cierto que le pago bien, pero él me entrega la correspondiente mercancía, como él dice. En mi opinión, no es un traidor. Le aseguro que el *junker* más pangermánico de los nuestros, resulta respecto a sus sentimientos hacia Inglaterra un tierno palomino comparado con los que hacia ella sienten los irlandeses de Norteamérica, verdaderamente patriotas.

—¿De modo que es irlandés-norteamericano?

—Si le oyese hablar no lo pondría en duda un instante. Hay ocasiones en que lo que habla resulta para mí una jerga y a veces ni le entiendo. Es como si estuviera en guerra no únicamente con la corona de Inglaterra, sino también con su gramática. ¿No tiene usted más remedio que marcharse? Puede llegar él en cualquier momento.

—Lo siento, pero me he retrasado ya más de lo que debía. Le esperamos a usted mañana a primera hora. Cuando haya pasado ese código de señales a través de la puerta de la escalinata del duque de York, habrá puesto usted un triunfal colofón a su hoja de servicios en Inglaterra. ¿Cómo? *Tokay!*

Y señaló hacia una botella de gruesos lacres, cubierta de polvo, que yacía en la bandeja junto con dos altos vasos.

—¿Puedo ofrecerle un vaso antes de marcharse?

—No, gracias. Pero esto me huele muy bien.

—Altamont tiene gustos muy refinados en cuestión de vinos y se encaprichó de mi *tokay*. Es de una sensibilidad aplastante y hay que llevarle la corriente en las cosas menudas. Le aseguro que necesito estudiar su carácter bien.

Volvieron a salir dando un paseo por el camino, avanzando tranquilamente hasta el extremo más alejado. Al sentir nuestra presencia, el chófer del barón, el coche se puso en marcha.

—Me imagino que aquellas son las luces de Harwich —dijo el secretario, poniéndose la gabardina—. ¡Qué tranquilo y pacífico parece todo! Bien pudiera ocurrir que antes de una semana se recubriera de otro tipo de luces y que la costa inglesa dejara de estar tan tranquila. Y quizá tampoco el firmamento esté tan sosegado, si resulta cierto lo que el bueno de Zeppelin nos promete. A propósito, ¿quién es esa mujer?

La única ventana, iluminada estaba a su espalda; se veía dentro una lámpara de pie, y junto a ella, delante de una mesa, a una simpática y colorada anciana, magistralmente vestida con la típica cofia campesina. Estaba inclinada, haciendo sus labores de punto, y de cuando en cuando se agachaba para acariciar a un enorme gato negro que descansaba en un taburete a su lado.

—Es Martha, la única persona del servicio doméstico que ha quedado conmigo.

El secretario murmuró por lo bajo:

—Es una buena representante de la cultura británica, a juzgar por lo absorta que está dentro de sí misma y por la impresión general de cómoda somnolencia que emana de ella. Bien, Von Bork, *au revoir!...*

Saltó dentro del auto, con denodada agilidad muscular, y un instante después, se alejaron en la oscuridad dos conos dorados que se disparaban desde los focos. El secretario, que se asentó cómodamente en los almohadones de su lujosa *limousine,* iba tan absorto, pensando en la inminente tragedia europea, que casi no se percató de que su coche, al doblar para meterse en la calle del pueblo, había estado a punto de chocar con un pequeño Ford que venía en sentido contrario.

Cuando se apagaron en la lejanía los últimos resplandores de las luces del auto, Von Bork regresó despacio a su despacho. Se fijó, al pasar, en que su anciana ama de llaves había apagado la luz y se había retirado. Fue una nueva sensación la que imperaba en aquel lugar, silenciosa y oscura, apacible en la inmensidad de una lujosa residencia en la que constantemente había un movimiento incesante de miembros de su familia y sus numerosos criados. Experimentó una sensación de alivio al pensar en que todos se hallaban ya a salvo y en que, fuera de aquella anciana que se había retrasado en la cocina, tenía para sí toda la casa.

Era preciso despejar su despacho y poner en orden las cosas, y se puso manos a la obra, hasta que su rostro hermoso e inteligente se coloreó por efecto del calor que despedían los documentos quemados. Tenía junto a su mesa una maleta de cuero, y dentro de ella fue colocando con mucho esmero y cuidado, el precioso contenido de su caja fuerte. Sin embargo, apenas había iniciado esta última tarea, cuando su fino oído captó el rumor lejano de un automóvil. Se le escapó un suspiro de satisfacción, cerró y aseguró las correas de la maleta, cerró con llave la caja fuerte y salió apresuradamente a la puerta. Lo hizo con el tiempo justo para ver cómo las luces de un auto pequeño se detenían delante de la puerta exterior de su jardín. Un hombre salió del auto, y avanzó rápido hacia él, mientras que el chofer, un hombre corpulento y entrado en años, de bigote gris, se arrellanaba en su asiento como quien está resignado a una larga vigilia.

—¿Qué hay de nuevo? —preguntó con ansiedad Von Bork, corriendo al encuentro de su visitante.

A modo de contestación, el recién llegado hizo ondear por encima de su cabeza un paquetito envuelto en papel de estraza, y exclamó:

—Esta noche sí que puede usted celebrar algo bueno conmigo. Aquí traigo el gato en el talego.

—¿Los códigos?

—Tal como se lo anuncié en mi cable. Todos y hasta el último: semáforos, código de lámparas Marconi; una copia, claro está, no los originales. De otra manera, hubiera sido una imprudencia demasiado arriesgada. Pero es la mercancía auténtica, puede usted apostar lo que quiera.

Y al pronunciar estas palabras al alemán, le golpeó cariñosamente con una palmada en el hombro, y con una sincera familiaridad que le hizo pestañear.

—Entremos —dijo Von Bork—. Estoy solo en casa y su mercancía era lo único que esperaba. Desde luego, es preferible una copia, porque, si advirtieran la falta de un original, se apresurarían a cambiarlo todo. ¿Cree usted que puede dar por buena la copia?

El irlandés-norteamericano había entrado en el despacho, sentándose en un sillón y estirando sus piernas todo lo que daban de sí. Era un hombre alto y de unos sesenta años, de facciones claramente dibujadas y pronunciadas y una barbita a lo chivo, que le daba a simple vista un parecido con las caricaturas del Tío Sam. De una de las comisuras de su boca le colgaba un cigarro a medio fumar, saturado de saliva, y al sentarse raspó una cerilla para volver a encenderlo.

—Qué, ¿preparándose para huir, tan pronto se va a dar el bote? —destacó, mirando a su alrededor.

Y luego, fijándose en la caja fuerte, porque la cortina había quedado descorrida, añadió:

—Oiga, míster: ¿no irá usted a decirme que guarda sus documentos en esta cosa?

—¿Y por qué no?

—¡Por mi vida...! ¿En un chisme así, que es como tenerlos a la vista? ¡Y lo tienen a usted por todo un señor espía! ¡Con un abrelatas metería mano ahí dentro cualquier ladronzuelo yanqui! De haber sabido yo que mis cartas iban a estar al alcance de cualquiera en un artefacto así, ¡vaya panoli estoy hecho yo también, mandándote mis cartas!

Von Bork le contestó:

—Apurado iba a verse cualquier ladrón para abrir esta caja fuerte. Este metal no lo corta usted con ninguna herramienta.

—¿Y la cerradura?

—Nada. Es de doble combinación. ¿Sabe usted lo que eso significa?

—¡Que me registren! —contestó el norteamericano.

—Sepa usted que para que funcione la cerradura se necesita conocer determinada palabra, además de una concreta combinación de números.

Se puso en pie y le mostró un disco de doble juego de líneas radiales, que circundaban el agujero de la cerradura.

—Este de fuera es para las letras —añadió—, y el interior, para los números.

—Eso está pero que muy bien.

—No es, pues, tan simple como parece. La mandé fabricar hace cuatro años, ¿y qué palabra y números le parece que elegí para la combinación?

—Mi capacidad de intuición no llega a tanto...

—Elegí la palabra *agosto* y la cifra *mil novecientos catorce,* y en agosto de mil novecientos catorce estamos.

La cara del norteamericano mostró sorpresa y admiración.

—¡Palabra que usted tiene buen ojo! Apuró usted la cosa al milímetro.

—Pues sí, hubo entre nosotros algunos pocos que hasta adivinaron la fecha. Ya ve, mañana por la mañana le doy a todo carpetazo.

—Bien; pero supongo que no se habrá olvidado de mí. No me voy a quedar en este deprimente país más solitario que una seta. Por lo que sé, John Bull va a estar dentro de una semana, o quizá antes, apoyándose en sus patas de atrás y dando zarpazos a diestro y siniestro. Prefiero gozar del espectáculo desde el otro lado del Océano.

—Pero ¿no es usted ciudadano norteamericano?

—Sí; también Jack James lo era, lo que no ha servido de nada para que esté cumpliendo condena en el penal de Portland. A la bofia inglesa le tiene sin cuidado que uno sea ciudadano norteamericano. «De este lado de acá rigen la justicia y las leyes de Inglaterra», te contestan. A propósito, míster, y hablando de Jack James, me parece que a usted no le preocupa salvaguardar a sus hombres.

—¿Qué quiere decir usted? —le preguntó Van Bork con aspereza.

—Bueno, usted es su patrón, ¿no es cierto? Pues por lo mismo tiene que cuidar para que no sean detenidos. Pero la verdad es que así lo hacen, ¿y qué es lo que usted hace entonces para rescatarlos? Ahí tenemos a James...

—Lo de James fue culpa suya. Usted mismo lo sabe. Era demasiado terco para el oficio.

—Conformes. James era un cabeza de adoquín. Pero ahí tenemos a Hollis.

—Ese hombre estaba loco de atar.

—Tampoco niego que hacia el final andaba un poco majareta. La verdad es que cuando se ve uno obligado a representar un papel de la mañana a la noche entre cien individuos dispuestos siempre a echarle encima a los de la bofia, acaba uno cazando moscas.

—Pero ¿qué me dice de Steiner?

—Pues nada; que le han detenido. La pasada noche hicieron un registro en su almacén, y él y sus papeles han ido a parar a la cárcel de Porstmouth. Usted saldrá de aquí, mientras que él, pobre hombre, tendrá que aguantar el barullo, y mucha suerte será la suya si salva la vida. Así que quiero poner mar de por medio en cuanto usted se marche.

Von Bork era hombre enérgico y sereno, pero era fácil ver que la noticia le había trastornado.

—¿Cómo es posible que hayan descubierto a Steiner? —masculló entre dientes—. Éste es el golpe peor de todos.

—Pues ha estado usted a punto de recibir otro peor, porque creo que también andan en su búsqueda.

—¡No lo dirá usted en serio!

—Más en serio no puede ser. Fueron a hacerle algunas preguntas a mi patrona allá en el camino de Fratton, y cuando lo supe, bien me dije que había que darse prisa. Pero lo que me encantaría saber, míster, es cómo llega la bofia a enterarse de estas cosas. Desde que yo firmé con usted, ya son cinco, contando a Steiner, los hombres que usted ha perdido, y me imagino el nombre del sexto como no me marche enseguida. ¿Cómo se lo explica usted, señor, y cómo no se avergüenza de que sus hombres caigan como moscas?

Von Bork se puso colorado como una amapola.

—¿Cómo se atreve a hablarme así?

—Mire usted, míster: si yo no fuera un atrevido, no trabajaría para usted. Pero le voy a decir sin rodeos lo que pienso. He oído decir que a ustedes, los políticos alemanes, les es indiferente lo que le ocurra a un individuo cuando ha cumplido su misión; es más, creo que hasta se lo quitan de encima.

Von Bork se puso en pie de un salto.

—¿Se atreve usted a sugerir la idea de que he sido yo mismo quien he delatado a mis propios agentes?

—No es lo que me propongo decirle, míster; es que tiene que haber un palomo ladrón o un tongo por alguna parte y que es obligación de usted descubrirlo. Sea como fuere, yo no quiero más riesgos. ¡Yo, a Holanda, y cuanto antes, mejor!

Von Bork había dominado su irritación, y dijo:

—Llevamos demasiado tiempo siendo aliados, para que vayamos a pelearnos justo en el momento en que vamos a triunfar. Usted ha realizado una tarea espléndida, ha corrido peligros y yo no lo puedo olvidar. Llegue, sea como sea, hasta Holanda, y embarque en Rotterdan para Nueva York. Dentro de una semana será la única línea marítima segura. De momento, me tiene que dar ese libro, porque tengo que empaquetarlo con el resto.

El norteamericano tenía en la mano el paquetito, pero no hizo mención de entregarlo, y preguntó:

—¿Y la *pasta?*

—¿La qué?

—El dinero. El premio. Los quinientos billetes de a libra. El de Artillería se puso al final que daba asco y tuve que lastrarlo con cien dólares más, porque de otro modo usted y yo nos habríamos quedado de a pie. «¡Ni hablar!», me dijo, y me lo dijo en serio, pero los últimos cien dólares fueron decisivos. Sumando todo, me ha costado la operación doscientas libras, de modo que no lo entregaré de no recibir el dinero antes.

Von Bork se sonrió con cierta amargura, y dijo:

—No parece que tenga usted una opinión muy buena de mi honor, al exigir el dinero antes de entregar el libro.

—Mire, míster, el negocio es el negocio.

—Perfectamente. Se hará como usted quiere.

Se sentó en la silla y puso la chequera en la mesa, extendiendo el cheque y arrancándolo del talonario, pero no se lo entregó a su interlocutor, sino que dijo:

—Después de todo, Altamont, puesto que usted actúa de esta forma y ha puesto así las cosas, no veo razón para tener yo en usted más confianza que la que usted tiene en mí. ¿Me comprende?

Al pronunciar estas palabras, volvió la cabeza para ver la reacción del norteamericano, que le miraba fijamente.

—Ahí dejo el cheque encima de la mesa. Reclamo el derecho de examinar el contenido del paquete antes que usted lo recoja.

El norteamericano le entregó el paquete sin decir una sola palabra. Von Bork desató una cuerda y deshizo dos envoltorios de papel. Y se quedó por un instante contemplando atónito un librito azul que tenía ante sus ojos. En la tapa, impreso con letras de oro, leyó el siguiente título: *Manual práctico del apicultor*. Únicamente, durante un instante, pudo el jefe de espías mirar con ojos dilatados aquel título, tan ajeno al tema. Después se sintió con una presión en el cuello, estaba inmovilizado por una mano de hierro, mientras otra mano sostenía una esponja empapada en cloroformo delante de su cara desencajada.

* * *

—¡Otro vaso, Watson! —dijo Sherlock Holmes, alargando la botella de vino de Hungría Imperial Tokay.

—Es un magnífico vino, Holmes.

—Excelente, Watson. Este amigo nuestro que está tumbado en el sofá, me aseguró que procede de la bodega especial de Francisco José, en el palacio de Schoenbrunn. ¿Quiere tener usted la amabilidad de abrir la ventana? Los vapores del cloroformo no son muy adecuados para combinarlos con el buen paladar.

La caja fuerte estaba abierta de par en par, y Holmes, en pie delante de la misma, iba sacando expediente tras expediente, examinándolos rápidamente y volviéndolos a meter cuidadosamente en la maleta de Von Bork. El alemán, tirado en el sofá, roncaba ruidosamente, atado de codos y pies.

—No es cosa de precipitarnos, Watson. Nadie nos va a interrumpir. ¿Quiere tocar usted el timbre? No hay nadie en la casa excepto Martha, que ha actuado francamente bien. Cuando me hice cargo de este asunto, inicié mi trabajo buscando para ella una colocación en la casa... ¡Hola, Martha! Creo que se alegrará de saber que todo salió a la pefección.

La simpática anciana había aparecido en el umbral de la puerta. Saludó sonriente a Holmes con un gesto ceremonioso, pero contempló con cierto recelo al hombre tendido en el sofá.

—Tranquilícese, Martha. No se le ha hecho daño alguno.

—Me alegro, míster Holmes. Hay que tener en cuenta que ha sido un amo cariñoso. Ayer mismo quería que yo me fuese a Alemania en compañía de su señora, pero la verdad es que hubiera contrariado sus planes, ¿verdad?

—No se preocupe, Martha. Hallándose usted aquí, yo estaba tranquilo. Esta noche tuvimos que esperar bastante hasta que apareció su señal.

—Es que estaba aquí el secretario, señor.

—Lo sé. Nos cruzamos con su automóvil.

—Acababa de marcharse. Yo sabía que no sería conveniente encontrárselo aquí.

—De ninguna manera. Total, todo se redujo a que tuvimos que esperar media hora hasta que se apagó su lámpara y comprendí que la costa estaba libre. Puede usted presentarse mañana, Martha, en el hotel Claridge.

—Perfectamente, señor.

—Supongo que lo tendrá preparado todo para abandonar la casa.

—Sí, señor. Él echó al correo siete cartas, y yo, como siempre, copié las direcciones.

—Muy bien, Martha. Mañana las examinaré. Buenas noches.

Al desaparecer la anciana, prosiguió:

—Estos documentos no tienen mucha importancia, porque los datos que contienen fueron enviados hace ya tiempo al Gobierno alemán. Estos son los originales que no pudieron sacarse del país sin peligro.

—Es decir, que no sirven para nada.

—Yo no iría tan lejos, Watson. Servirán, por lo menos, para que nuestro gobierno haga un examen de lo que el enemigo sabe y de lo que no sabe. No estará de más que le diga que una buena cantidad de estos documentos han llegado por mediación mía y son por completo erróneos. ¡Cómo me alegraría tener una jubilación sabiendo que un crucero alemán navega por el canal de Solen siguiendo las indicaciones de un plano ficticio, un campo de minas sacadas de mi imaginación y que yo les entregué!

De pronto, interrumpió Holmes su tarea y cogió por los hombros a su viejo amigo.

—Pero veamos, Watson —añadió—. Todavía no ha tenido ocasión de contemplarle bien a la luz. ¿Cómo le han tratado los años? Hay que reconocer que sigue igual, la misma ligereza de un rostro joven, como siempre.

—Me he quitado veinte años de encima, Holmes. Pocos momentos de felicidad he tenido como aquel en que recibí su telegrama pidiéndome que viniese con mi coche a Harwich, donde me esperaba. Y usted, Holmes, ha cambiado poco, salvo esa horrenda barbita de chivo.

—Estos sacrificios los hace uno por su país, Watson —dijo Holmes, dando tirones a su mechoncito—. Pero todo pasa, y mañana, no tendremos otra cosa que un desagradable recuerdo del pasado. Con un corte de pelo y algunos otros cambios superficiales reapareceré mañana en el Claridge tal como era antes de representar este camelo de norteamericano; y, de paso, Watson, le diré que me estoy temiendo que ya no voy a saber hablar con corrección.

—Pero usted se había retirado del ejercicio de la profesión, Holmes. Nos llegó la noticia de que vivía usted como un ermitaño, entre sus abejas y sus libros, en una pequeña granja de las Tierras Bajas del Sur.

—Exactamente, Watson. ¡Y aquí tienes el producto de mi cómoda holganza, la obra magna de mis últimos años!

—Cogió el volumen que estaba encima de la mesa y leyó su título completo: *Manual práctico de Apicultura, con algunas consideraciones sobre la separación de las reinas.*

—Lo escribí yo solito —continuó—. Aquí tiene el fruto de noches de meditación y de días laboriosos que me pasé vigilando las cuadrillas de pequeñas trabajadoras, de la misma manera que vigilaba en otro tiempo el mundo de los criminales de Londres.

—¿Y cómo se puso de nuevo a trabajar?

—¡Ah! Yo mismo me he maravillado muchas veces al pensarlo. Hubiera sido capaz de resistir al ministro de Asuntos Exteriores, pero cuando el primer ministro en persona se dignó a venir a mi humilde morada... La verdad es, Watson, que el caballero que está tendido en el sofá era demasiado listo para nuestra gente. Constituía por sí mismo una clase extra. Las cosas iban mal, sin que nadie supiese explicarse la causa. Se sospechaba de algunos agentes de espionaje, e incluso se les atrapaba, pero existían pruebas de que actuaba un motor central y secreto. Se hacía absolutamente necesario descubrirlo. Dos años me ha llevado la tarea, Watson, y no ha estado exenta de emociones. Si le digo que inicié mi peregrinación en Chicago, que me gradué en una sociedad secreta de irlandeses en

Buffalo, que otorgué ciertos trabajos a los agentes de Policía de Skibbareen y que de ese modo logré que se fijara en mí un agente subalterno de Von Bork, que me recomendó como hombre de condiciones excelentes para llevar a cabo esta tarea; así que no fue fácil no. Desde entonces, pude gozar como hombre de su confianza, lo cual no ha impedido que de una manera sutil echase a perder algunos de sus proyectos y el que cinco de sus mejores agentes se encuentren en la cárcel. Yo no les perdía ojo, Watson, y a medida que podía, sin despertar sospecha, me lanzaba a su persecución. Bueno, señor mío, espero que se habrá usted recobrado ya.

Esta última frase iba dirigida a Von Bork, que, tras mucho jadear y parpadear, había permanecido inmóvil, escuchando lo que Holmes contaba a Watson. De pronto, y con el rostro desencajado, emanó de su boca un montón de injurias y un furioso torrente de insultos en alemán. Holmes siguió su rápido examen de documentos, mientras su prisionero maldecía y blasfemaba. Cuando Von Bork se calló de puro agotamiento, dijo Holmes:

—El alemán, aunque antimusical, es el más expresivo de los idiomas. ¡Mira! —exclamó de pronto, mirando fijamente la esquina de un dibujo, antes de meterlo en la maleta—. Esto hará que otro pajarraco entre en la jaula. No me imaginé que el tesorero fuese tan canalla, aunque hace ya tiempo que yo no le perdía ojo. Míster Von Bork, tiene usted que responder de muchas cosas.

El preso se había incorporado con alguna dificultad en el sofá y tenía clavado los ojos en Holmes con una extraña mezcla de asombro y odio. Por fin, dijo, hablando con desprecio y premeditación:

—¡Ya me las pagará usted, Altamont! ¡Me las pagará, aunque tenga que dedicar en ello mi vida!

—¡Linda y vieja canción, sí señor! —contestó Holmes—. ¡La de veces que me han dicho lo mismo en mis dorados tiempos pasados! Era la cantilena favorita del difunto y llorado profesor Moriarty. También al coronel Sebastián Morán se la oían murmurar constantemente. Y, a pesar de todo, estoy vivo, y tengo una pequeña granja en las Tierras Bajas del Sur.

—¡Maldito seas, traidor por partida doble! —gritó el alemán, queriendo romper sus ligaduras y centelleando ansias asesinas.

Holmes le contestó, sonriendo:

—No; no llego a tanto. Por mi actual manera de hablar verá usted que míster Altamont, de Chicago, no tenía existencia real. Me serví de él, pero ha desaparecido ya.

—¿Quién es usted, entonces?

—La verdad es que no tiene importancia, pero ya que parece interesarle, míster Von Bork, le diré que no es la primera vez que trato con miembros de su propia familia. He tratado muchos asuntos en Alemania hace tiempo, y es probable que mi nombre y apellido le sean familiares.

—Tengo ganas de saberlo —dijo agriamente el prusiano.

—Fui yo el que llevó a cabo la separación entre Irene Adler y el último rey de Bohemia en tiempos en que el primo de usted, Heinrich, era el enviado imperial. Fui yo también quien salvó de que fuese asesinado por el nihilista Klopman, el hermano mayor de la madre de usted, el conde Von und Zu Grafenstein, y fui yo...

El asombro hizo sentarse a Von Bork y exclamar:

—No hay más que un hombre.

—Ese mismo —dijo Holmes.

Von Bork dejó escapar un gemido y volvió a dejarse caer en el sofá.

—¡Y la mayor parte de esos informes me llegaron por su mediación! —exclamó—. ¿Qué valor tienen? ¿Qué he hecho yo? ¡Eso significa mi ruina para siempre!

—Son, desde luego, informes que aglutinan verdaderas tonterías —dijo Holmes—. Sería preciso mucho tiempo para separar lo verdadero de lo falso, y a usted le queda poco tiempo para realizar esa confrontación. Es posible que su almirante se encuentre con que los nuevos cañones son de un calibre algo mayor de lo que él supone y los cruceros un poco más rápidos.

Von Bork, en el colmo de la desesperación, se apretó la garganta con sus manos engarabitadas.

—A su debido tiempo saldrán, sin duda, a la luz otros muchos puntos. Pero usted tiene una buena cualidad, que es muy rara en un alemán, míster Von Bork, y es la siguiente: usted es un *sportman,* y no me guardará rencor cuando caiga en la cuenta de que usted, que ha batido por mayor ingenio a otras muchas personas, se ve ahora derrotado por otro ingenio superior al suyo. Después de todo, usted ha hecho todo lo que ha podido por su país, y yo he hecho todo lo que he podido por el mío. ¿Hay algo más natural que eso? Además —y Holmes agregó sin rastro de dureza, poniendo su mano sobre el hombro del caído—, siempre es preferible caer ante algún enemigo con cierta dignidad despótica, Watson, estos documentos están ya preparados. Si usted me ayuda a conducir al preso, creo que podemos salir inmediatamente para Londres.

No resultó tarea fácil la de llevarse a Von Bork, porque era hombre fuerte y desesperado. Por último, los dos amigos se lo llevaron muy despacio, agarrándole uno de cada brazo, por el paseo del jardín que con tan orgullosa confianza había recorrido horas antes, recibiendo las felicitaciones del ilustre diplomático. Después de un breve y definitivo forcejeo, fue izado, siempre atado de pies y manos, al asiento libre del pequeño automóvil, y su preciosa maleta fue encajada junto a él. Cuando todo estuvo ya dispuesto, dijo Holmes:

—Espero que irá usted todo lo cómodo que las circunstancias lo permiten. ¿Me haré reo de una falta de respeto si enciendo un cigarro y se lo coloco entre los labios?

Pero no estaba el alemán para apreciar afabilidades.

—Supongo, míster Sherlock Holmes, que se dará usted cuenta de que si su Gobierno le respalda a usted en este trato que me da, ello equivaldría a un acto de guerra.

—¿Y qué me dice usted de su propio Gobierno y del resto? —contestó Holmes, dando unos golpecitos a la maleta.

—Usted es un particular y carece de un mandamiento judicial. Todo lo que ha hecho es absolutamente ilegal y constituye un atropello.

—Todo absolutamente —contestó Holmes.

—Ha raptado usted a un súbdito alemán.

—Con robo de sus papeles particulares.

—Veo que se da usted cuenta de su posición, usted y este cómplice suyo. Si yo quisiera gritar cuando crucemos por el pueblo...

—Mi querido señor, si usted hiciese cosa tan estúpida, aumentaría usted el acervo demasiado corto de títulos de tabernas de esta aldea, y tendríamos como enseñanza esta nueva: *El Prusiano Ahorcado.* Los ingleses son gente de mucha paciencia, pero en este momento sus ánimos están un poco inflamados, y quizá no conviniese ponerlos demasiado a prueba. No, míster Von Bork, usted nos acompañará de una manera tranquila y razonable a Scotland Yard, desde donde enviará usted aviso a su amigo el barón Von Herling para ver si es posible todavía que ocupe usted ese lugar que le tienen reservado entre el personal de la Embajada. En cuanto a usted, Watson, creo que va a tener que agregarse a su antiguo servicio, de modo que Londres no se le hace trasmano. Quédese aquí, a mi lado, en la explanada, porque quizá sea esta la última charla que volvamos a tener juntos.

Los dos amigos mantuvieron una charla íntima de algunos minutos, recordando los tiempos pasados, mientras que su prisionero forcejeaba inútilmente por desatar sus ligaduras. Cuando los dos amigos volvieron al automóvil, Holmes se volvió para alzar la mano, señalando hacia la luna, y movió tristemente la cabeza.

—Sopla viento del Este, Watson.

—Creo que no, Holmes. Es un viento muy caluroso.

—¡Mi bueno y querido Watson! Es usted el único punto inconmovible en una época en que todo cambia. A pesar de lo que dice, sopla viento del Este, como jamás sopló con tanta violencia sobre Inglaterra. Viento frío y crudo, Watson, y es posible que muchos de nosotros podamos desfallecer bajo su soplo. Pero es, con todo, un viento de Dios, y cuando aclare la tormenta brillará el sol sobre un país más sano, mejor y más fuerte. Arranque, Watson, porque es ya hora de que nos pongamos en camino. Lleve encima un cheque de quinientas libras que es preciso cobrar a primera hora, porque el firmante es muy capaz de dar, si puede, orden de que no se pague.

ÍNDICE

Su último saludo en el escenario: